Stefan Dettlinger
Linds letzte Laune

Danke...

... meiner geliebten Familie, all den Autoren, die mich begeistern und inspirieren, und den Menschen, die dieses Buch im Werden mit Anregungen begleitet haben. Ohne euch alle wäre alles nichts.

Wellhöfer Verlag

Ulrich Wellhöfer
Weinbergstraße 26
68259 Mannheim
Tel. 0621/7188167

info@wellhoefer-verlag.de
www.wellhoefer-verlag.de

Titelgestaltung: Uwe Schnieders, Fa. Pixelhall, Malsch
Satz: ffp-Verlagsdienstleistungen, Mannheim

© 2016 Wellhöfer Verlag, Mannheim

ISBN 978-3-95428-197-8

Stefan Dettlinger

Linds letzte Laune

Kriminalroman

Inhalt

Vorwort des Verfassers

Die Geschichte, die Sie hier lesen, ist nicht wahr. Und trotzdem ist sie auch kein normaler Kriminalroman, selbst wenn das Geschriebene manchmal stilistisch an einen solchen erinnern mag. Etwaige Ähnlichkeiten mit lebenden Personen, mit existierenden Institutionen und Medien sind rein zufällig. Es gibt in diesem Buch keine Realität außer der erfundenen mit ihren erfundenen Orten, erfundenen Institutionen und erfundenen Personen des Geschehens. Also: Das Buch »Linds letzte Laune« ist ein rein fiktionaler Text und hat nichts mit der Realität und dem Leben des Autors zu tun.

»Es gibt Wunden, Frau Kommissarin, die fügt man sich selbst zu, ungewollt und ohne jemals in der Lage zu sein, sie zu heilen oder von irgendeinem gottverdammten Therapeuten heilen zu lassen.«

»Nichts ist schrecklicher, als in die Schwärze einer Vergangenheit zu blicken, die man nicht mehr ändern kann.«

Der Journalist Volker Kruschel im vorliegenden Buch

»Aber hier beginnt eine neue Geschichte, die Geschichte der allmählichen Erneuerung eines Menschen, die Geschichte seiner allmählichen Wiedergeburt, des allmählichen Übergangs aus einer Welt in eine andere, der Entdeckung einer neuen, bisher gänzlich unbekannten Wirklichkeit. Das könnte das Thema der neuen Geschichte werden – aber unsere jetzige Geschichte ist zu Ende.«

Fjodor Dostojewskij in »Verbrechen und Strafe«

»Denn wer ertrüg der Zeiten Spott und Geißel,
Des Mächtigen Druck, des Stolzen Mißhandlungen,
Verschmähter Liebe Pein, des Rechtes Aufschub,
Den Übermut der Ämter und die Schmach,
Die Unwert schweigendem Verdienst erweist,
Wenn er sich selbst in Ruhstand setzen könnte
Mit einer Nadel bloß? Wer trüge Lasten
Und stöhnt' und schwitzte unter Lebensmüh?«

Hamlet in William Shakespeares
»Hamlet – Prinz von Dänemark«

EINS

Idioten

Idioten sind entweder ...

(1.) ... totale Nervensägen, die von nichts eine Ahnung haben, oder ...
(2.) ... einfach nur böse und dumme Drecksarschlöcher oder ...
(3.) ... beides.

Wir werden hier nicht nur von (1.) sprechen ...

Auf der Fete

Und zuerst ist hier mal sowieso etwas Gewaltiges im Gange. Zumindest schien es ihr so. Sie hörte undefinierbare Geräusche hinter all dem Stampfen, Wummern und Kreischen, Geräusche, die durch die Stimmen der Leute um sie herum drangen, durch ihr alkoholisiertes Gelächter und Rufen, durch das Klirren von Glas und Zerbersten von Gedachtem.

Sie atmete tief.

Ihr ging es gut.

Ob all das real war, wusste sie nicht mehr. Aber doch: Da war etwas. Sie konnte nur nicht erkennen, was.

Noch nicht.

Sie war ja auch vollkommen abgedriftet, trank und trank und trank und versank in ihren Gefühlen und ihren Gedanken an alles Mögliche, an ihren desolaten Kontostand, an ihre und die Einsamkeit jedes Einzelnen, an ihre immer noch jugendlichen sexuellen Sehnsüchte und an diesen komischen Kauz namens Marcel Proust und dessen langwierige und, wie sie immer mehr fand, elend langweilige »Suche nach der verlorenen Zeit«, die sie in den vergangenen Wochen im Seminar behandelt hatten. Die Stimmen von Julia, Gregory und dem Typ, der gerade unappetitlicherweise sein T-Shirt ausgezogen hatte (wodurch sie leider auf seinen weißen Schwabbelbauch blicken mussten), die Stimmen der Kommilitonen also, mit denen sie studierte und gerade in dieser lustigen Runde zusammenstand, entfernten sich immer mehr.

Die Musik dröhnte.

Wumm-Wumm-Wumm-Wumm.

Und doch konnte sie dieses Etwas hören, dieses leise, aber doch immer wieder aufflackernde Stören, Sprechen, Rufen.

Oder war es vielleicht doch vielmehr ein echtes Stöhnen?

Sie hieß Isabelle.

Isabelle blinzelte ganz langsam. Und zwar genau dreimal.

Eindeutig: Das hier war die Semesterfete mit dem Professor. Insgeheim nannte sie Professor Dr. Michael Mailänder immer »den schönen Professor«, und das hatte seinen Grund. Mailänder war zwar kein Schönling, also er entsprach keinem klassischen Schönheitsideal (im Gegensatz zu Isabelle), vielmehr sah er verdammt anders und damit auch gut aus und war trotz seiner gut 50 Jahre Lebensalter jung und einigermaßen sportlich geblieben (wie Isabelle). Er verströmte den Reiz des Exoten in einer Gesellschaft der Normalität (auch wie Isabelle).

Wie viele mochten sie sein? Mein Gott: Ein ganzes Semester Romanistik. Ein ganzes Semester Romantik, Schönheit und Hoffnung auf – ja, worauf eigentlich? Fünfzig, vielleicht auch sechzig Ausführungen pulsierenden Blutes von Menschen in Trance, deren Zukunft vollkommen ungewiss war. Junge Menschen, die Émile Zola liebten oder Honoré de Balzac und Victor Hugo (das sind berühmte alte Dichter, die tot sind), vielleicht aber auch Leute wie Michel Houellebecq, Jean Echenoz oder Amélie Nothomb (die leben noch), Typen, die vom Leben viel erwarteten und wenig wussten, eine Menge Mädchen wie sie – mit langen, durch Gel zu Wildheit hergerichteten Haaren, in engen Blusen, kurzen Röcken, anliegenden Jeans und trotz der kalten Jahreszeit viel nackter Haut, Mädchen wie sie, Isabelle, die auf der Suche waren, nach Selbstvergessenheit, mehr Selbstwertgefühl oder einfach einem geilen Abenteuer. Und dann die Jungs. Jungs in bedruckten T-Shirts, Schlabberhosen, mit unrasierten Gesichtern – nun ja, weil man es eben so trug in diesen Zeiten, in denen Mutti Merkel jetzt auch schon seit einer halben Ewigkeit regierte.

Wie erwähnt: Das Wumm-Wumm-Wummern der Musik war laut, sehr laut, und Isabelle hatte ganz schön was intus. Sie fühlte sich gut und sah zum Fenster hinaus, sah, wie junge Typen lax und lachend durch die kalte Nacht schlenderten, wie Hauch vor ihren sprechenden und lachenden Mündern zerstieb und sich langsam verflüchtigte, wie leuchtende Straßenbahnen sich vielleicht fahrplanmäßig, ganz sicher aber bedeutungslos in der Dunkelheit kreuzten, und wie all dies sich in der Feuchtigkeit auf dem finsteren Asphalt und auf den Kopfsteinpflastern einer regnerischen Winternacht spiegelte.

Ein Fest.

Eine Nacht.

Viele Menschen und doch: Einsamkeit.

Ja, auch ihre Einsamkeit. Isabelles Einsamkeit.

Und ihre Lust.

Feste waren, so hatte sie es spätestens auf der Abi-Feier gelernt, verdammt nochmal zum Vergnügen da! Doch etwas hielt sie von ihm (also dem Vergnügen) ab. Sie horchte, konzentrierte sich. Es war eindeutig: Jemand war da und machte Geräusche, und als sie merkte, dass es sich um zwei Menschen in einem Rhythmus handeln musste, überkam sie ein schreckliches Gefühl. Hey, Isabelle war natürlich nicht prüde, aber trotzdem wagte sie es nicht, sich in die Richtung der kopulierenden Schallerzeuger zu bewegen. Natürlich wusste sie genau, was hier geschah. Aber sie versuchte, sich auf andere Dinge zu konzentrieren.

Party.

Wumm.

Wumm.

Wumm.

Wumm.

Wo war eigentlich der Professor?

Klar war sie verliebt (in den Professor), doch anstatt zu grübeln, ergab sie sich schließlich doch dem Rhythmus. Auf der kleinen, dampfenden Tanzfläche begann sie – oder vielmehr eine Isabelle, die sich bald nicht mehr spüren sollte – zuerst zu tänzeln, dann immer intensiver den Rhythmus in ihre Beine und Arme übergehen zu lassen, um schließlich viele Minuten später in einem fast schon ekstatischen Hüpfen,

Zirkulieren und Zucken, bei dem ihr Haar wild in der Luft flatterte und dort fast stehenblieb, immer mehr Energie aus sich hinausfließen zu lassen, grenzenlose Energie, so schien es, eine Energie, die keine Rücksicht auf physische Schwächen oder gar Erschöpfung nahm. Es war kein Problem. Sie hatte schon die richtigen Pillen geschluckt vor diesem Abend, um dies hier bis zum Ende durchzustehen, ein Ende, das hoffentlich nicht bitter für sie ausfallen würde. Doch sie merkte in ihrem rauschhaften Wegträumen aus dieser so fröhlichen wie dann doch oberflächlichen und scheinheiligen Welt, wie sich ganz plötzlich wieder dieser graue Schleier auf ihre ausgelassene Laune legte. Immer noch dachte sie an das laszive Stöhnen, das sie trotz des Krachs hier immer noch zu hören glaubte (aber nicht wirklich tat, denn das ging nicht bei dem Lärm), an diese unkontrollierten, ja doch irgendwie animalischen Geräusche zweier Menschen aus dem Raum neben dem, in dem sie sich ganz dem Rhythmus überließen und feierten. Immer noch waren ihr solche Geräusche unangenehm, denn sie dachte, dass die akustischen Mitteilungen eines miteinander schlafenden Paares (also eines Paares, das es treibt) immer einen scheinbaren Standard setzten, eine unüberprüfbare Normalität, der Folge zu leisten sie sich beim nächsten Mal irgendwie gezwungen fühlte. Und sie dachte, dass dies eine Einschränkung auch ihrer Freiheit sei, ein Muster, das dem anarchischen Wesen der Sexualität von Grund auf zuwiderlief.

Mann, dachte Isabelle, jeder soll es machen, wie er will.

Aber überhaupt: Das nächste Mal.

Wann würde das nur sein? Wo? Wie?

Klar dachte sie an Mailänder, den schönen Professor, mit ihm, den sie und der sie während der langweiligen Proust-Seminare bisweilen so intensiv anschaute, dass es ihr nicht nur durch Mark und Bein schoss, mit ihm, der aber, nun ja, leider auch ihr Professor war und zudem viel zu alt.

Isabelles Problem.

Trotzdem: Weit gekommen war sie schon mit ihrem Verführungsplan. Sie hatten sich zum Besuch eines *Hamlet* im Staatsschauspiel verabredet und deshalb auch ihre Nummern ausgetauscht. Isabelle interpretierte das und kam zu dem Ergebnis: Seine Zusage musste die Einwilligung in eine Affäre sein. Was sonst!

Die Musik hämmerte. Sie spürte jetzt ein heißes Verlangen.

»Bella Isa, was ist los mit dir«, hörte sie jetzt jemanden hinter sich brüllen und spürte plötzlich eine Hand an ihrer Taille, was sie eigentlich gut fand, wäre es nicht diese Hand gewesen.

Er sagte: »Wer hat dir erlaubt, ohne mich zu tanzen?«

Mein Gott, was bildet der sich ein! O ja, es war Alex, also Alex, der einzige ihrer Kommilitonen mit der gleichen Fächerkombi. Sie sahen sich in Romanistik u n d in Medienwissenschaften. Ab und zu hatten sie schon einen Kaffee getrunken. Zugegeben: Der Typ war gar nicht so übel (aber wollte sie sich mit einem Gar-nicht-Üblen abspeisen lassen?). Sie blinzelte ihm langsam zu, einmal, zweimal, dreimal, warf ihm ein »Hey-wir-leben-in-einem-freien-Land« zu sowie weitere belanglose und nichtssagende Floskeln, die sie sofort wieder vergaß, und sagte weit unter ihrem Bildungsniveau und ihrer Sozialkaste zu sich selbst: »Scheiße! Jetzt zählt nur noch eins: Abenteuer.«

Alex war okay. Alex hatte Humor und Alex gab ihr seit ein paar Wochen das Gefühl, etwas von jenem Wert zu besitzen, den junge und intelligente Frauen in ihrem Alter brauchten. Ein Wert, der irgendwo zwischen sexueller Attraktion und intellektueller Vollwertigkeit anzusiedeln war.

Mit weniger als diesem Gefühl hätte Isabelle sich auch niemals zufriedengegeben.

Sie tanzten gemeinsam. Sie berührten sich. Das war unumgänglich in diesem kleinen Raum, dessen Temperatur wohl schon auf weit über 40 Grad Celsius angestiegen war. Sie schwitzten und spürten es. Es dampfte immer mehr. Was sie taten, erinnerte kaum an das, was sie irgendwann einmal als 15-Jährige in einer dieser traditionellen Tanzschulen gelernt hatten, die die ganze Republik überzogen hatten.

Kein Foxtrott.

Kein Salsa.

Kein Rumba.

Natürlich nichts von alldem, was man Old School nennen könnte. Doch das spielte jetzt und hier sowieso keine Rolle. Hier ging es um etwas anderes: Das Leben sollte prickeln, funkeln und leuchten, sollte sie wegbeamen, sie aus der Normalität herausheben und hineinwerfen in eine andere Welt, die leichter war, heller und irgendwie jetziger und überhaupt ohne Zeit gleichermaßen. Und es wäre ja auch immer so weitergegangen, sie hätten sich angenähert, getanzt, getrunken, hätten geplaudert, geknutscht, hätten Feuchtigkeit gespürt in ihren Hosen und wären irgendwann in den frühen Morgenstunden zu ihr gegangen.

Zu ihr?

Ja, ganz einfach, weil der Weg zu ihr sehr kurz war. Sie hätten sich gegenseitig ausgezogen, wären übereinander hergefallen wie Wilde und hätten ihre Seelen verbunden in einer Nacht, die sie vielleicht bereut hätten. Vielleicht aber auch nicht. Wenigstens für diesen einen Augenblick, dachte sie, hätte sie ihm ihre Seele geschenkt, denn sie fand Alex nett und interessant. Schön oder attraktiv als Mann, das war er in ihren Augen nicht. Er war für Isabelle keiner für mehr als nur Begierde.

Zunächst.

Dass alles anders kam, und zwar vollkommen anders – es lag daran, dass sie plötzlich den schönen Professor entdeckte. Er stand mit Johanna an der eigens eingerichteten kleinen Bar, blickte und schickte ein Bedauern zu Isabelle hinüber und trank. Es war ein schrecklicher Moment. Johanna, die sie irgendwie an die junge Julia Roberts erinnerte, kam ihr fast obszön vor mit ihrem großen Mund, dem engen Pulli und ihren langen, nackten Beinen, die aus ihrem kurzen Cord-Minirock herauskamen. Wie bei einem Storch. Johanna hatte ja irgendwie Ausstrahlung und Stil, aber einen, der ihr zu frivol erschien, zu offensiv. Dachte sie. Und in diesem Denken, das schon (o ja, und zwar sehr) in Eifersucht mündete, kam ihr der schlimme Gedanke. Die beiden sahen irgendwie erschöpft aus, die halblangen Haare des Professors waren nicht so geordnet wie sonst, und wie sie einander jetzt anblickten, das schien ihr wie so eine Empfindungsmischung aus verlegen, verliebt und bedauernd. Isabelles Antenne arbeitete auf Höchsttouren. Sie wurde sauer, ihr Herz raste, sie hatte Lust, sich zu übergeben (kein Scherz). Ein Gefühl des Würgens stieg in ihr auf.

»Ich muss los«, rief sie zum Rap eines Stuttgarter Musikus in die Richtung von Alex, der Isabelle seit Langem anstarrte (und seien wir ehrlich: in Gedanken schon seit Langem ausgezogen und überfallen hatte).

»Warum, Bella Isa, warum?«

Alex wurde fast verrückt.

Natürlich war er enttäuscht. Natürlich hatte er sich mehr versprochen von dieser Begegnung, ja, von diesem Isabellentraum. Natürlich: Er versuchte, sie zu überreden.

Doch da war nichts zu machen. Isabelles Laune war gründlich verdorben. Sie blieb hart, gab Alex einen Kuss auf die Wange, kramte ihren knallroten Minimantel aus dem riesigen Kleiderhaufen in der Ecke heraus und ging. Und wie sie ging!

Sie ging durch die nasskalte Nacht und atmete schwer. Sie überquerte Straßenbahnschienen und atmete schwer, überquerte Fahrspuren und atmete schwer, sah die Lichterspiele der Werbungen und atmete schwer und schlängelte sich durch parkende Autos und ließ die Galerie Guido Attinger mit ihren gigantesken nackten Frauenbildern links liegen. Und atmete schwer. Sie mochte die Galerie und auch die überdimensionierten Gemälde dieser stadtbekannten Malerin namens

Jo Kotaff, die meist darin zu sehen waren. Sie hielt an und schaute durch das Schaufenster auf einen der großen und attraktiven Frauenakte, der mitten in einer Großstadt saß und dem Betrachter genau in die Augen sah. Nein, jetzt nicht, jetzt hatte sie dafür keinen Kopf. Ja, sie atmete schwer, rannte weiter und schließlich in einem schönen alten Gründerzeithaus die Holztreppe hinauf zu der kleinen Wohnung, die ihre Mutter für sie gekauft hatte. Sie weinte nicht. Nein. Aber nun bemerkte sie nicht mehr den grauen, sondern vielmehr einen rabenschwarzen Schleier auf ihrer Seele, einen Schleier, der sie vor jedem noch so kalten Regen geschützt hätte, kälter als der, der in dieser eisigen Nacht auf sie gefallen war, der sie überhaupt vor allem abgeschottet hätte, was auch immer sie umgeben hätte. Sie legte sich, nass und als rotes Bündel mit Beinen und Haar, das sie war, ins Bett und wusste nicht wohin mit ihrer Frustration. Dieser Schmerz! Schwitzen und Frieren wechselten sich ab. So lag sie da, bis es dämmerte. Sie schlief kaum in dieser kurzen Nacht, und wenn, dann geriet sie in einen schrecklich albtraumhaften Zustand hinein, tauchte ein in eine Welt aus Eifersucht, Trauer und Boshaftigkeit, in der sie den Professor sah, Johannas lange und nackte Beine und ihren kurzen Rock, der ihr immer säuischer und abscheulicher vorkam, in eine Welt, in der sie die Geräusche hörte, die sie nun einmal gehört hatte (oder glaubte gehört zu haben). Immer wieder schreckte sie mit Herzrasen und Schweißperlen auf, schlief wieder ein, träumte, wachte.

Es muss gegen halb acht gewesen sein, als sie sich aufsetzte und eine SMS an den Professor schickte mit den Worten »Warum haben Sie das getan? Bedauernder Gruß, I.«. Dann zog sie sich aus, ging unter die Dusche, wo sie sehr lange wohlig warmes Wasser über ihren jungen schönen Körper laufen ließ, sich immer wieder auf dem Boden zusammenkauerte und sich dabei gut zuredete. Vielleicht war auch alles ganz anders, sagte sie sich, vielleicht täuschte sie sich, bildete sich aus Verliebtheit und Besessenheit etwas ein. Vielleicht war ihre Chance gar nicht vergeben? Nachdem sie sich lange im Spiegel angesehen und leicht geschminkt hatte, setzte sie sich im Bademantel in die Küche.

Mit ihrer Mutter hatte sie die Wände dort knallorange und hellblau gestrichen. Sie fand das schön so und bereute diesen Schritt, von dem sie nicht nur ihre Mutter, sondern auch einige Freundinnen hatten abbringen wollen, an keinem Tag. Es hatte etwas Mediterranes, etwas vom Licht des Südens. Selbst in diesem wohl scheußlichsten Winter schien die Sonne in Isabelles Küche.

Nicht aber in ihr Herz. Sie war 21 und fragte sich: Warum? Warum musste sie sich immer in ältere Männer verlieben? In Männer, die gelebt hatten, die 50, vergeben oder gar verheiratet waren, in Männer, die Kinder hatten, Kinder, die diese Männer als Väter brauchten, in Männer, die sie zwar gierig anstarrten, sie begehrten, mit ihr schliefen, sich dann aber doch für eine andere, reifere Frau entschieden. Meistens für die, die sie schon hatten. Sie war nicht mehr als ein Abenteuer für sie. Spielzeug. Und jedes Mal, wenn Isabelle sich neu verliebte, glaubte sie, es würde diesmal anders sein. Sie rotierte in einer Lebensschleife und erlag einem sich ständig wiederholenden Trugschluss. Was hatten diese sogenannten reiferen Frauen schon, was sie nicht hatte, fragte sich Isabelle, der in dieser Sekunde eine einsame Träne über das Gesicht lief. Sie hatte den schöneren, elastischeren Körper, sie war sportlich und dazu, so dachte Isabelle tatsächlich über sich selbst, äußerst intelligent, verdammt kreativ und – hoppla – verführerisch. Okay: Das mit den älteren Männern war das eine Problem. Das andere: Sie hatte sich in einen dieser älteren Männer verliebt, und der hatte nichts Besseres zu tun gehabt, als sich auf einer vielversprechenden Fete mit einer anderen jungen Frau, mit einer Rivalin von ihr dazu, eine geile Zeit zu machen.

Während das Licht des Südens in Isabelles Küche versuchte, seelischen Eisbrecher zu spielen, hackte Isabelle jetzt solche und noch viel mehr Gedanken in einer irrwitzigen Geschwindigkeit und mit einem Schuss zu viel Anschlagsenergie in ihr Tagebuch auf dem Macbook. Es klackerte leise vor sich hin. Klacklacklacklack. Isabelle schrieb dieses Tagebuch, seit sie sechs war, also seit fünfzehn Jahren, und sie vertraute diesen Momenten der Wortwerdung ihrer Gefühle ihr Allerintimstes an. Hass. Liebe. Angst. Begierde. Sie hatte eine Menge von dicken Bänden in ihrem massivhölzernen Bücherregal stehen, alphabetisch einsortiert zwischen die Romane von John Irving (3) und James P. Isbentott (9), sie trugen auf dem Buchrücken Titel wie »Isabelles Journal II – Leben zwischen Sand und Land«, »Isabelles Journal VI – das verlorene Herz« oder »Isabelles Journal XI – Lernen und Begehren zwischen den Steinen der Universität«.

Das mit den Titeln machte sie natürlich erst seit der Pubertät. Da kam sie eines Tages auf die Idee, alle ihre Tagebücher gleich – in ihrer Lieblingsfarbe Orange und mit hellblauer Beschriftung – zu gestalten und mit Titeln zu versehen. So, dachte sie, könnte sie später intensiv und detailreich auf ihr Leben zurückblicken, auf ihre Erfolge und Misserfolge, auf Höhe- und Tiefpunkte und so ihren Kindern von all dem erzählen – eine Sache übrigens, die sie bei ihrer Mutter immer vermisst hatte. Niemals hatte ihre Mutter viel erzählt, aber eines Tages doch, dass das bei ihrem Vater ganz anders gewesen sei. Immer habe der viel und vor allem von sich selbst gesprochen, und Isabelle erinnerte sich auch noch dunkel daran. Doch ihr Vater war gestorben, als sie sechs war. Es war ein regnerischer Nachmittag im Frühling gewesen. Die Polizei hatte an der Tür geklingelt. Mutter hatte geöffnet, geschrien und geweint. Ein Unfall auf der Autobahn. Gelitten, so hatten die Beamten damals gesagt, habe er nicht.

Als sie vierzehn war, begann Isabelle mit dem Schreiben am Computer. Sie schrieb und schrieb immer mehr und immer schneller und immer systematischer, und wenn sie den Eindruck hatte, nicht mehr ganz die zu sein, von der sie in ihren

Journalen erzählte, überlegte sie sich einen Namen für das Geschriebene, ließ von einem Internetanbieter professionell ein Buch aus ihrem Text binden und stellte es in ihr Bücherregal. Zu dieser Zeit entstand der Band »Isabelles Journal VI – das verlorene Herz«, weil Isabelle damals in ihren Deutschlehrer Herrn Eichenbaum verliebt war. Eichenbaum war 40, schlank und fein gebaut, mit edlen regelmäßigen Zügen. Isabelles Leben breitete sich in Form von Papier aus. Und das Schreiben nützte ihr auch in der Schule. In Deutsch bei Herrn Eichenbaum war sie Klassenbeste, weil ihre Aufsätze eine bei Klassenarbeiten nie gesehene literarische Qualität erreichten. Das Sprachgefühl, das sie sich in ihrer Muttersprache angeeignet hatte, konnte Isabelle auch auf die anderen Sprachen übertragen, auf Latein, Französisch, Englisch und Italienisch.

Sie hatte sicherlich schon drei Seiten niedergeschrieben, als ihr iPhone klingelte. So früh! Es war ein anonymer Anrufer, also einer, der mit unterdrückter Nummer inkognito anrief. Sie war unentschlossen. Sollte sie abnehmen oder nicht? Sie wartete, aber nachdem der Anrufer nicht so leicht aufgab, siegte ihre Neugier. Sie nahm ab, sagte ihren Namen und dann einige Zeit gar nichts. An ihrem Mienenspiel war zu sehen, dass das, was sie sich anhören musste, nicht angenehm war – im Gegenteil. Es verging einige Zeit, in der Isabelle immer genervter dreinschaute.

»Mama, beruhige dich, ich hätte dich bald angerufen«, sagte sie dann – und blinzelte ganz langsam. Dreimal.

Das Entsetzen

Irgendwann, dachte Kruschel mit einem eigenartigen Rumpeln in seinem Hirn, wirst du vielleicht auch so enden. Du wirst da liegen und gelebt haben. Gelitten haben. Der warme Saft des Lebens wird aus dir herausrinnen, dein Geist wird gewichen sein, während eine Menge Leute sich fassungslos um dich versammelt haben wird, offenen Mundes starrend. Mit Hass im Herzen. Also dachte Kruschel und kratzte sich hinter dem Ohr.

Der Morgen war außerordentlich schön. Sonne. Kälte. Böiger Wind. Kruschel war zu Fuß gekommen. Das tat er, wenn er denken musste. Und heute musste Kruschel denken, denn er hatte seit einiger Zeit ein Problem mit dem Koordinatensystem, auf dem er sein Leben mit drei Frauen organisieren musste. Sie hießen Jo, Sabine und Maria. Kruschel hatte jeweils eine für das, was er im Leben brauchte, für das, wofür eine allein nie würde aufkommen, nie würde genügen können.

»Denken«, hatte Kruschel immer wieder zu seinem Stellvertreter Brondi gesagt und wohl auch sagen müssen, denn ein Rechthaber war Kruschel schon immer, »denken kannst du, wenn du dich bewegst und von einem Bein aufs andere trittst.« Kruschel sagte solche Sachen zu Brondi, ohne dass dieser ihn ernst nahm, denn Kruschel, ein Mann mit nur leicht überdurchschnittlicher Intelligenz, wirkte weder sonderlich klug, noch war er sonderlich beliebt.

Und letzteres hatte seine Gründe.

Von einem Bein aufs andere treten. Das tat Kruschel auch jetzt, im Stehen allerdings. Fast alle waren gekommen. Die Nachricht verbreitete sich schnell. Das Entsetzen war groß. Manche schrien. Frauen übergaben sich. Männer starrten leer vor sich hin. Einige unterhielten sich leise. Es herrschte eine allgemeine Fassungslosigkeit. Kruschel merkte, wie es kälter und kälter in ihm wurde, wie er gleichzeitig einen heißen, roten Kopf bekam, aber auch, zumindest war das sein Eindruck, wie diese Sache viele seiner Kollegen irgendwie kalt ließ. Die Schreie seiner Kolleginnen kamen ihm unecht vor. Das Getuschel klang nach falschem Entsetzen. So dachte Kruschel.

Der Abflug

Während all dies sich ereignete, während Kruschel frierend von einem Bein aufs andere trat und nicht nur seine Füße immer kälter wurden, machte sich ein Mann am Frankfurter Flughafen daran, in ein Flugzeug zu steigen. Er mochte Ende 50 sein, eher klein als groß, eher schmächtig als kräftig, eher durchschnittlich als außergewöhnlich. Verstohlen, fast verstört schlich er über den glänzenden Fliesenboden der Flughafenhalle, die voll war von Handlungsreisenden der Geschäfts- und Finanzwelt. Immer wieder drehte er sich um und sah nach hinten, als hätte er Angst. Der Mann war elegant mit einem anthrazitfarbenen Anzug und Wintermantel bekleidet und trug ein metallenes Samsonite-Case mit dem für diesen Fernflug zulässigen Gesamtgewicht als Handgepäck in der Linken, während seine Rechte ein Flugticket festhielt, vielleicht ein bisschen fester als notwendig. Zwei weitere Koffer hatte er bereits beim Einchecken der freundlichen Dame der Lufthansa überlassen. Es waren dickere Koffer, die auf einen längeren Aufenthalt im Anderswo hindeuteten.

Auch in Frankfurt war es sonnig und eisig kalt. Es musste Anfang Januar sein. Das Licht fiel quer in die Halle ein, die kalt wirkte. Er passierte die Kontrollen, machte ein paar Einkäufe im Duty-Free-Bereich, trank einen Kaffee und setzte sich dann an das Gate, von dem sein Flugzeug ihn in die Ferne (und hoffentlich in die finale Freiheit) bringen würde. Er schnappte sich ein paar Zeitungen am Lufthansa-Regal und setzte sich. Er blätterte in den Sportteil hinein und schaute, ob dieser etwas über die derzeit laufenden Olympischen Winterspiele berichtete. Er interessierte sich für Sport. Tennis, Skifahren, Formel Eins. Das waren seine Sportarten. Noch mehr aber als der Sport selbst interessierte ihn heute der Medaillenspiegel und der Platz, auf dem Deutschland gerade stand, denn Zahlen und Ränge waren seine Sache. Zahlen waren eine und seine untrügliche Wahrheit. Hier wusste er Bescheid.

Niemand konnte ihm in dieser Domäne etwas vormachen. Zahlen, Zahlen, Zahlen. So lautete sein Credo. Viel mehr, woran er sich festhielt, gab es auch nicht in seinem Leben.

Natürlich war, was passierte, nicht spurlos an ihm vorübergegangen. Immerhin hatte er drei Briefe bekommen mit Morddrohungen darin. Anonym. Verdammt, dachte er. Natürlich hatte er niemandem davon erzählt. Nicht einmal der Psychologin, die er einmal wöchentlich für eine Doppelsitzung aufsuchte. Es wäre ihm zu peinlich gewesen, er hätte sich entlarvt gefühlt. Seine Sicht der Dinge, seine Sicht der vielen Konflikte, von denen er ihr gegenüber sprach, wären ihr in einem ganz anderen Licht erschienen. Er hätte sie nicht mehr so einfach mit seiner Wahrheit betrügen können, dachte er. Er hatte handeln müssen. Also hatte er gehandelt. Und er hatte es selbst tun müssen. Alles andere wäre zu riskant gewesen. Über viele Jahre hatte er sich in eine Situation hineinmanövriert, aus der es nur noch zwei Entkommen gab: Er oder ich, dachte er, während die Maschine als startklar über den Lautsprecher gemeldet wurde.

Die Arbeitsgruppe

Im Moment des Abhebens der Maschine stand Kruschel einige Hundert Kilometer weiter weg gerade auf dem linken Bein, dachte nach und fragte sich: Wie war das möglich, vor allem: so möglich, wie er es sich nie vorgestellt hatte? Als er gekommen war, hatten Polizisten längst alles abgesperrt. Typen in weißen Plastikanzügen mit dicken Gerätekoffern tappten durch das, was sie vor sich sahen: ein rotes Desaster aus Fleisch und Flüssigkeiten. Gliedmaßen lagen in einem See aus Blut so über den Boden verteilt, dass ihre Anordnung die Lettern »i«, »h« und »r« ergaben, den Namen des Blattes, für das sie sich täglich alle den Arsch aufrissen und dabei in Kauf nahmen, ihre Lebenszeit zu verkürzen.

Wer auch immer das getan hatte – er hatte sich beim Zerlegen des Körpers zwar nicht einmal die Mühe gemacht, vorher die Kleidungsstücke zu entfernen, aber er hatte ansonsten gute, ja, sehr gute Arbeit geleistet und alle Elemente und Extremitäten des Körpers akribisch geordnet.

An Arm- und Beinstümpfen klebten tatsächlich noch Hemden- und Hosenteile, und die herumliegenden Körperteile waren von dunkelblauen Anzugfetzen umgeben. Aber die größte und geradezu erstaunliche Leistung dieser theatralischen Inszenierung war, dass der Kopf des Chefredakteurs im doppelten Wortsinn das i-Tüpfelchen war: Er thronte, mit Brille, fein um die blonde Schifferkrause rasiert und das blonde Haar zum akkuraten Seitenscheitel gekämmt, mit einem offenen und einem geschlossenen Auge, so, als zwinkere er dem Betrachter zu, als Punkt auf dem »i« der drei Lettern des kleingeschriebenen *ihr*. Sein Gesicht, das vor allem des Bartes wegen entfernt an Richard Wagner erinnerte, war zwar etwas schmerzverzerrt, hatte aber mit dem Hauch eines lächelnden Mundes nicht nur einen ungewohnt entspannten, ja, es hatte auch einen schelmischen Ausdruck.

Dies alles ist wahr. Ich erzähle es, weil ich Volker Kruschel bin und denke, dass diese Geschichte, die auch meine ist und eine von, nun ja, Freundschaft, erzählt werden muss. Nicht aus Voyeurismus oder Kriminalmode, sondern weil die Entstehung dieser fürchterlichen Wirklichkeit an die Öffentlichkeit muss, weil nicht nur ein berufliches, sondern auch ein menschliches, ein gesellschaftliches Drama hinter der hier behandelten Schlachtung steckt. Ich bin krank. Ich schlafe schlecht. Seit Jahren. Nächte voller Albträume. Nächte voller Angst. Zugegeben: Das Aufschreiben dieser Handlung, die ich ja selbst größtenteils miterlebt habe, hat für mich auch therapeutische Zwecke, und um die ganze, sich letztlich dann doch über viele Monate und in der Folge sogar Jahre andauernde Handlung nicht noch einmal allzu nahe an mich herandringen zu lassen und über den Tasten immer wieder aufs Neue in Tränen auszubrechen, habe ich mich entschlossen, aus der Sicht eines Unbeteiligten und also allwissenden Erzählers zu berichten. Ich, Kruschel, erzähle, als wäre ich ein Schriftsteller, aber glauben Sie mir: Ich habe so gut recherchiert, dass (fast) alles wahr ist, was ich Ihnen erzähle. Hören Sie mir also zu:

Plötzlich kam da so ein Beamter und sprach. Sie mussten alle den Tatort verlassen, sollten sich in den großen Konferenzraum begeben, dort sammeln und warten. Alle, dachte Kruschel, alle werden verdächtigt werden, dies hier getan zu haben, alle – außer einem: mir! Eine Frau in Uniform kam und verteilte Visitenkarten. Jeder sollte einzeln Auskunft geben, ob er etwas gesehen, gehört oder gemerkt hatte. 141 Redakteure, Sekretärinnen, Volontäre, Archivare, Mediengestalter, Grafiker und andere Mitarbeiter der *ihr*-Community. 141 potenzielle Täter, den Sicherheitsdienst, die Frau des Chefredakteurs, Frau Lind, die Frauen, Freunde und Tennispartner, mit denen Chefredakteur Lind sich in den vergangenen Jahren immer wieder zu vergnügen versucht hatte, nicht mitgerechnet.

Ein im Grunde nebensächliches Problem stellte sich schnell: Wie berichtet eine Zeitung über den Mord am eigenen Chefredakteur im eigenen Verlagsgebäude? Über Mord und Mordprozesse im Allgemeinen wurde immer groß und skandalisierend geschrieben, es wurden erste Meldungen im Internet verbreitet, die Presseagenturen informiert und viele Bilder zu sogenannten Bildersuiten im Netz zusammengefasst, damit die Menschen ihre Gier nach Sensationen befriedigen und die *ihr*-Redaktion den Eindruck von gesellschaftlicher Relevanz samt Klicks bekommen konnte, was auch für die Anzeigenkunden wichtig war.

Reichweite war wichtig. Sie bestimmte den Preis.

So ging es hier zu, seit das Blatt wie fast alle anderen weltweit ein Auflagenproblem hatte. Der Journalismus, wie sie ihn gelernt hatten, der Journalismus, den sie immer nicht nur als Beruf, sondern als Berufung zur Aufklärung und Meinungsbildung in einer demokratischen Gesellschaft gesehen hatten, dieser Journalismus, so schien es zumindest den meisten von ihnen, war am Ende.

Also richtig am Ende.

Zerstört durch soziale Netzwerke und all das Gefasel um im Grunde Banales, Marginales und Triebgesteuertes. Man starb langsam, aber sicher. Ein schmerzhafter und grausamer Tod. Doch dies hier war als eine Stufe intensiver einzuordnen. Es musste zwar kein langsames Sterben gewesen sein, das Lind erfahren hatte, aber dieser eiskalte Mord oder vielmehr: Diese Metzelei und, man konnte es nicht anders ausdrücken, Riesenschweinerei war ohne große Qual und Schmerz ganz undenkbar.

Aber zum Glück gab es ihn: Egon Sauer, Chef der politischen Berichterstattung, im Nebenamt aber auch stellvertretender

Chefredakteur. Für ihn bot sich, das merkte der Herr Sauer schnell und glaubte es damals auch noch fest, eine Chance.

»Ich übernehme das Kommando in dieser schweren Stunde«, rief Sauer im von kaltem Morgenlicht erhellten Konferenzraum mit dem bestimmten und forschen Ton eines erprobten Generals, »wir sollten sofort eine Arbeitsgruppe bilden. Wir müssen darüber sprechen, wie wir das morgen ins Blatt bringen.« Einige waren entsetzt. Ein so realer Gedanke war ihnen in der aktuellen Verfassung gar nicht möglich. Nur Hund, der vielen als fauler Feuilletonist galt (der er mitnichten war), und Bauer, die klapperdürre und vorlaute, aber durchaus schnelle Sächsin mit dem Spezialgebiet Sex and Crime, riefen zu einiger Verwunderung aller fast einstimmig: »Ich mache mit!«

Sauer also, Bauer und Hund – das war ein echtes Dreamteam, dachte Kruschel, der alles tat, um dort nicht mitarbeiten zu müssen, der alles tat, um nirgendwo mitarbeiten zu müssen. In solchen Situationen verschwand er immer mit gespielter Bedeutsamkeit und einer Zielstrebigkeit, die einem suggerierte, in seiner Hose rufe gerade die Kanzlerin oder der Präsident der Vereinigten Staaten von Amerika in dringender Angelegenheit auf dem Handy an, an einem Ort im Irgendwo.

Er tauchte ab.

Für Minuten.

Aber zurück zu Sauer: Ergebnis seiner Arbeitsgruppe war zunächst, dass im Internet sofort und in der *ihr*-Ausgabe des folgenden Tages auf Seite eins eine sogenannte Spitzenmeldung mit einem kleinen Archivbild von Lind stand. Sauer höchstselbst hatte den Text verfasst:

Grausamer Tod von *ihr*-Chefredakteur Lind
ZERSTÜCKELTE LEICHE IM VERLAGS-
GEBÄUDE GEFUNDEN
EgoSa/ihr. Der Chefredakteur dieser Zeitung, Helmuth Lind, ist gestern offenbar Op-

fer eines schweren Verbrechens geworden. Laut ersten Ermittlungen starb er in den frühen Morgenstunden im *ihr*-Verlagsgebäude am Jöllheider Oberteich vermutlich an mehreren Messerstichen, *die* zu einem großen Blutverlust geführt haben. Über den Hergang der Tat ist nach polizeilichen Angaben derzeit noch nichts Genaueres zu sagen. Die Ermittlungen dauern bis zur Stunde an. »Was wir momentan sagen können«, so die die Untersuchungen leitende Kommissarin Lena Nümflinger gegenüber der *ihr*-Redaktion, »ist, dass Lind von vorn durch die Rippen hindurch mit einem großen Messer durchstoßen wurde. Das lässt den Schluss zu, dass der Ermordete seinen Täter sah, möglicherweise sogar kannte. Zeichen dafür aber, dass es im Vorfeld der Tat zu einer körperlichen Auseinandersetzung gekommen war, haben wir derzeit nicht. Doch die Obduktion des Körpers stellt sich auch als besonders schwierig heraus.« Ebenso unklar wie der Hergang der Tat sei laut Nümflinger auch, wie es zu dem Verbrechen habe kommen können, ohne dass jemand etwas bemerkt habe. Nachts machen Sicherheitsdienste regelmäßig Rundgänge durch die Räume der Redaktion. Am heutigen Donnerstag soll es zu intensiven Gesprächen zwischen der Redaktion und den ermittelnden Beamten kommen. Die Redaktion und der Verlag sprechen den Angehörigen unseres Chefredakteurs ihr Beileid aus. »Wir sind alle sehr geschockt. Uns fehlen die Worte«, sagte *ihr*-Herausgeber Peter Meier gestern Nachmittag am Telefon. Meier wird

seinen Tauch-Urlaub an der Côte d'Azur sofort beenden und die Ermittlungen nach allen
Kräften unterstützen. »Wir müssen jetzt zu-
sammenhalten«, so Meier.

EgoSa war Egon Sauers Kürzel. In dem ebenfalls von ihm
verfassten, riesengroßen Nachruf auf den Chefredakteur einige Seiten weiter wurde naturgemäß nur gelogen. Sauer, der es
mit der Wahrheit sonst ziemlich, manchmal sogar verdammt
genau nahm, schrieb hier exakt und systematisch an ihr vorbei. Aber was sollte er auch tun in einem solchen Moment!

Im Bunker des Todes

Es ist dunkel. Seit Tagen wohl. Doch wie lange er schon hier ist, weiß er nicht. Hier ist Nacht. Wenn es hell wird, dann nur dank eines schwachen Scheins einer Kerze, die die Gestalt mit sich trägt, wenn sie ihm zu essen und zu trinken bringt. Er ist ein Gefangener im Irgendwo. Im Nirgendwo. Was mit ihm passiert ist, passiert und passieren wird, weiß er nicht. Aber seine Angst ist unbeschreiblich und groß. Er windet sich und will schreien. Aber das geht nicht mehr. Nach stunden- oder tagelangem Schreien verliert man irgendwann nicht nur die Stimme, sondern auch das, was angeblich zuletzt stirbt: die Hoffnung. Warum ist das alles so, fragt er sich? Warum bin ich hier? Die Gestalt spricht nicht. Er hat also keine Ahnung. Er sieht keinen Sinn. Er hat nichts verbrochen, sagt er sich. Er hat keine Familie, keine Kinder, nur Studenten, die er streng, aber korrekt behandelt, denkt er, und auch, dass es, seit Christiane ihn wegen eines anderen verlassen hat, niemanden mehr gibt, der ihn vermissen könnte – außer den Leuten an der Universität, die aber in den Semesterferien sind. Kein Student, keine Studentin, kein Dozent, Assistent oder Professorenkollege wird ihn vermissen, bis die vorlesungsfreie Zeit vorüber ist. Das sind noch Wochen.

Die schwarze Gestalt. Er sieht sie kaum. Aber sie ist nicht groß. Dem Körperbau zufolge, so ist er sich fast sicher, muss es eine Frau sein. Sie ist eher klein als groß, eher schmal als breit. Die Gestalt kommt, stellt ihm ein Tablett hin mit Essen und Wasser in Hundenäpfen. Er frisst wie ein Tier. Ohne Hände. Seine Hände sind hinter dem Rücken mit Handschellen an das Bett gefesselt, an das damit auch sein ganzes Ich gefesselt ist. Das Bett, wohl ein Krankenhausbett mit Schwenktisch, muss in den Boden einbetoniert sein. Sein Lebensradius beschränkt sich auf vielleicht 80 Zentimeter nach rechts und links. Nur mit allergrößter Anstrengung gelingt es ihm, sich zum Essen aufzusetzen, zum Fressen aufzusetzen.

Seine Verrichtungen erledigt er direkt neben dem Bett in ein Behältnis, das er noch nie gesehen hat, von dem er nur weiß, weil die Gestalt ihn anfangs brutal darauf gesetzt hat. Seine Metallfesseln rutschen an der hinteren Bettstange so weit, dass er sich verzerrt und verdreht daraufsetzen kann, was ihm mittlerweile höllische Schmerzen verursacht. Handgelenke, Rücken, Gesäß – alles schmerzt. Hinzu kommt eine unangenehme Kälte, die er auf 15 Grad schätzt. Und natürlich stinkt es bestialisch. Seine Exkremente und sein Urin werden nur selten entsorgt. Er kämpft gegen das Erbrechen. Es ist ein Geruch, an den man sich nicht gewöhnt, denkt er und erbricht sich sogleich, nur mit Mühe und einer virtuosen Drehung nach links dorthin, wo auch der Gestank herkommt.

Er hört nichts außer seinen Gedanken und seinem Herz, das vor Anstrengung schlägt, aber auch vor Angst. Aber er riecht. Wenn man nur das Riechen abstellen könnte. Und die Angst.

Vernehmungen

Kruschel war einer der Ersten, die am Tag nach dem Blutbad auf dem Kommissariat verhört wurden. Es waren keine Räume, wie man sie sich vorstellt, nachdem man Hunderte Kriminalfilme im Fernsehen gesehen hat. Sie hatten, dachte Kruschel, fast etwas Sympathisches an sich mit den alten Schwarz-Weiß-Ansichten einer Stadt, die bis vor Kriegsende einmal schön gewesen war.

»Ich habe nichts gesehen, nichts gehört, nichts bemerkt«, sagte Kruschel der Kommissarin in einer frappierenden Zusammenfassung dessen, was er dieser Frau sagen wollte: nämlich nichts.

Sie hieß also Lena Nümflinger und schien nicht nur sehr blond, sondern auch noch sehr klug.

»In welchem Verhältnis standen Sie zu Herrn Lind?« Nümflinger sprach bestimmt und sah Kruschel nicht so an, als wolle sie angelogen werden.

»Ein professionelles, wir hatten ...«, Kruschel dachte nach und packte langsam eine Zigarette aus, »... ein eher professionelles Verhältnis.«

»Was heißt eher?«

»Eher heißt eben eher.« Kruschel runzelte die Stirn und blickte der Frau vor ihm in die Augen. Es war nur ein buchstäblicher Augenblick. »Okay. Lind und ich sind, waren, na ja, wir, also ich war in der gesamten Redaktion so etwas wie sein einziger Verbündeter. Lind stand verdammt allein da. Es gibt, also es gab sonst niemanden, der ...«

Kruschel kramte sein Zippo-Feuerzeug aus der Sakkotasche. Er zitterte. Er sah müde aus. Mitgenommen, dachte sie.

Seine Augen waren klein, seine Haare hatten nicht die gewohnte Ordnung, sondern wirkten wie eine Miniaturlandschaft von mit Asche überzogenen Bäumen und Sträuchern.

»Das können Sie gleich bleiben lassen«, sagte sie und fuhr mit ihrer Zunge langsam über ihre Lippen. Nümflingers Stimme hatte etwas Sympathisches, Warmes bekommen. Kruschel war kein vollkommener Dummkopf. Er merkte, dass sie Nähe herstellen wollte, um mehr aus ihm herauszukriegen – eine Technik, die er früher, als er noch etwas fleißiger war, auch bei Treffen mit Leuten angewandt hatte, wenn es um heikle journalistische Themen gegangen war. Damals, als er noch schrieb.

Es regte sich plötzlich etwas in ihm, wogegen er sich nicht wehren konnte. Die ganze Geschichte ging ihm erneut durch den Kopf, wie er zwei Tage zuvor noch abends wegen dieses abgelehnten Reisekostenantrags bei Helmuth gewesen war, wie sie über Geld und Inhalte gestritten und über den Kollegen Müller geschimpft hatten, der Helmuth längst viel zu aufmüpfig geworden war, und wie sie sich dann über Reisekosten und Spesen gestritten und noch kühler als sonst verabschiedet hatten. All das vielleicht rund acht Stunden vor Helmuths Tod, das heißt: vor Entdeckung seiner Leichenteile.

Was war geschehen in diesen acht Stunden?

»Wie bitte, was?«, fragte Kruschel, nachdem er aus seiner Gedankenwelt wieder in die Realität zurückgekehrt war.

»Was meinen Sie?«

»Sie sagten, das könne ich gleich bleiben lassen. Was?«

»Äh …, ach ja, ich meinte das Rauchen. Damit müssen Sie sich noch gedulden. Rauchverbot.«

Sie zeigte auf das Schild über dem Ausgang.

Auch Nümflinger gingen die Bilder aus dem Redaktionsgebäude im Kopf herum. So einen Schlachthof hatte sie noch nicht gesehen. Sie machte diesen Job jetzt seit 15 Jahren, und sie bildete sich ein, schon viel gesehen zu haben.

»Was ist mit den anderen? Irgendwelche Auffälligkeiten?«

Jetzt wurde Kruschel etwas unruhig und rutschte auf dem alten und knarzenden Holzstuhl hin und her. Er wusste, dass er jetzt reden musste. Mehr reden.

»Wie schon gesagt: Ich war Helmuths einziger Verbündeter. Es gab niemanden sonst, der ihn auch nur annähernd mochte. Helmuth war allen verhasst, sagen wir: Sein Problem war, dass er war, wie er war, wie soll ich sagen ...«

Machte er das absichtlich? Kruschel legte wieder eine seiner bedeutsamen Pausen ein. In Nümflinger brodelte es.

»...äh, ja, es gehörte eben zu seinem Charakter, es war sein Persönlichkeitsprofil. Helmuth war ein Mensch, wie soll ich sagen, ohne Gefühle für andere Menschen, absolut ohne Empathie, dafür aber mit viel Gefühl dafür, wie er seine Macht sichern und, ja, man kann es nicht anders sagen, seine Untertanen in Schach halten konnte. Das klingt jetzt vielleicht etwas hart, aber das trifft es. Helmuth war ... na ja, das was die Leute, auch die meisten in der Redaktion, als ein Arschloch bezeichnen.«

Aus Kruschels anfänglicher Lieber-nichts-sagen-Haltung hatte sich ein verbaler Niagara-Fall entwickelt.

Es rauschte.

Es fiel.

Die Worte purzelten aus seinem Mund.

»Er war ein Meister im Demütigen, Einschüchtern, er war ein Neo-Machiavellist.«

> Hey, wir wollen mal nicht so sein, für alle, die (wie Lind selbst auch) nicht wissen, wer Machiavelli war, wissen es Gott Internet und Gott Wikipedia: »Machiavellismus ist eine im 16. Jahrhundert aufgekommene Bezeichnung für eine Niccolò Machiavelli (1469–1527) zugesprochene politische Theorie, nach der zur Erlangung oder Erhaltung politischer Macht jedes Mittel unabhängig von Recht und Moral erlaubt ist. Machiavellismus ist zumeist negativ konnotiert und wird als Schlag- und Schimpfwort (gegenüber Gegnern) verwandt. Inwieweit Machiavelli wirklich einen Machiavellismus vertreten hat, ist umstritten.

Aber zurück zu Nümflinger. Und dem, was Kruschel dachte. Wie alt mochte sie sein? 35? 38? Es mag seltsam klingen, aber Kruschel gefiel der Gedanke plötzlich, diese Kommissarin in nächster Zeit öfter mal zu sehen und zu sprechen, auch wenn das jetzt nicht der Ort und die Zeit für solche Gedanken war. Nümflinger schaute, nur einen Augenblick, zum Fenster hinaus, das der gar nicht mal so unschönen Polizistin keinen schönen Ausblick bot. Ihr blondes, langes und frisch gewaschenes Haar hing glatt und glänzend herab.

Darunter fragte es erstaunt: »Wie konnten Sie ihn mögen?«

»Er war einsam«, begann Kruschel und kratzte sich hinter dem Ohr, »einsam wie ein ... Fels, wie ... kennen Sie vielleicht Schillers *Don Carlos*? Die Einsamkeit Philipps II. war auch die Einsamkeit Helmuth Linds. Ich, Kruschel, war sein Rodrigo, sein Marquis de Posa, ein distanzierter Vertrauter, der folgte, aber auch seine Meinung sagen durfte.«

Kruschel erschrak. Hatte er dies gerade so kühl analysiert, ohne Emotion, in fast Lind'scher Eisigkeit?

»Das reicht«, sagte Nümflinger, »Sie können gehen.«

Was Kruschel selbstredend sofort tat. Nümflinger aber, die einige Sekunden bis zum nächsten Verhör hatte, musste plötzlich an ihre Gymnasialzeit denken. An die Liebe. Auch sie hatten Schiller gemocht. Sie und Andreas hatten oft des Sommers nackt in ihrem Baldachinbett gelegen und in verteilten Rollen seine Stücke gelesen. Es war im Wahlfach Literatur, wo sie sich kennengelernt hatten. Ihre Blicke hatten sich mitten im Unterricht getroffen. Sie sah aus ihren blauen Augen in seine blauen Augen. Es funkte und dauerte nicht lange – ihre Eltern waren über das Wochenende an die Côte d'Azur gefahren – bis sie eines Nachts nebeneinander lagen und nicht so recht wussten, was zu tun war. So dumm waren sie damals. Dass ausgerechnet dieser Kruschel, den sie im ersten Augenblick alles andere als sympathisch fand, sie mit Schiller an diese Zeit erinnerte, kam ihr merkwürdig vor und störte irgendwie ihr Gleichgewicht. Nümflinger überkam schon ein ziemlich seltsames Gefühl. Etwas regte sich.

Kruschel schlief schlecht in der folgenden Nacht. Nümflinger schlief gar nicht.

In ihm, Kruschel, wüteten wie in einer Endlosschleife immer wieder seine letzten Minuten mit Lind. Die Diskussion über die Spesen. Der Streit. Der Abschied. Er, Kruschel, spürte noch die kalte Türklinke von Linds Büro im obersten Stockwerk des am Stadtrand errichteten Redaktionshochhauses in seiner Hand.

In ihr, Nümflinger, war da dieses unauslöschliche Bild: Linds Kopf, das eine offene und das andere geschlossene Auge hinter der Brille, Blut, viel Blut, sein Mund – sein fast zufrieden lächelnder Mund inmitten eines allzu akkurat gestutzten und gepflegten Bartes.

Berlin – Liebeskummer

Regen lief in langen, traurigen Linien die Fensterscheiben hinunter. Graue Wolken zogen über ihnen ihre Bahnen. Es wehte ein leichter Wind aus Südwest, doch den konnten sie drinnen nicht wahrnehmen. Isabelle blickte zum Fenster hinaus in einen großen Garten voller alter und kahler Bäume. Winter. Das Haus, in dem sie aufgewachsen war, stand in Berlin-Zehlendorf und glich mehr einer Villa als einem Einfamilienhaus. Hier war sie also groß geworden, mit ihrer Mutter und ihren älteren Geschwistern, mit Bastian und Philipp und Alexia und – eine Zeit lang – ihrem viel zu früh verstorbenen Vater. Durch das Vermögen, das die Familie seit Jahrhunderten besaß und durch die unermüdliche Arbeit eines privaten Finanzberaters weiter anhäufte, musste ihre Mutter nicht des lieben Geldes wegen arbeiten. Sie tat es, weil sie es brauchte, gebraucht zu werden, weil sie sich in der Gesellschaft nützlich machen wollte.

»Wie geht es Alexia, was macht sie?«, fragte Isabelle aus der Ferne in die Stille hinein und ging auf den alten Steinway zu, der in dem riesigen Raum direkt neben der Küche stand. An dem großen Instrument mit seinen Jugendstilornamenten hatte sie viele, wie sie immer noch fand, zu viele Stunden ihrer Kindheit gesessen und mit Aus-Noten-bastel-Musik verbracht. Trotzdem: Sie setzte sich und suchte in den Musikwindungen ihres Hirns, versuchte, sich an das eine oder andere Stück von damals zu erinnern. Damals, das war, als sie 16 war und aufhören durfte. Endlich! Nun saß sie vor der Klaviatur und drückte Tasten, spielte ein C, dann ein F, ein As und dasselbe nochmals eine Oktave höher. Es klang fast nach Beethovens erster Sonate (und das hätte es auch noch werden können, wenn Isabelle nicht einfach schlecht auf dem Klavier gewesen wäre). Es mochte also nicht gelingen.

Also: Isabelle war nicht so musikalisch wie ihre drei Geschwister. Aber nicht Klavier zu spielen, das gehörte bei den guten alten von Waldenbergs nicht in den Bereich der Vorstellungskraft dessen, wie ein Spross des traditionellen Adelsgeschlechts aufzuwachsen hatte. Die Welt, in der die von Waldenbergs lebten, war eine heile, friedliche und ein bisschen (sehr) saturierte, vor allem wenn man bedachte, dass neben der vielen Bildung und der guten Kinderstube, die von-Waldenberg-Kinder auf Privatschulen und mit Privatlehrern nun mal naturgemäß genossen hatten, auch ein gewisser Luxus das Leben bestimmte, der auf diese Weise nur sehr wenigen Menschen auf der Welt zuteilwird. (Ja: Diese Leute waren reich. Stinkreich.)

»Entschuldige, Isa, was meintest du eben?«, rief ihre Mutter erst jetzt. Sie war gerade dabei, hinter der Durchreiche in der Küche einen Tee zuzubereiten und selbstgemachte Kekse, Reste von Weihnachten, auf ein silbernes Tablett zu stellen. Isabelle wiederholte ihre Frage, worauf die Mutter nun ein »Mhmm« verlauten ließ. Isabelle schloss daraus, dass sie ein Stück Keks im Mund haben musste und Zeit für die Antwort gewinnen wollte.

»Deiner Schwester geht es natürlich gut«, sagte Frau von Waldenberg im Hereinkommen, »wie immer. Seit sie das zweite Staatsexamen hat, arbeitet sie für diese Firma, du weißt schon, sie arbeitet da jedenfalls wie eine Besessene und will Karriere machen. Du kennst ja deine Schwester. Was sie auch anpackt, führt sie zum Erfolg.« Sie dachte ein bisschen nach, wirkte leicht bedrückt und fügte hinzu: »Einen Mann hat sie aber immer noch nicht.«

Sie setzten sich auf das moderne Ledersofa, von dem aus man einen fast ungestörten Blick in den Garten hatte, der gerade in strömendem Regen unterging. Vor ihnen: ein Tisch mit dem Silbertablett. Um sie herum: eine der schönsten Villen Berlins. Isabelle sah ihrer Mutter von der Seite zu und sah eine Frau, die immer noch schön war, die immer noch Jugend und Wachsamkeit ausstrahlte, der die sicherlich gefärbten und sehr gepflegten braunen Haare frisch gewaschen auf den weißen Rollkragenpulli fielen.

Alexia hatte zwar Jura studiert und war – schon seit Schulzeiten – mit Abstand die Ehrgeizigste in der Familie und deswegen auch immer sehr gut. Auch war sie ein Kommunikationsgenie und kam mit allen Menschen, mit denen sie sich umgab, gut aus. Aber Männer als Objekte der Begierde interessierten sie nicht mehr, das wusste Isabelle. Alexia hatte es Isabelle eines Tages gesagt, hatte gesagt, dass sie lesbisch sei und mit anderen Mädchen rummache und Isabelle darum gebeten, es niemandem zu sagen. Auch nicht ihrer Mutter. Alexia hatte ihr auch davon berichtet, dass sie es mit Jungs probiert hatte, aber nie ein Gefühl der Geborgenheit und Liebe ihnen gegenüber entwickeln konnte, und als einer der Typen, mit denen sie in der Kiste lag, sie mal übel malträtiert, sie in die Brustwarzen und allzu fest in die Klitoris gebissen hatte, so sehr, dass Alexia blutete, beschloss sie, es mit dem anderen Geschlecht zu versuchen, zu dem sie sich ohnehin schon immer hingezogen gefühlt hatte. Das war also die Wahrheit. Na ja, und der Zeitpunkt, es ihrer Mutter zu offenbaren, war wohl immer noch nicht gekommen. Isabelle war hin und her gerissen, ob sie diese Geheimnistuerei richtig oder kindisch fand, schließlich war ihre Mutter keine Furie und hätte sicherlich Verständnis gehabt für eine Sache, die die Natur nun einmal so entschieden hatte, ob es einem gefiel oder nicht. Doch was sollte sie tun, als die Entscheidung ihrer Schwester zu tolerieren, mehr: zu respektieren.

»Und du, Isa, wie geht es dir, erzähle. Was machst du? Macht dir dein Studium Spaß?« Was für eine spießige Frage! Die Mutter schenkte ihr Tee ein und reichte ihr den Teller mit den Keksen. Aber Isabelle fühlte sich trotzdem nicht ausgefragt. Sie war ja nach Berlin gekommen, um zu reden, um zu erzählen, wie es mit dem Studium lief, welche Freunde sie an der Uni gefunden hatte und auch, um ihrer Mutter den Kummer zu klagen, der sie seit Tagen bedrückte. Auf ihre doofe SMS an den Professor hatte sie nie eine Antwort bekommen, und da nun Semesterferien waren, hatte sie auch nicht die geringste Möglichkeit, mit ihm in Kontakt zu treten. Was sollte sie tun?

»Es geht mir insgesamt gut, Mama«, log sie.

»Halte mich nicht für blind, Isa. Eine Mutter spürt, wenn ihre Tochter Sorgen hat.«

»Das Studium ist gut. Die romanischen Sprachen machen mir Spaß, wir lesen viel, und wie du weißt, macht mir das Schreiben wenig Schwierigkeiten, sodass ich neben dem Studium und den Hausarbeiten und Referaten und dem ganzen Kram noch einiges andere tun kann.« Isabelle nahm das silberne Zänglein, kniff sich ein Stück von dem braunen Würfelzucker und ließ es vorsichtig in ihren Tee fallen.

»Und dieses andere, dieses moderne Fach, Medienforschung ...«

»... es heißt Medienwissenschaft, Mama.«

»Nun gut. Was macht ihr da?«

»Alles Mögliche.« Isabelle begann zu erklären. Sie sprach davon, dass die Wissenschaft derzeit glaube, die Zukunft gehöre den elektronischen Medien und vor allem dem Internet, und dass es mit den traditionellen Medien Radio, Fernsehen, vor allem aber der guten alten Oma Zeitung langsam, aber sicher bergab gehe.

»Und du willst trotzdem noch Journalistin werden?«, fragte die Mutter.

»Das weiß ich noch nicht, Mama. Das Studium, das ich ausgesucht habe, kann für vieles gut sein. Ich kann mich spezialisieren und Übersetzerin werden, ich kann Dolmetscherin werden oder sogar Simultanübersetzerin im Europäischen Parlament. Ich kann auch Pressesprecherin von irgendjemandem werden. Die brauchen Leute wie mich, die mehrere Sprachen fließend sprechen und fast fehlerlos schreiben können. Was es wird, weiß ich noch nicht. Mama, du hast offensichtlich vergessen, dass ich erst ein Semester hinter mir habe.«

»Du hast recht. Entschuldige. Es war dumm von mir.«

»Nein, Mama«, fiel ihr Isabelle ins Wort, weil sie die Mitleidstour ihrer Mutter überhaupt nicht ausstehen konnte und sehr wohl wusste, dass sie nur erwartete, weitermachen zu können.

»Weißt du, eine Mutter macht sich eben immer Sorgen. Du weißt ja, wie es Philipp geht. Er schuftet und verdient richtig wenig Geld, sodass er zur Miete wohnen muss. Stell dir vor: ein von Waldenberg, der zur Miete wohnt. Er ist meiner Kenntnis nach der erste aus unserer Sippe, der sozial so weit abgestiegen ist. Ein Glück, dass dein Vater das nicht mehr miterleben muss.«

»Mama!!!«

Isabelle mochte gar nicht, wenn ihre Mutter die Sozialkiste aufmachte und dadurch auch auf sie enormen Druck ausübte. Sie hatte sich für ein geisteswissenschaftliches Studium entschieden, weil das ihre Welt war und ihr die der Banken, der Industrie und Finanzmärkte, eben die, wo sich viel Geld tummelte und verdienen ließ, vollkommen fremd geblieben war, obwohl sie sich immer wieder für sie zu interessieren versucht und in der dicken Tageszeitung ihrer Eltern (natürlich war es die F.A.Z.) den Wirtschaftsteil inhaliert hatte. Mit dieser Welt hatte sie nicht nur ein Gefühlsproblem. Sie hatte vor allem auch ein moralisches Problem, war ihr doch bewusst, dass jeder Reichtum damit verbunden war, dass es ein Gegengewicht dafür gab, und dieses Gegengewicht war Armut. Dass sie mit dieser Einstellung politisch und sozial genau auf der anderen Seite der Überzeugungsskala ihrer Mutter war, wusste sie, und Isabelle ersehnte nichts mehr, als irgendeine Verbindung der beiden Welten und Grundsätze, also eine Art friedliche Koexistenz ihres eher linken Dogmas mit den bequemen und wohl eher rechts- oder wertkonservativen Idealen ihrer Mutter.

»Mama, Philipp hat keine Probleme. Das glaube ich zumindest. Weißt du, wir haben Kontakt. Wir schreiben uns E-Mails. Wir tauschen uns aus, weil wir spüren, dass wir uns ähnlich sind. Hast du ihn schon einmal gefragt, ob er glücklich ist? Hast du ihn schon einmal gefragt, ob er vielleicht das Leben, das er lebt, genauso leben will, wie er es tut, und es liebt? Hast du ihn schon einmal gefragt, ob er sich nach dem sehnt, was seine Kindheit geprägt hat? Philipp ist erwachsen, Mama. Er weiß, was er tut. Er hat seinen Weg als Architekt gefunden und engagiert sich darüber hinaus auch noch politisch und sozial. Solche Menschen sind gut, Mama, unser Land braucht solche Menschen: Ganz dringend. Vielleicht sogar mehr als die Bequemen und Reichen aus dem Wohlstandsghetto Zehlendorf, die immer nur auf Besitzstandswahrung aus sind und darauf achten, dass es ihnen nicht an den Kragen geht.«

O je, sie hatte sich tatsächlich in Rage geredet und war, das glaubte sie zu wissen, eindeutig zu weit gegangen. Doch ihre Mutter überraschte sie und zeigte mehr Verständnis für Isabelles Position, als Isabelle dies jemals für möglich gehalten hatte. Ihre Mutter wirkte nicht verletzt, auch nicht böse oder traurig. In einem so angenehmen wie spannenden Moment der Stille schien sie einfach nur nachzudenken und sich zu fragen, ob das, was ihre Tochter ihr da so leidenschaftlich sagte, richtig war. Vielleicht, so dachte Isabelle jetzt, hat Mama seit Papas Tod auch nur jemand gefehlt zum Reden, ein Gegenpol, ein Widersacher, mit dem sie sich auf dialektische Art und Weise durch Themen und Ansichten diskutieren konnte, um vielleicht auch einmal eine immer als richtig geglaubte Ansicht, eine verkrustete Scheinwahrheit aufgeben und eine neue Erkenntnis gewinnen zu können. Isabelle wusste aber trotzdem, dass sie demnächst über etwas anderes sprechen sollten, und da warf sich auch der rabenschwarze Schleier wieder über ihre Seele. Sofort musste sie an den Professor denken und an das, was sie vor ein paar Tagen auf der Erstsemesterabschlussfete erlebt hatte.

»Danke«, sagte ihre Mutter, »ich werde deinen Rat ernst nehmen und tun, was du von mir verlangst. Ich werde Philipp genau diese Fragen stellen, die du mir gestellt hast. Vielleicht hast du recht. Vielleicht habe ich immer zu sehr darauf geachtet, dass ihr meinem Bild von euch entsprecht, und zu wenig darauf, dass ihr eigene Individuen seid und das Recht habt, anders zu werden als wir, eure Eltern.«

Isabelle sagte nichts darauf, und ihre Mutter schwieg und schenkte Tee nach. Es war jetzt so leise in dem großen Raum, dass sie das Tröpfeln des auf die äußeren Fensterbänke fallenden Regens hören konnten. Wie lange mochte dieser Moment angedauert haben? Eine Minute vielleicht, dann redete Isabelle.

»Mama, Philipp geht es gut, aber mir nicht.«

»Was ist los, meine Liebe? Ist es wieder die Liebe?« Frau von Waldenberg kannte die Liebesprobleme ihrer Isabelle, sie wusste von dem Umstand, dass die Männer ihrer Begierde immer zig Lenze mehr erlebt hatten als sie, und sie hatte mit einem Psychologen darüber gesprochen und erfahren, dass alles so sein könne, wie es ein Küchenpsychologe auch deuten würde: Isabelle hatte ihr Vater gefehlt.

Isabelle blinzelte ganz langsam. Und zwar genau dreimal.

»Ja, Mama.«

»Ach Gott, Isabelle, das tut mir ja so leid für dich. Schütte dich aus, erzähl, was widerfährt dir, meine Maus?«

Und Isabelle tat genau das. Sie schüttete sich aus und begann. Sie erzählte ihrer Mutter in einer zwischen ihnen nie dagewesenen Vertrautheit und Offenheit von dem Professor, von seiner Besonderheit, seiner, ja, Schönheit und Intelligenz, von ihren romantischen Gefühlen, die sie nicht kontrollieren konnte, von ihrer Verliebtheit, ihrer Eifersucht und dem, was sie auf dem Fest zwischen dem Professor und ihrer frivolen Kommilitonin Johanna beobachtet hatte. Sie erzählte, wie sie danach nach Hause gegangen war und eine albtraumartige Restnacht verbracht hatte, sprach davon, wie sie morgens eine SMS an den Professor geschrieben, dann stundenlang Tagebuch geführt hatte und der dreizehnte Band nun vollgeschrieben sei.

»Er hat nie geantwortet, Mama! Was bedeutet das, wenn ein Mann, mit dem man sich zum *Hamlet* verabredet hat, der ganz offenbar mit einer anderen Frau, na ja, äh, geschlafen hat, wenn der also nicht auf eine Nachricht antwortet?« Nun weinte sie. Isabelle konnte das jetzt nicht vermeiden. In Strömen rannen die Tränen über das Gesicht auf ihren hellblauen Pullover. In Isabelles Seele regnete es mehr als im Berlin dieser Tage (und das mochte etwas heißen). Es war ihre Mutter, nicht ihre beste Freundin, der sie sich anvertraute.

»Was war der Inhalt der SMS?«, fragte ihre Mutter sie.

»Ich habe nur ganz kurz geschrieben«. Isabelle holte ihr iPhone aus der Jeans, drückte und wischte darauf herum und hielt Frau von Waldenberg das Gerät dann direkt vor die Augen.

»Warum haben Sie das getan? Bedauernder Gruß, I.«, las ihre Mutter langsam und überlegte dann ganz kurz. »Isa, ihr seid per Sie?« Nun wirkte sie kaum noch entspannt. Ihre Mutter sagte das relativ energisch.

»Äh ... ja!« Auch Isabelle wirkte sehr erstaunt.

»Isa, du verabredest dich mit deinem Professor zu einem Theaterbesuch. In Ordnung ... na ja, nein, eigentlich nicht in Ordnung, schon weil der *Hamlet* des, ich betone, E n g l ä n - d e r s William Shakespeare noch nicht einmal etwas mit deinem Romanistikstudium zu tun hat. Aber gut. Er sagt zu. Das überrascht mich schon ein wenig, wenn ich bedenke, dass du erst ein Semester bei ihm studierst und ihm nicht entgangen sein kann, dass du ihn bewunderst. Aber nun gut: Er sagt eben zu, weil er dein Interesse an Literatur und Kultur unterstützen will und das Stück sowieso sehen wollte (und weil er ein geiler Bock ist und Isabelle eine wunderschöne junge Frau). Warum machst du dir da überhaupt Hoffnungen? Schlag dir deinen Professor aus dem Kopf. Das wird nichts.«

»Und ich dachte, du würdest mich verstehen«, sagte Isabelle. Sie badete im berühmten Wechselbad der Gefühle. Wie konnte es sein, dass zwischen ihrer Mutter und ihr eine so intensive Intimität entstanden war, eine Intimität, die sie mit ihrer Mutter zum ersten Mal erreicht hatte, und dass dieses starke Gefühl vollsten Vertrauens so plötzlich in totales Unverständnis umschlagen konnte? Isabelle blinzelte.

»Verstehen. Was heißt das schon, Isa. Du willst Mitleid. Das kann ich dir geben. Viel wird es dir aber bei der Lösung des Problems nicht helfen.« Sie rückte näher an ihre Tochter heran und schlang den Arm um ihre Taille. Frau von Waldenberg genoss diesen Moment ebenso wie Isabelle, die wusste, dass ihre Mutter mit dem, was sie soeben gesagt hatte, richtig lag.

»Wie sieht er denn aus?«

Später, als sie längst wieder aus Berlin abgereist war, fragte sie sich, weshalb sie auf diese Frage mit der Beschreibung des Haars begonnen hatte, das dem Professor so locker und irgendwie freizügig bis auf die Schultern reichte. Grau meliert sei es und ganz anders als bei allen Menschen. Mit Mode habe das nichts zu tun. Isabelle suchte nach Vergleichen, dachte an bekannte Männer mit halblangem Haar, dachte an Lagerfeld, den italienischen Dirigenten Riccardo Muti und den Philosophen Richard David Precht, den sie mehrmals im Fernsehen in einigen dieser total verblödeten Talkshows unserer Mediendemokratie gesehen hatte. Doch keiner, so dachte sie, hatte wirklich eine Ähnlichkeit mit Professor Mailänder, dem »schönen Professor«.

»Okay, die Haare gefallen dir«, sagte ihre Mutter, »und sonst, was fasziniert dich sonst an ihm?«

Jetzt erklärte Isabelle: Mailänder sei nicht groß, er sei sogar eher ein bisschen klein, er sei auch nicht sonderlich kräftig gebaut, wirke aber sehr elegant und edel, er sehe einfach sehr außergewöhnlich aus, überhaupt nicht durchschnittlich, spießig oder bürgerlich. »Ein bisschen wie ein Künstler«, meinte Isabelle, »er ist ein bisschen wie ein Mensch von einem anderen Stern, der uns kleine Wesen hier aus der Ferne beobachtet, analysiert und sich vielleicht ein bisschen über unser Treiben amüsiert.« Gerade deswegen, so sagte Isabelle, sei sie ja so enttäuscht von seinem unverantwortlichen Verhalten auf der Uni-Fete.

Isabelles Mutter hatte sich natürlich ein wenig mit Psychologie beschäftigt. Sie wusste, dass Kinder, die einen großen Teil der Kindheit mit einem alleinerziehenden Elternteil aufgewachsen waren, teils auch nach Jahrzehnten noch Folgen spüren konnten, ja, schwere Probleme in ihren Beziehungen, Partnerschaften und auch in ihrem Sexualleben haben konnten. Sie hatte das mit ihrem Analytiker besprochen, weil sie sich Sorgen machte um ihre Kinder – weniger um Bastian und Philipp, eher um die Mädchen: Alexia und Isabelle.

Sie redeten lange. Isabelle blieb vier Stunden mit ihrer Mutter auf dem Sofa. Es war längst Nacht geworden, der Regen hatte zugenommen und prasselte jetzt lautstark gegen das Fensterglas, und der Tee hatte einer Flasche besten Burgunders Platz gemacht. Nach diesen vier Stunden intensiven Gesprächs war vieles besprochen und geklärt, sie hatten nicht nur über Bastian, Philipp, Alexia und sich selbst gesprochen, hatten ihre Gefühle und Sorgen ausgetauscht, sondern auch die beruflichen Möglichkeiten Isabelles ausgelotet. O ja, sie, Isabelle, fühlte sich jetzt besser. Nicht weil ihr Liebeskummer weg gewesen wäre. Das war er natürlich nicht. Sondern vielmehr, weil sie noch nie so intensiv mit ihrer Mutter gesprochen, noch nie das Gefühl gehabt hatte, dass diese sich so sehr für sie interessierte.

Überhaupt: Isabelle hatte sogar den Eindruck, erst jetzt, an diesem regnerischen Wintertag, ihre Mutter zu erkennen, zu sehen, dass auch ihr viel auf dem Herzen lag und sie – entgegen dem, was sie immer dachte – ein starkes Bedürfnis hatte zu sprechen.

Warum erst jetzt? Isabelle sah zwar, dass eine Mutter, die nebenbei noch halbtags ihrem Beruf als Juristin in einer angesehenen Anwaltskanzlei und ehrenamtlichen Engagements nachging, nicht endlos viel Zeit für vier im Alter doch nur zehn Jahre auseinanderliegende Kinder haben konnte, doch, so dachte sie, im Gegensatz zu vielen anderen Familien, die sie kannte und die es selbst im Nobelbezirk Zehlendorf gab, waren sie mehr als privilegiert aufgewachsen, hatten nicht nur eine jeden Tag erscheinende Haushaltshilfe gehabt, die immer mittags kochte und das Abendbrot zubereitete, sondern auch noch einen Gärtner und hin und wieder ein Aupair-Mädchen aus den USA. Isabelles Mutter musste das zwar alles allein managen, doch nicht wie viele andere Mütter selbst kochen, selbst waschen, selbst putzen und selbst Haus und Garten in Schuss halten.

Auf einen anderen Mann hatte Henriette von Waldenberg sich nach dem plötzlichen Tod ihres Mannes übrigens nie wieder eingelassen. Sie war 40 gewesen damals, als Robert starb. 15 Jahre war das jetzt her. Es war eigenartig, dass Isabelle jetzt daran denken musste, und im Denken an diese Vergangenheit, so dachte sie nun sogar selbst, lag schon deshalb eine zynische Note, weil sie in diesem Moment wie von einem Automatismus gezwungen schlussfolgerte, dass ihre Mutter durch diesen Umstand ja mehr Zeit für ihre vier Kinder gehabt hatte, als sie gehabt hätte, wenn sie sich noch einmal verliebt und verheiratet hätte. Der Preis dafür war eine gewisse Verbitterung Henriette von Waldenbergs und der Umstand gewesen, dass immerhin drei der vier Kinder einen wichtigen Teil der Kindheit und Pubertät ohne Mann im Haus aufgewachsen waren. Nur Bastian war fast schon Abiturient gewesen, als der Unfall passiert war. Mit Sechzehneinhalb, so dachte Isabelle, war er wohl aus dem Gröbsten heraus gewesen und im Begriff, sich auf ein Informatikstudium vorzubereiten, das er flink durchlief, um dann, mit der Starthilfe aus der Familienkasse, eine Softwarefirma zu gründen. Im Grunde hatten sie es alle geschafft. Jedes der vier Geschwister auf seine Weise. Bastian: ein erfolgreicher Software-Unternehmer.

Alexia: eine erfolgreiche Juristin. Philipp: ein mehr oder weniger erfolgreicher, aber schlecht bezahlter Architekt.

Isabelle fragte Isabelle: Was wird aus mir werden?

Bevor sie ging und rüber zum Prenzlauer Berg fuhr, um eine ganze Menge alte Freunde zu treffen, bat sie ihre Mutter um einen Zuschuss für ihren Skiurlaub. Mit drei Kommilitoninnen wollte sie vier Tage in die Schweiz ins familieneigene Chalet in Grindelwald. Natürlich gab Henriette von Waldenberg Isabelle Geld, so viel sogar, dass Isabelle rot wurde vor Scham, denn sie fragte sich: Habe ich das verdient nach all den Sorgen, die ich meiner Mutter mache?

Von der Krise

141 Menschen wurden in wenigen Tagen verhört, die *ihr*-Redakteurinnen und *ihr*-Redakteure, die Sekretärinnen, einige Grafiker, Volontäre, Mediengestalter, Layouter und Archivmitarbeiter. Einfach alle. Lena Nümflinger und ihr Team arbeiteten buchstäblich fast Tag und Nacht.

Einen Grund, also das berühmte Motiv, Lind umzubringen, hatten so gut wie alle. Anzeichen aber, wer es getan haben könnte, gab es nicht. Es dauerte Tage, bis die Alibis aller überprüft waren.

Es verdichtete sich bei niemandem ein Tatverdacht, denn dazu gehörte nicht nur das Motiv, sondern auch die Zeit, einen Mord zu begehen.

Die Todesursache hatten die Gerichtsmediziner schnell festgestellt. Helmuth Lind war vermutlich bei lebendigem Leib mit einem großen Messer von vorn durch die Rippen direkt ins Herz gestochen worden. »Ein Meisterstich«, hatte der Pathologe Sperber mit großer Begeisterung in der Stimme zu Nümflinger gesagt. »Das war jemand, der sich erkundigt hatte, der wusste, wie es geht. Ganz formidabel!« Sperber bemerkte, dass seine letzte Bemerkung vielleicht nicht ganz passend war in diesem Fall.

Doch von der Tatwaffe keine Spur. Und dann war da noch ein seltsames Detail: Linds Wagen, ein weißes M-Klasse-Modell der Marke Mercedes Benz, war spurlos verschwunden. Das konnte sich keiner der Kriminalisten erklären, denn das hätte fast zwangsläufig bedeutet, dass der oder die Täter mit dem Auto des Opfers geflüchtet war oder waren, und dies kam, so dachten sie zu wissen, in der Geschichte des Verbrechens sehr selten vor.

Kruschel fühlte sich einsam.
Kruschel dachte nach.
An Lind.

An seine Frauen.

Es waren drei, mit denen er irgendwie zusammen war. Mit der einen, der Künstlerin Jo, lebte er draußen in seinem Haus am Stadtrand zusammen. Die zweite, Sabine, war *ihr*-Redakteurin und verheiratet, wobei von diesem Verhältnis, so dachten sie beide, niemand etwas wusste (das war aber ziemlich irrelevant, denn mit Sabine war es ohnehin so gut wie aus). Die dritte, Maria, war Philosophin oder so etwas Ähnliches. Wie sie ihr Leben finanzierte, wusste Kruschel nicht. Sie war sehr diskret und wollte es ihm nicht sagen, deswegen vermutete er manchmal das Schlimmste: dass Maria ihr Geld als Edel-Prostituierte oder Edel-Domina in einem Edel-Puff verdiente.

Er hatte sie darauf auch schon einmal angesprochen, doch nur ein entsetztes »du spinnst« geerntet. Damit war das Thema für sie erledigt gewesen. Sie hatte es zur Bedingung für ihre Treffen gemacht, dass er sie nicht mehr darauf ansprechen, nicht nach ihrer Herkunft und ihrem Beruf fragen dürfe. Nie sollte er sie befragen. Kruschel willigte ein und machte die Tür zu einem anderen Szenario auf: Maria könnte ja auch für den BND arbeiten. Trotz dieses für einen Journalisten fast untragbaren Geheimnisses traf er sich seit vielen Monaten mit ihr. Sie hatten viele Gemeinsamkeiten entdeckt, was sich in langen nächtlichen Gesprächen äußerte, die Maria mit ihm führte, wenn sie nachts Zeit hatte. Maria war so etwas wie Kruschels gedanklicher Lebensmittelpunkt, sie war ihm seelisch verwandt. Er war erst einmal kurz davor gewesen, mit ihr zu schlafen. Doch blieb es beim Versuch, und Kruschel hatte beschlossen, dass es gut so war.

Und dann saß Kruschel mit dieser Maria im Staatstheater. Sie hatten sich vom Parkplatz aus durch eine ziemliche Eiseskälte und ein leichtes Schneewehen bewegt, hatten viele Menschen gegrüßt und sich dabei mehr als eine kalte Nase geholt (ja, natürlich hatte Maria ein kurzes, schwarzes Röckchen an, das ihr extrem gut stand). Kruschel und Maria sahen sich die neueste und ziemlich opulente Inszenierung von *Hamlet* an, die eine junge Regisseurin namens Vanessa Kamerinova auf die Bühne brachte. Kruschel war recht gut informiert, weil er das Interview seines Kollegen Hund (ja, der, den sie fauler Feuilletonist nannten) mit Frau Kamerinova gelesen hatte.

Dass er nun neben Maria mit dem kurzen, schwarzen Röckchen Platz nahm, kam Kruschel vollkommen gewöhnlich vor. Es machte ihn nicht wirklich an. Kein Ständer. Nichts. Maria hatte Kruschel nur anfangs wirklich gereizt. Der misslungene Vögel-Versuch hatte sämtliche erogenen Gedankenzonen in seinem Hirn abgeschaltet, obwohl Maria, das musste Kruschel sich immer wieder eingestehen, die schönste und attraktivste Frau war, mit der Kruschel jemals zu tun gehabt hatte. Es war den beiden also gelungen, ein freundschaftliches, kulturell anregendes Verhältnis entstehen zu lassen, platonisch wird das wohl immer wieder genannt, und Maria, die absurderweise promovierte Philosophin war, hatte Kruschel einmal erklärt, warum platonisch platonisch hieß.

Dann: Hamlet, Claudius, Ophelia, Rosencrantz und Guildenstern sowie den Kopf von Hamlets Vater und all die anderen Gestalten sah Kruschel zwar über die Bühne geistern, er sah eine aktualisierte Version der Geschichte, die in ihrer Stadt spielte und irgendwie mit dem Oberbürgermeister, der Stadtverwaltung, dem Gemeinderat und ja, sogar dem *ihr*-Organ zu tun hatte. Doch seine Gedanken beobachteten weit weg außerhalb des Theaters ein eigenes, ein böses Spiel der Fantasie, schweiften einmal um die Welt und endeten schließlich auf Linds abgeschlagenem Kopf im Redaktionsgebäude.

So ein Bild des Entsetzens, dachte Kruschel, kriegst du ewig nicht aus dir raus. Wahrscheinlich nie. Immer wieder stellte er sich diese eine Frage: Wie konnte es so weit kommen? Lind, dachte Kruschel, hatte kein einfaches Leben gehabt, privat nicht; geschieden, nochmals geschieden, depressiv sowie alkohol- und nikotinsüchtig. Und beruflich noch weniger, da wurde er nämlich von Meier getriezt, der, seit es den Zeitungen so schlecht ging, genaugenommen also seit den Tagen und Monaten rund um den 11. September 2001, als eine gewisse Kurve des steten Erfolgs einen Knacks erfuhr, selbst immer alles besser wusste und am liebsten Chefredakteur gewesen wäre.

Das lag daran, dass er wie viele andere Menschen in den obersten Etagen irgendwelcher Branchen keinen Bezug zur Realität und – ja, das konnte man so sagen – von journalistischem Tuten und Blasen keine Ahnung hatte. Meier, ein kleiner, untersetzter und daher unsportlich wirkender Schweizer Zwerg mit fleischigen Lippen, hatte immerhin eine gewisse Leidenschaft für das Produkt entwickelt, das er verkaufte.

»Der könnte statt *ihr*-Exemplare auch Schnürsenkel, Waschmaschinen, Versicherungen, Dessous oder gleich leichte Mädchen verkaufen«, hatte die Bauer trotzdem irgendwann in einem Kantinengespräch zu Kruschel gesagt. »Und letzteres wohl mit dem miesesten Erfolg, denn der Typ ist auch noch grob, hässlich und ungebildet.«

Kruschel, der Weltmeister gespielter Loyalität, saß da, still und schweigend, und dachte: »Wie recht die Frau hat!«

In der *Hamlet*-Pause standen Maria und er an einem Tisch und tranken ein Glas. Sie sprach, interpretierte, entschlüsselte, und Kruschel übte sich gerade im Kopf-in-Ordnung-Bringen und Bereinigen allzu nebulöser Gedanken, als ihm direkt gegenüber eine gepflegte, attraktive, aber allzu junge Dame, eine Studentin wohl, auffiel, die mit einem Langweiler herumstand und sich einigermaßen auf ihn, Kruschel, und Maria zu konzentrieren schien.

»Du hast ihr unverhohlen auf den Arsch gesehen, ich hab's bemerkt, Volker«, sagte Maria ganz leise, als sie die Treppe des Theatersaals hinunter zu ihren Plätzen gingen.

»Ich liebe eben Ärsche«, antwortete er, und fügte einen Atemzug und einen Blick in Marias Augen später hinzu:

»... ich, äh, na ja, vor allem, wenn sie von attraktiven Göttinnen wie dir oder ...« wieder ein Zögern, »... oder des jungen Mädchens eben spazieren geführt werden.«

Diese Göttin der Schönheit und Jugend geisterte dann vollen Ernstes auch in der zweiten *Hamlet*-Hälfte durch Kruschels Kopf. Ihre Blicke hatten sich einmal gekreuzt, und Kruschel fuhr es, wie immer in solchen Momenten, das war unvermeidlich, heiß und kalt den Rücken hinunter. Geben wir es zu: Wir wissen, dass Kruschel für diese Dinge sehr empfänglich war.

Irgendwann übernahmen aber wieder die Auflagenprobleme die Steuerung seiner Gedanken. All das war naturgemäß nicht nur ein Problem von *ihr*, dachte er und erinnerte sich schon wieder an die Bauer. »Die ganze Branche, Volker, hat doch gerade damit zu kämpfen, dass eine Horde Unwissender, Unmoralischer und Unmenschlicher mit Kurzschlussreaktionen auf die jedes Jahr mieseren Umsätze und Auflagenzahlen reagiert.«

Was für ein Prachtstück an Eloquenz, hatte Kruschel damals gedacht.

»Und damit, Volker, haben sie fahrlässig die Führung unseres Zeitungslandes übernommen, ja, jenes Zeitungslandes, in dem unser aller lieber und geschriebener Journalismus einmal ein Grundpfeiler der gelebten Demokratie war, ja, eine moderne Form der Aufklärung.«

Zum zweiten Mal saß Kruschel, der Weltmeister gespielter Loyalität, da, still und schweigend, und dachte: »Wie recht die Frau hat!«

Ja, wie recht sie hatte. Aber konnte man ihnen das verübeln? Nein, das heißt: nicht wirklich, denn niemand auf dieser gottverdammten Welt wusste, was zu tun war, und weder die Bauer noch sonst irgendwer in der ganzen Republik, ach was, auf der ganzen Welt, hatte ein Patentrezept in der Schublade.

Es war eben das 21. Jahrhundert. Noch nicht einmal der Schlaueste wusste wirklich, wie man aus dem Medienschlamassel wieder herauskommen konnte; seit den Terroranschlägen hatte die Wirtschaft latente Aspirinsucht wegen chronischer Kopfschmerzen, führte die virtuelle und elektronische Nachrichtenwelt einen kompromisslosen Aktualitätskrieg gegen den Verstand, und außerdem schrumpfte das Land. Menschen, die lesen wollten oder es auch nur konnten, gab es immer weniger.

Die einen starben.

Die anderen wurden erst gar nicht geboren.

Und jeder sterbende *ihr*-Leser war ein *ihr*-Leser weniger.

Ein *ihr*-Leser zu wenig.

»Mann, Volker, wach auf: Es ist aus mit uns. Das Bild regiert die Welt, der Nachrichten-Quickie, verstehst du«, hatte die Bauer zu ihm gesagt. »Der Journalismus, wie wir ihn immer verstanden haben …, du doch auch, oder? – also die Zeitung mit Qualität, Anstand, Moral, ein paar Idealen und all dem Zeug eben, das unseren Berufsethos immer gekennzeichnet hat und uns davon abhält, wie die wilden Tiere zu handeln – er ist doch am Abgrund.«

Und jetzt zum dritten Mal: Kruschel, der Weltmeister gespielter Loyalität, saß da, still und schweigend, und dachte: »Wie recht die Frau hat!«

Aber er dachte auch, dass Vera Bauer da nah an einer – ja, das kann wirklich wahr sein – Verschwörungstheorie dran war.

Ein böses Wort: Verschwörung.

Denn Vera Bauer dachte, es gäbe da draußen im Äther tatsächlich einen Feind, der sich organisierte.

Doch der Feind war einfach nur der Lauf der Zeit.

Sein Blick, seine Haltung, sein Ausdruck, alles war gleich wie zuvor in diesem Kantinengespräch, nur dass Kruschel sich jetzt hinter dem Ohr kratzte und unter dem Tisch mit den Beinen zappelte.

Kruschel sagte: »Vera, ich denke, du weißt schon, dass du übertreibst, oder?«

Aber ja doch, es war schwarz um den Journalismus geworden, das hätte Kruschel gegenüber der Bauer doch zugeben müssen. Keiner, wirklich keiner und also auch nicht einmal der beste und folglich gleichzeitig auch mieseste Consulting-Fuzzi hatte den Schimmer einer Ahnung, wie die Sache zu retten war.

Doch lag es nun mal in der Natur der Sache, dass es immer viele Kluge gab, die es zu wissen glaubten.

Es gab die einen, die Fraktion der Inhaltsverdünner, der Inhaltsaufbereiter und Inhaltsstrecker. Zu ihr gehörte allen voran Sauer, der immerhin noch eine andere wichtige Figur in der Redaktion hinter sich hatte, die allwissende, die schlanke, riesige und brünette Göttin fürs Layout: Essinger, Carla Essinger, eine Frau zum Niemals-Anfassen und mit den berühmten Haaren auf den Zähnen – wenn das nicht vielmehr Borsten waren.

Diesen beiden – sagen wir: hierarchisch hoch angesiedelten – zentralen Gestalten stand eine Armada an Fachredakteuren gegenüber, die vom Lokaljournalisten über den Politikredakteur bis hin zum Sportler und Feuilletonisten ging. Und sie alle waren im Prinzip in fast allen redaktionellen Belangen anderer Meinung als Essinger und Sauer.

Auch Kruschel gehörte hierzu. Er war, wie die meisten, der Meinung, dass es nur eine Möglichkeit und drei Komponenten geben konnte, das Produkt Zeitung zu retten: Qualität, Qualität und Qualität, und das hieß: sich auf die Sachen konzentrieren, die Internet und Fernsehen im Allgemeinen nicht können und deswegen auch nicht bieten: Tiefe, Tiefe und Tiefe, und sie, also die Tiefe, forderte eben – das lag im Wesen von Bohrungen – nun einmal eine gewisse Ruhe und Ausführlichkeit.

Das waren die anderen, diejenigen, die der Fraktion der Inhaltsverdünner gegenüberstanden.

So dachte Kruschel, als plötzlich ein tosender Applaus über ihn hereinbrach und ihn aus seinen Gedanken riss. Einige riefen »Bravo« in den Saal, es pfiff, es buhte, andere schüttelten verständnislos den Kopf, die Stadtverwaltung einschließlich des Oberbürgermeisters hatte längst den Saal verlassen.

Die Schauspieler kamen. Verneigten sich.

Die Schauspieler gingen ab.

Am Ende kam das Regieteam um Vanessa Kamerinova noch einige Male unter tosendem Beifall und erbosten Schmährufen auf die Bühne.

Es war das übliche Schauspiel nach dem Schauspiel.

Ein gut eingeübtes Verhaltensmuster – so vorhersehbar wie amüsant.

Dann war das Licht auf der Bühne erloschen, der Zuschauerraum erleuchtet, und Kruschel hörte, nachdem auch die Nachwirkungen des akustischen Rauschs verloschen war, wie Maria neben ihm mit ihrem leichten portugiesischen Akzent sagte: »Ecktschällent!«

Mist! Kruschel hatte alles verpasst, er konnte sich an nichts erinnern, nicht an die erste Hälfte und nicht an die zweite, nicht einmal die bekannte Stelle mit Hamlets »Sein oder Nicht-Sein«-Frage hatte er mitbekommen, die Kruschel (zumindest damals noch) zu jeder Zeit mit »Sein« beantwortet hätte. Aber der Theaterbesuch, so beschloss er, hatte einige Gedanken in seinem Kopf in Ordnung gebracht.

Auch auf die Gefahr hin, etwas ausführlich zu werden, muss ich das erzählen. Es muss gesagt werden, wie alles passierte. Wie es passieren konnte. Ohne diese Hintergründe ist der Fall Helmuth Lind nicht zu knacken. Erst heute, fast 20 Jahre danach, wir schreiben inzwischen – verdammt noch mal – das Jahr 2029, durchdringe ich den Fall bis in seine Fundamente, weiß ich, wer wirklich Schuld an der ganzen Sache hatte. Aber die Sache ist verzwickter, als Sie denken. Hören Sie selbst:

Im Prinzip hätte jedem klar sein müssen: Seit Jahren tat man das Falsche. Statt in die Tiefe zu investieren, statt zu recherchieren, inhaltliche Exklusivität anzustreben und ein Autoren-Profil zu schärfen, das es bei *ihr* in der guten alten Zeit des Journalismus einmal gegeben hatte – ja, woher der gute Ruf des Produkts bis in die hintersten Winkel dieser Irrenanstalt namens Deutschland rührt(e) –, betete man immer am nächsten Morgen die Abendnachrichten vom Vortag nach.

Am Abend also sagte Judith Rakers in der Tagesschau vor dem Bild eines eingestürzten Gebäudes in etwa folgende Meldung auf: »Das Kölner Stadtarchiv an der Baugrube der künftigen U-Bahnhaltestelle Waidmarkt ist heute eingestürzt. Zwei junge Männer kamen dabei ums Leben, mehr als 100 Personen wurden auf einen Schlag obdachlos. 36 Wohnungen in angrenzenden Häusern wurden schwer beschädigt. An den Gebäuden und vor allem am wertvollen Archivgut entstand ein Schaden in Höhe von rund einer Milliarde Euro.«

Am Morgen danach, also rund zwölf Stunden nach Judith Rakers News-Show, holten die *ihr*-Leser also ihre *ihr*-Ausgabe aus dem Briefkasten und lasen auf Seite eins mit dem Bild eines eingestürzten Gebäudes folgende Neuigkeit: »Das Kölner Stadtarchiv an der Baugrube der künftigen U-Bahnhaltestelle Waidmarkt ist heute eingestürzt. Zwei junge Männer kamen dabei ums Leben, mehr als 100 Personen wurden auf einen Schlag obdachlos. 36 Wohnungen in angrenzenden Häusern wurden schwer beschädigt. An den Gebäuden und vor allem am wertvollen Archivgut entstand ein Schaden in Höhe von rund einer Milliarde Euro.«

Hey, macht ein Mantra die Nachricht aktueller?

Also: Immer wieder kam es dieses Richtungsstreites wegen zu erbitterten Kämpfen der beiden Lager, immer dann, wenn der große Chief, wie sie ihn nannten, also Lind, nicht im Hause war, auf einer seiner raren und deswegen umso wichtigeren Dienstreisen oder im Tennisurlaub auf irgendeiner Mittelmeerinsel oder in der Ägäis. Lind war eine von jenen erbärmlichen Phänomenen, die machiavellistische Autorität ausstrahlten, um ihre eigentliche Unfähigkeit zu kaschieren. Mann, vor Lind hatten sie alle eine Scheißangst, obwohl sie wussten, dass er nichts drauf hatte, dass er nur ein kleines winziges Würstchen war, ein Typ ohne den berühmten Arsch in der Hose, das journalistisch nicht mehr als ein verdammt müdes und jämmerliches Gramm Unterdurchschnittlichkeit draufhatte.

Doch wir schweifen ab und müssen zurück zum Verbrechen.

Natürlich gab es Verschwörungstheorien zuhauf. Abenteuerliche und argwöhnische. Eine davon ging so, dass sich die gesamte Redaktion zusammengetan hatte, um dieses perfekt scheinende Verbrechen zu begehen, außer einem: Volker Kruschel. Kruschel stand (oder besser: saß), wenn man so will, immer zwischen den Stühlen. Er war der große Redaktionsdiplomat, der vor lauter Diplomatie allerdings fast seinen Beruf vergaß: Schreiben. Themen setzen. Blattmachen.

»Natürlich wird auch die Kommissarin an so eine Verschwörungskiste denken«, sagte Kruschel eines Tages während der immer hitziger werdenden Kantinendiskussion mit der Bauer, wobei hitzig in Kruschels Fall nicht viel bedeutete, denn lautstarker Streit war seine Sache nicht. Er war ein eher ruhiger Typ.

»Wir haben uns formiert und eiskalt Linds Ende geplant und umgesetzt. So ein Schwachsinn! Weißt du, was in den meisten Fällen grundsätzlich gegen solche Verschwörungstheorien spricht, Vera? Es ist die Tatsache, dass zu viele daran beteiligt sind, dass hier im Laden so viele daran beteiligt gewesen wären.«

Er senkte seinen Kopf und schüttelte ihn langsam.

»So viele, Vera, denke doch nur an solche Typen wie Schultze, Kröhm, Krausser oder auch die Kropowski, das sind so viele Wackelkandidaten, dass ein Geheimnis dieser Art niemals ein Geheimnis bleiben könnte. Mann, Frau Bauer, äh, Vera, Kollegin, Geliebte, denk doch mal nach. Bei uns lässt sich ja noch nicht einmal ein Machen-wir's-nachmittags-auf-dem-Schreibtisch-Quickie verheimlichen.«

Den letzten Satz hätte er nicht sagen sollen, denn er erinnerte Vera Bauer an einen Ausrutscher, den sie sehr bedauert hatte.

Natürlich wollte sie jetzt das Thema wieder umlenken. »Volker«, sagte die Bauer zu ihm, »ich verstehe dich nicht!«

Die Bauer war rein äußerlich übrigens die sächsisch sprechende Ausgabe Marilyn Monroes. Sie war das Gegenstück zum Womanizer, ein echter Manizer-Typ. Blond. Drall. Schön. Und journalistisch wurde sie von einigen schon VEACHRA genannt, nein, nicht in Anlehnung an VIAGRA, sondern an VErA Agatha CHRistie. Neben ihrer Arbeit als Sex-and-Crime-Reporterin im *Vermischten und Regionalen*, wo sie sich über zwei Jahrzehnte mit gut recherchierten und gestalteten Artikeln große Meriten erschrieben hatte, verfasste sie auch nach Christie'schem Vorbild Krimis. Die wollte nur leider keiner drucken, was VEACHRA dazu veranlasste, sie in literarischen Gruselstunden bei sich zu Hause ihren Freunden und Bekannten vorzulesen. VEACHRA, also Vera Bauer, war nicht mehr als das Beschriebene, vor allem aber auch nicht weniger.

»Wie? Was?«, dachte Kruschel, ohne wirklich etwas zu denken und zu sagen, das heißt, Kruschel rang sich irgendwann, nach einem Moment der emotionalen Leere, ein schlaffes »So, so« ab, mit dem er nur ein einziges Ziel verfolgte: Desinteresse vortäuschen.

»Ich meine, du und Lind, ihr wart doch so ...«, die Bauer setzte ihre beiden Zeigefinger aneinander, »... zumindest, wenn man es im redaktionellen Durchschnitt betrachtet. Dich scheint die Sache aber kalt zu lassen. Sag: Hast du ihn so zugerichtet? War eure Freundschaft nur ein Vorwand, um als Unverdächtiger aus der Sache rauszukommen?«

»Kannst du deine Fantasie vielleicht mal außerhalb schwachsinniger kriminalistischer Schubladen wüten lassen?« Kruschel rutschte dieser Frontalangriff gegen die *ihr*-Institution Bauer so glatt und perfekt und zielstrebig und gehässig heraus, wie er es immer erstrebt, von durchschnittlicher Eloquenz geprägt, aber nie erreicht hatte.

Natürlich nahm sie kein Blatt vor den Mund. Natürlich sagte sie »Arschloch!« zu Kruschel. Natürlich glaubte sie zu triumphieren. Das Problem an diesem Arschloch aber war, dass Kruschel es weder traf noch ernst nehmen konnte. Im Gegenteil, die Bauer ließ dabei auch noch ihren Charme spielen. Ja, wenn sie aggressiv wurde, war sie plötzlich sehr verlockend.

Was dieser kleine Vorfall zeigte: Die Redaktion befand sich nicht nur in einem eigenartigen Zustand des Entsetzens und der Lähmung, in dem das Tagesgeschäft bisweilen nur mit Mühe zu erledigen war. Fast jeder einzelne der Redakteure wurde täglich auch von seiner angeborenen journalistischen Neugierde getrieben und entwickelte so etwas wie kriminalistisches Gespür.

Was dieser kleine Vorfall aber ebenfalls zeigte: Alles war möglich geworden in diesem Verbund von individuellen Existenzen.

Am gleichen Abend saß Kruschel bei seiner Lebenspartnerin Jo zu Hause, draußen in dem kleinen Haus am Stadtrand.

Sie aßen.

Sie tranken.

Sie schwiegen.

Bis Kruschel, es war so gegen 21 Uhr, aufstand und sagte: »Du, sei mir nicht böse, aber ich muss noch mal los. In der Sache Lind habe ich eine Idee. Die muss ich verfolgen. Ich muss in die Redaktion.«

Sagte es und verschwand, wie immer, ohne Jo einen Kuss zu geben, was täglicher Ausdruck eines alles in allem doch eher eigenartigen Verhältnisses der beiden war. Überhaupt war Kruschel, wie er erst Jahre später vor sich selbst zugeben konnte, ein Mensch, der zu inniger Freundschaft nicht in der Lage war, geschweige zu so etwas wie Liebe.

Er fuhr los. Er lenkte, während ein guter alter Song von Bob Dylan aus den Lautsprechern Beschwerden über die Welt äußerte, seinen schweren schwarzen BMW die breite Straße hinab in Richtung Stadt. Die Lichter schienen ihm greller als sonst. Das mochte am Regen liegen. Er merkte schnell, dass dies hier nicht normal war, dass er nur einen Vorwand gebraucht hatte, um wegzukommen aus der Jo-Idylle, der Jo-Intellektualität, der Jo-Romantik, die er brauchte – die er brauchte und hasste, sobald er sie bekam. Er fuhr vorbei am Fußballstadion, der Allzweckhalle und all den anderen Architekturscheußlichkeiten, mit denen der Mensch sein Leben schöner zu machen sucht. Kruschel war gerade dabei, sich im Dylanland aus den Boxen so richtig einzukrächzen, da dimmte er die Musik runter und befahl dem komischen Mischwesen Siri in seinem iPhone, es solle nun die Nummer einer gewissen Lena Nümflinger wählen. Er stotterte ein paar rätselhafte Worte auf einen Anrufbeantworter und fuhr weiter in Richtung Innenstadt, vorbei am hässlichsten Bauwerk der Stadt, dem Fernsehturm, den in den 1960er und 1970er Jahren alle deutschen Städte zu brauchen glaubten.

Eine Stimmung kam in Kruschel auf, die er lange nicht mehr in sich gespürt hatte. Das Leben, dieses gottverdammte, dieses grässliche Leben, dachte Kruschel, hat durch den Tod Helmuth Linds plötzlich wieder Elan und Spannung, ja, fast so etwas wie Sinn bekommen.

In der Redaktion las er noch ein paar Nachrichten, vor allem die überflüssigen Kommentare seines Stellvertreters Brondi, klinkte sich dann ins Internet ein und suchte in diversen Suchmaschinen, in denen Kruschel, wenn er recherchierte, recherchierte, nach Helmuth Lind. Er suchte nach Namen, die irgendwie etwas mit Lind zu schaffen hatten. In dem noblen Tennisclub, in dem Lind Mitglied und engagiert war. In dem Kaff am Fluss, in dem er sich mit seiner zweiten Frau in einem von ihnen überdimensioniert errichteten Beton-Bungalow zurückgezogen hatte. Namen über Namen notierte er in einem Dokument auf seinem Rechner.

Kruschel tat, was er schon lange nicht mehr tat: Er arbeitete. Doch im Grunde hatte die ganze Aktion eher etwas Therapeutisches, war triebgesteuert, denn Kruschel wartete lediglich auf ein banales Ereignis, das irgendwann auch folgte: Das Telefon klingelte.

»Äh, Kruschel, wer ist da?«

(…)

»Hallo, wer ist da?«

Er hörte ein Knacksen.

Danach: Stille.

Im Bunker des Todes

Die Gestalt trägt eine schwarze Maske über dem Kopf, so viel kann er sehen im Kerzenschein. Sie kommt nur sehr selten und spricht nie. Wenn er etwas sagt, wenn er bittet und fleht und winselt, oder wenn er sie beschimpft und anschreit, antwortet sie nicht. Wie eine Maschine verrichtet die schwarze Gestalt ihren unheimlichen Dienst. Sollte er sie kennen?, fragt er sich immer wieder. Vielleicht spricht sie deshalb nicht, weil sie Angst davor hat, entdeckt zu werden.

Immer wieder versucht er sich klarzumachen, wie alles kam. Er erinnert sich an fast nichts mehr. Er erinnert sich noch an den traditionsreichen Abend mit den Studenten zum Abschluss des Semesters, den er schon vor Jahren zum Vergnügen aller eingeführt hatte (das Studieren an der Uni war sonst eben nicht sonderlich persönlich). Es war nicht nur nett, es war eine rauschende Fete gewesen, wie er sie seit Jahren nicht erlebt hatte. Er erinnert sich an ein anfängliches Ratespiel, das sie gemacht hatten. Wie hieß es doch gleich ... es fiel ihm nicht mehr ein. Sie hatten gegessen und viel getrunken. Es war spät gewesen. Dann war da diese Johanna mit den langen dunklen Haaren. Sie war auf ihn zugekommen. Sie hatte ihn lächelnd und lüstern angesehen und trug einen extrem kurzen Rock, aus dem ihre nackten Beine herauskamen. Ihr Blick war ein Amalgam aus viel Stolz und Verführungskunst. Er hatte sich, ja, jetzt erinnert er sich ganz genau, mit ihr zurückgezogen und einen großen Fehler gemacht. Wie oft hatte er sich gesagt, immer wieder gesagt: Du sollst dich nicht an deinen Studentinnen vergreifen. Aber es ging nicht. Johanna. Sie hatten es getan. Auf dem Boden. Direkt nebenan. Sie waren wild gewesen, hatten sich kaum gehört, dafür aber umso mehr gespürt. Danach waren sie auf die Party zurückgegangen. Einige hatten sie angesehen, als wüssten sie Bescheid. So kam es ihm vor. Aber niemand hatte sie sehen oder hören können. Er war doch vorsichtig gewesen und hatte den Seminarraum abgeschlossen. Danach: Sie hatten weiter getrunken und getanzt, und dann war da diese Isabelle, die er schön und anziehend gefunden hatte, Isabelle aus dem ersten Semester, mit der er – jetzt kommt die Erinnerung zurück – ja, mit der er demnächst in den neuen *Hamlet* am Staatsschauspiel gehen wollte. Doch dann war sie plötzlich verschwunden.

Eine halbe Ewigkeit, so kommt es ihm jetzt vor, musste das alles gedauert haben.

Er erinnert sich aber, dass er allein nach Hause gegangen war, dass er ein Taxi genommen hatte und die letzten paar hundert Meter zu Fuß hatte gehen wollen, um in Ruhe eine Lucky Strike zu rauchen und einen klaren Kopf zu bekommen. Da musste etwas geschehen sein. Hier fing sein Blackout an. Er versucht sich zu erinnern. Nichts. Hier muss man ihn niedergeschlagen, ihn betäubt haben, um ihn hierher zu bringen, in dieses elende Verlies. Die nahe Vergangenheit: ein schwarzes Loch. Die Zukunft: ein Rätsel.

Da! In diesem Moment hört er Geräusche. Die Gestalt kommt wieder. Der Schlüssel öffnet das erste Schloss, das zweite und dann das dritte. Die Tür quietscht. Es bräuchte keine Tür und kein Schloss, denkt er. Er kommt von diesem Bett ohne fremde Hilfe ohnehin nicht weg. Aber an Hilfe ist nicht zu denken. Er fühlt sich wie in einem tief unter der Erde vergrabenen Bunker.

»Wer bist du? Sag es mir, du Arschloch, sag es mir, du Arschloch, sag es mir, du verdammtes Scheiß-Arschloch. Was willst du von mir. Ich bin ein armes Schwein. Ist es Geld? Willst du jemanden erpressen? Wir können darüber reden. Ich habe Geld. Ich kann dir Geld geben. Ich kann dir alles geben, wenn du willst. Scheiße. Verdammte Scheiße. Scheiße-scheißescheiße!«

Er sagt dies natürlich in der größten Verzweiflung und mit gebrochener Stimme. Sich selbst hat er noch nie so reden hören. Er ist doch ein Mann mit Kultur, mit Bildung und Ansehen. Er weiß sich gepflegt auszudrücken. Die Worte, die er hier sagt, kommen ihm normalerweise nicht einmal in den geheimsten Winkeln seines Unterbewusstseins in den Sinn (na ja, selten eben). Geschweige denn über die Lippen. Nur die Sackgassen des Lebens, so denkt er jetzt, lassen uns den äußersten Ausdruck finden, »die Sackgassen des Lebens« – kein schlechter Titel für einen Roman, den er seit Langem schreiben will, sich aber nicht überwinden kann, weil er keine Zeit hat, weil er sich keine Zeit nimmt.

Mann und Frau wieder

»Was soll das?«, rief Nümflinger genervt und erschrocken. Der Pathologe hatte sie beim Betrachten des wieder zusammengeflickten Körpers von Helmuth Lind von hinten angefasst. Es war nichts Besonderes. Er hatte ihr nur auf den Rücken getätschelt, weil er sah, wie wenig ihr der Anblick des Puzzles Lind wohltat.

Sie sah:

Kaltes Neonlicht.

Kaltes Lind-Stückwerk.

Schließlich ihn: einen Pathologen, der in seiner Ausstrahlung Licht, Lind und Farbe an Kälte noch übertraf.

So standen sie da. Stille umgab sie. Sie sah weiter: Nähte über Nähte, fein säuberlich und so gerade es ging ausgeführt, eine akribisch gereinigte blasse Haut – das war die Arbeit mehrerer Tage.

»Weißt du mehr?«, fragte sie ihn. »Ich meine, kannst du schon mehr sagen, als dass er in der Todesnacht um etwa null Uhr ermordet wurde, und was wir sonst noch so wissen?«

Als Antwort bekam die Kommissarin ein einziges Wort: »Geduld.«

Sie ging, ohne etwas zu sagen. Früher mochte sie die Art des Pathologen, der so akkurat wie akribisch und emotionslos seine Arbeit erledigte. Anders, hatte sie sich immer wieder gesagt, könne er auch gar nicht überleben mit dem Schrecken, dem er fast täglich ins Auge blickte.

Nümflinger ging hinaus und spürte den Wind um ihre kleine Nase wehen. Ganz kurz fuhr ihre Zunge über die Lippen, etwas, was sie sich angewöhnt hatte, ein Tick, dachte nach, kam zu einem Ergebnis, tat dann aber genau das, was sie sich, seit sie ihn zum ersten Mal getroffen hatte, immer wieder verbot: Sie wählte die Redaktionsnummer von Kruschel.

Sie hatten sich mehrmals gesehen und gesprochen.

In der Redaktion.

Auf dem Kommissariat.

Sie hatte ihn verhört.

Sie hatte ihn ins Visier genommen. Sie hatte ihn durchleuchtet.

Alles, weil sie dachte, der einzig Vertraute Linds müsse ihr weiterhelfen können. Sie hatte dies alles getan. Er hatte sie fasziniert.

Sie erschrak. Kruschel nahm sofort ab und rief »Äh, Kruschel, wer ist da?« ins Telefon. Doch Nümflinger blieb stumm und legte wieder auf. Was tat sie? War sie von einem Weg abgekommen, den sie immer als recht empfunden hatte? So dachte sie, wählte die Nummer ein weiteres Mal und hörte erneut Kruschels Stimme: »Verdammt noch mal, wer sind Sie und was wollen Sie?«

»Ich dachte, ich wollte, ich meine, ich hätte da noch eine Frage«, sagte sie viel zu sanft und unbestimmt, um ein professionelles Interesse vorzutäuschen.

»Wer ist da?«, rief Kruschel nochmals, jetzt noch genervter.

»O, Verzeihung, ich dachte, Sie würden mich erkennen. Nümflinger hier, Kriminalpolizei.«

»Ach, Sie sind es. Sie melden sich auf meinen Anruf hin, stimmt's?«

»Sie haben angerufen?«, sagte Nümflinger überrascht.

»Ja, vorhin. Ich dachte ...«, Kruschel hielt ein, »... ich dachte, wir hätten uns noch etwas zu sagen. Vielleicht kann ich Ihnen ja doch noch Hinweise geben, die Ihnen ... nützlich sein könnten, also ...«

Er machte eine bedeutungsvolle Pause.

»... die Ihnen vielleicht nützen.«

Kruschel war stolz auf sich, dass er dies so neutral formulieren konnte, und erschrak, als er aus der Hörmuschel folgenden Satz hörte: »Haben Sie Lust auf einen Spaziergang um den Teufelssee?«

Es war Nacht. Es war kalt. Der Teufelssee lag am Stadtrand. Es regnete. Kruschel dachte nach. Er hasste Spaziergänge. Er hasste Regen.

Kruschel willigte ein.

Hier, direkt unter ihren Füßen, knirschte der Kies und machte einen Rhythmus, den kein Komponist hätte erfinden können (okay, vielleicht einer der Serialisten wie Stockhausen und Boulez oder so). Der Lichtschweif der fernen Stadt spiegelte sich auf der einen Seite im Wasser wider, auf der anderen Seite, dort, wo Wald nur zu vermuten war, fühlten sie eine schwarze Wand aus Nacht.

Dunkelheit.

Einsamkeit.

Zweisamkeit.

Natürlich war die Situation absurd und künstlich. Wann, so fragte sich Nümflinger, wann war sie das letzte Mal mit einem mehr oder weniger fremden Mann, einem zudem, der in einen aktuellen Fall verwickelt war, nachts einfach so spazieren gegangen und hatte darüber mehr oder minder ihre Ermittlungen vergessen?

Wann, so fragte sich Kruschel, war er das letzte Mal mit einer mehr oder weniger fremden Frau, einer zudem, die den Mörder seines ehemaligen Chefs suchte, mitten in der Nacht einfach so spazieren gegangen?

Und natürlich hatten sie beide keine Antwort auf ihre Fragen.

Als sich ihre Augen an die Schwärze gewöhnt hatten, sahen sie die halbindustrielle Landschaft in Umrissen, die alten Backsteingebäude, Fabrikhallen, Autofriedhöfe und Gelände, von denen keiner außer dem Grundbuchamt wusste, wem sie gehörten und was mit ihnen geschehen würde. Das Knirschen des Kieswegs machte einem dumpferen Geräusch Platz. Sie waren auf einem kleinen, erdigen Trampelpfad, den sie beide vom Joggen her kannten. Das Gebiet um den sogenannten Teufelssee war ein hippes Jogger- und Fitness-Paradies mit industrieromantischem Charme.

»Was wollen Sie?«, fragte Kruschel.

»Was wollen Sie?«, fragte Nümflinger zurück.

»Sie haben doch mich angerufen«, bemerkte Kruschel.

»Sie mich aber auch«, konterte Nümflinger.

»Ich dachte, dass Sie das nicht wussten, als Sie mich anriefen.«

»Das stimmt auch, aber …«, Nümflinger zögerte, »… aber …«

»… okay, ist gut, also Helmuth Lind …«, übernahm Kruschel vorsichtig und fast verlegen das Gespräch, nachdem er Nümflinger an sich vorbeiließ, weil der Weg enger geworden war. Ihre Jacken streiften aneinander. Zack. Zisch. Es machte ein kurzes Geräusch. »Ich will Ihnen ja helfen und Ihnen zeigen, dass ich mit der Sache nichts zu schaffen habe. Auch wenn ich, wie Sie vielleicht schon gehört haben, schon lange vor Linds Tod als sein Nachfolger gehandelt wurde und dies immer noch werde – also gehandelt. Lind hat die letzten Jahre vor seinem Renteneintritt schon seit Jahren vorbereitet, Weichen in der Redaktion und im ganzen Haus gestellt, wer was auf welche Weise übernehmen sollte. Man kann, konnte ihm viel, ja fast alles vorwerfen, aber nicht, dass er unorganisiert gewesen wäre. Na ja, ein Teil des Plans war jedenfalls, dass ich in seine Fußstapfen trete. Ich weiß nicht, ob das für Sie wichtig ist …«

Nümflinger blieb stehen und drehte sich um. Ihr Gesicht konnte er nicht sehen. Ihre schmale und doch sportliche Gestalt war nur schemenhaft zu erkennen.

»Alles ist wichtig. Alles kann wichtig sein.«

Dass die Kommissarin sich so plötzlich umdrehte!

Kruschel lief der Regen übers Gesicht. Er war ziemlich verwirrt. Er befand sich in einer Situation, die er sich am Beginn des Abends vielleicht insgeheim gewünscht hatte, mit der er allerdings jetzt alles andere als klarkam. Kruschel, ja, das spürte er, war Nümflinger gegenüber hilflos.

»Er war ein schlichter Typ«, sagte er und fuhr sich durchs nasse Haar, um die Situation zu überspielen. Nümflinger setz-

74

te sich wieder in Bewegung. Sie lief vor ihm. Kruschel richtete seinen Blick auf den Ort, wo sich seinen Berechnungen zufolge Nümflingers hintere Mitte befinden musste. »Er war nicht intelligent, aber er hatte Bauernschläue«, fuhr er mit dem fort, was er ihr im Grunde schon auf dem Kommissariat gesagt hatte. »Er wusste, wie man Macht erhält. Er hatte diesen Instinkt. Nur so konnte er auch tatsächlich seine Defizite ausgleichen. Und das waren viele, um ehrlich zu sein, für einen Chefredakteur zu viele. Deutlich zu viele. Er war ein miserabler Journalist. Er war ein miserabler Menschenführer. Er hatte kein Gramm Empathie und Wertschätzung für seine Mitarbeiter, und, Kommissarin, das wissen Sie sicherlich besser als ich, ohne Empathie und Wertschätzung für seine Mitarbeiter kann man seine Mitarbeiter auch nicht respektvoll führen. Man kann allenfalls über sie bestimmen, sie führen, wie man ein Regiment im oder in den Krieg führt. Doch so funktioniert das eben nicht mehr mit einigermaßen intelligenten Menschen im 21. Jahrhundert.«

Er sprach wie gedruckt. Das hatte er nicht nur seinem Studium und einigen Rhetorik-Seminaren zu verdanken, sondern auch seiner journalistischen Erfahrung und all den Moderationen, die er für die sogenannten *ihr*-Sessions schon gemacht hatte, Veranstaltungen, bei denen mit den Bürgern der Kommune über städtische Projekte diskutiert wurde, Veranstaltungen, die freilich auch einen nicht zu unterschätzenden Einfluss auf die Politik der Stadt hatten, denn welche Möglichkeiten hatten die Bürgermeister und der Gemeinderat schon zwischen den nur alle acht Jahre stattfindenden Gemeinderatswahlen, um dem Bürger aufs Maul zu schauen, zu erfahren, wie die Bürgerseele fühlt, wo das Bürgerherz schlägt, wie der Wutbürger tickt.

Nümflinger sagte: »Aber so lässt sich doch keine Abteilung und kein Ansinnen mit Erfolg führen!« Kruschel fand diese Bemerkung süß, weil sie so naiv klang. Die große Kommissarin hatte etwas ihr noch Fremdes erkannt.

Kruschel sagte: »Genau, Frau Kommissarin, und das konnte er auch nicht. Seit Lind Chefredakteur geworden war, er war es jetzt ziemlich genau sechs Jahre, haben wir an die 60.000 Leser verloren. 60.000! Wissen Sie, was das bedeutet? Das sind ...«

Kruschel überlegte kurz und rechnete.

»... das sind fast zwanzig Prozent unserer Auflage aus den Jahren nach dem Millennium, als wir noch 300.000 Abonnenten hatten und eine Reichweite von fast einer Million Leser, na ja, Sieben- bis Neunhunderttausend jedenfalls. Gut, das geht auch den meisten anderen so. Alle verlieren. Es ist ein Branchenproblem. Aber kein Kenner der Branche, wirklich keiner von diesen verdammt vielen und sogenannten Spezialisten, zweifelt ernsthaft daran, dass auch die Chefredakteure Schuld haben, dass es eben nicht nur das Internet, soziale Netzwerke wie Facebook, Twitter und Co. und der ganze Kram unserer großartigen Spiele-, Medien- und Kommunikationsrepublik sind, die die Misere herbeigeführt haben. Verstehen Sie: Es sind auch die Bosse, Chefredakteure wie Helmuth Lind. Hochbezahlte Chefredakteure und Redakteursdirektoren, die ihren Job schlecht machen, richten die Glaubwürdigkeit des gedruckten Mediums und den gesamten *ihr*-Journalismus, seine Qualität und somit auch Reichweite zugrunde. Deshalb geht es auch so rapide bergab!«

Kruschel wusste, dass er hier nicht ausschließlich recht hatte. Aber er war etwas in Rage und übertrieb eine Situation, die für die Zeitungen tatsächlich ausweglos schien.

Nümflinger überlegte, welche Auswirkungen es wohl auf den Stellenplan des Polizeipräsidiums für ihre Dienststelle hätte, wenn es zwanzig Prozent weniger Verkehrs-, Straf- und Tötungsdelikte gäbe.

»Wieso hat die Geschäftsdirektion regungslos dabei zugesehen, wie Lind das Unternehmen Journalismus in die falsche Richtung führte?«

Sie gingen immer noch hintereinander her. Nümflinger drehte ihren Kopf immer zur Seite, wenn sie zu ihm sprach, damit Kruschel sie besser hören konnte.

»Gute Frage. Da kann man nur spekulieren. Gemeinsame Leichen im Keller? Vielleicht ist es aber auch einfach so, dass Meier ... Sie kennen ihn? Meier, der Direktoriumsvorsitzende ... also dass Meier eben selbst Angst um seinen Job hat. Schließlich war er derjenige, der Lind damals eingestellt und immer wieder gehalten hat. Wenn er seine Verträge nicht verlängert hätte, hätte er einen Fehler eingestanden, und da ist Meier wie all diese Schlappschwänze: Einen Fehler eingestehen setzen die immer sofort mit Schwäche zeigen gleich. Dabei ist es doch exakt das Gegenteil davon.«

»Wissen Sie wirklich nicht mehr, als Sie sagen, Herr Kruschel?«

Sie waren an der Stelle angekommen, wo der Weg an einem der vor Jahren aus dem Boden des Landes geschossenen Fitness-Studios vorbeiführte. Es wurde heller. Der Regen hatte nachgelassen. Sie hatten den See umkreist und waren nur noch rund 50 Meter vom Parkplatz entfernt, auf dem ihre Wägen standen. Es war der Moment, das fühlten sie beide, in dem sich die kleine Zukunft dieses eigenartigen Abends entscheiden würde.

Entweder.

Oder.

Nümflinger hatte sich wieder umgedreht. Kruschel konnte ihr schönes Gesicht jetzt in Umrissen erkennen. Ihr blondes Haar hing nass triefend herunter und schmiegte sich an ihre Wangen. Sie hatte etwas Ungeordnetes, unkriminalistisch Romantisches. Es war kalt (und Kruschel war ziemlich heiß auf diese Frau).

Er sagte (mit zarter Stimme): »Ich habe Ihnen alles gesagt, Frau Kommissarin.«

Sie sagte (hart): »Danke. Ich muss jetzt gehen. Rufen Sie mich an, wenn Sie mir noch etwas zu sagen haben!«

So war es. So verabschiedeten sie sich. So gingen sie schweigend zu ihren Wägen zurück. Ohne sich umzudrehen.

Die Nacht nahm ihren unspektakulären Fortgang.

Gott, Götter, Hund

Egon Sauer hatte in dieser Zeit, die auch für ihn schwierig werden sollte, das Redaktionsregiment übernommen. Zum Erstaunen aller außerhalb der Redaktion, also in der Geschäftsführung, im Vorstand des Verlags und im Verkauf und Marketing, lief es ziemlich gut ohne den toten Chefredakteur, über den jetzt mehr als jemals zuvor und auch bei offener Tür unverhohlen gelästert und gewitzelt werden konnte – wenn gerade nicht darüber spekuliert wurde, wer es denn nun gewesen sei, der ihn abgestochen hatte.

Selbst Kruschel, der sicherlich zu Recht als besonders loyal gegolten hatte, war es jetzt nicht mehr und ertappte sich selbst dabei, mit Kollegen schlecht über Helmuth, also Lind, zu sprechen. Es war ihm, so gestand er sich jetzt ein, auch immer schwer gefallen, dies nicht zu tun. Aber er war schon immer ein Angsthase gewesen und wollte eben Karriere machen, wollte Chefredakteur werden anstelle des Chefredakteurs. So war das nun einmal. Der Weg nach oben führte über klebrigen Schleim und die berühmte Arschkriecherei. Kruschel wusste das. Kruschel war in dieser Hinsicht alles andere als Romantiker. Kruschel war Pragmatiker, dessen größter Fehler es war, ein lausiger Opportunist zu sein.

Sauer war der Einzige, der es nicht tat, der nicht geradeheraus lästerte, und dafür gab es einen Grund: Sauer war ziemlich isoliert in der Redaktion. Auch er hatte, darin Lind sehr ähnlich, keine Verbündeten, auch er hatte, darin Kruschel gleich, ein Ziel: Chefredakteur werden (und er hatte dafür einige verdammt gute Argumente: Er war, bei allem, was man über seinen etwas glitschigen Charakter sagen konnte, ja, ein recht guter Journalist).

Wie erwähnt: Wenn nicht gelästert wurde, wurde konstruiert. Zum einen gab es wilde Vorstellungen darüber, wer Lind wohl wie und wann so zugerichtet hatte; Journalisten waren da durchaus geeignet, sich Haarsträubendes vorzustellen. Zum anderen stand immer mehr die Frage im Zentrum: Wie konnte der Mann so viele Jahre eine Redaktion leiten, die nicht hinter ihm stand, die schlecht über ihn dachte, ihn hasste und nur darauf wartete, dass er aufflog, dass also seine im Grunde unverhohlene Unfähigkeit aufgedeckt wurde und er – endlich, endlich – fiel?

All dies konnte ihm unmöglich entgangen sein. Und weil dies war, wie es war: Wie konnte Lind dann diese psychologische Last so lange ertragen, ohne schwach oder krank dabei zu werden? Und wie konnte der Direktoriumsvorsitzende, also Meier, der alles andere als ein Idiot war, trotz hartnäckiger Hinweise auf Linds Unfähigkeit in allen Belangen, Boshaftigkeit und absolute Abwesenheit in der Gesellschaft der *ihr*-Heimatstadt, so lange an ihm festhalten?

Die Antwort, der Direktoriumsvorsitzende habe mit Lind gemeinsame Leichen im Keller, reichte plötzlich nicht mehr aus, um dies alles zu erklären. Man vermutete in wilden und fast schon paranoiden Verschwörungstheorien mehr und mehr Verstrickungen – aller Wahrscheinlichkeit nach in der Lokalpolitik. Irgendetwas mussten die konservativen Parteien mit Lind, dem Verlagschef und dem Vorstand zu tun haben, wurde gemunkelt. Die sogenannten Serviceclubs gerieten ins Visier der sensationslüsterneren Journalisten, die Rotarier oder die Leute von Lions. Vielleicht aber waren es auch ganz einfach nur der edle Tennis-Club, der Bundesligist oder andere sportliche oder kulturelle Zirkel, über die der Direktoriumsvorsitzende, der Chefredakteur und die reichen Mächtigen miteinander Machenschaften gehabt hatten.

Viel schlimmer als dies waren aber die vielen Geschichten über Lind. Und ehrlich: Um sich das Ausmaß dieser ja schon ziemlich niederträchtigen Gerüchteküche ausmalen zu können, reichte ein Blick in die von Essenden besetzte Kantine an einem ganz normalen Mittag.

Da ging es etwa so zu: »Einmal«, so erzählte die Bauer dort mit ihrem unangenehm penetranten Sächsisch an einem der folgenden Tage beim ungesunden Schnitzel-mit-Pommes-Kantinen-Moment ihrem Mitesser, dem Feuilletonisten Hund, und einigen unschuldigen Volontären, »einmal hat Lind zu mir, und zwar in Anwesenheit seiner Assistentin Leinert, doch tatsächlich gesagt, dass sich sogar schon einmal einer seinetwegen vor den Zug geschmissen hat, aber leider nicht überfahren worden ist, weil der Zug kurz vor ihm zum Stillstand kam. Anfängerfehler, hat er hämisch gesagt.«

Sie wunderten sich.

Bauer geriet ob des Erzählten vollkommen in Rage. Sie schnaufte und suchte dabei nach Worten der Entrüstung, was ein Stück weit ja ihr Beruf war. »Dass der das erzählt, ist schon die Höhe.«

Sie holte noch einmal Luft und fuhr fort.

»Aber ich hatte echt den Eindruck, dass das – äh, na ja, was soll's – Arschloch voll stolz darauf war.«

Bauer merkte, dass sie zu laut gesprochen hatte, dass die Aufregung und die damit verbundene Anspannung sie verleitet hatte, sogar viel zu laut und also so zu sprechen, dass nicht nur die Menschen an dem Tisch, an dem sie saß, davon Notiz nehmen konnten. Doch, und dies war wie ein Wunder im Verlagshaus, es schien niemanden mehr zu stören – weder die Bauer noch die Menschen.

Es herrschte eine eigenartige Stimmung von Freiheit und Harmonie, wie sie das Verlagshaus seit Langem nicht mehr gesehen hatte. Entwickelte sich da vielleicht eine neue Unternehmenskultur, auf deren Grundfesten es wieder gelänge, Land zurückzugewinnen?

Hund sagte nur: »So, so!«

Allerdings klang es ziemlich überlegen, dieses »So, so!«. Und plötzlich begann Hund von Dostojewski zu erzählen, von der Rolle des Schuldgefühls in »Verbrechen und Strafe«, also im berühmten »Schuld und Sühne«-Buch Dostojewskis. Und über ethisches Handeln. Hund konnte (wenn er in Stimmung war) fabelhaft erzählen. Wenn er es tat, waren alle gebannt, doch wollten sie das nicht offen zeigen. Journalisten sind in diesen Sachen sehr eigen.

Journalisten lieben Geschichten.

Aber am meisten lieben Journalisten die eigenen Geschichten.

Hund, der sich vier Jahre vor Renteneintritt befand, war den meisten *ihr*-Redakteuren weit überlegen. Er war einer der letzten Universalgelehrten, einer, der sein Leben lang nichts anderes gemacht hatte als zu lesen, zu denken und zu schreiben. Und in diesem Prozess des Lesens, Denkens und Schreibens hatte sich eine Intellektualität entwickelt, die nur noch selten war in einer Welt, in der Informationen eine unverschämt kurze Halbwertszeit hatten und in einer ebenso unverschämten Geschwindigkeit und Impertinenz in uns eindrangen und in unserem Innern viel zu oft verpufften, weil wir voll waren.

Einfach voll!

Noch nie waren wir so voll an Wissen von allem Existierenden.

Noch nie waren wir so leer im Glauben an Dinge, deren Existenz nicht sichtbar war, nicht beweisbar.

Gott.

Götter.

Unsere Götter schwirrten irgendwo da draußen herum und hatten eine Frequenz, mit der sie jeden von uns Handy-, Computer- und Internet-Usern kontrollierten. Dies alles machte erst heute möglich, was der Mensch über Jahrtausende gedacht hatte:

Gott weiß alles.

Gott sieht alles.

Ergo muss Gott überall sein.

Man sprach damals oft von einer Art »digitaler Demenz«, einer Demenz also, die entsteht, weil wir zu viele Informationen zu schnell, zu unreflektiert und zu einfach in unseren Kopf reinhämmern, wo sie dann nicht bleiben. Medienkritiker sprachen auch davon, dass Journalisten sich unter dem

Druck von Auflagen-, Einschalt- und Lesequoten zu sehr der Sensation und zu wenig dem Reflektieren und Analysieren widmeten.

Natürlich hatten diese Leute recht.

»Ich glaube, dass Lind krank war«, sagte Hund. »Er muss krank gewesen sein, denn ein gesunder Mensch hätte sich längst selbst hingerichtet mit so viel Hass auf der Seele.«

»Darf ich mich zu euch setzen?«

Hey, das war die Stimme Kruschels.

»Aber bitte doch.« Bauer und Hund sahen sich an. Es war ihnen zwar immer etwas unangenehm, mit Kruschel essen zu müssen – und Kruschel wusste dies nicht nur, er merkte es auch in diesem Augenblick.

Aber was sollten sie schon sagen?

Nein?

Nein!

Zudem: Beide, Bauer und Hund, erhofften sich vom gemeinsamen Mittagstisch mit Kruschel Informationen über die Lage der Redaktion. Auch dies wusste Kruschel. Nur deshalb war er zu ihnen gegangen.

»Redet ruhig weiter«, sagte Kruschel, während er sich das Stück Super-Schnitzelfleisch aus industrieller Massentierhaltung in den Mund schob, was ihm total egal war, weil er andere Probleme hortete.

Aber diese Aufforderung nutzte nichts. Bauer allein hätte weitergesprochen, wie sie immer wieder einmal mit Kruschel in offene Dialoge trat, weil sie auch nichts zu verlieren hatte. Aber in der Allianz mit Hund? Das hemmte, weil besonders Hund, wie übrigens viele der Redakteure, in Kruschel immer noch das sahen, was er über Jahre gewesen war: den Spion der Chefredaktion (sie nannten ihn tatsächlich IHRSI, also die *ihr*-Sicherheit), der sich in die Welten, Gefühle und Gedanken der anderen einschlich, sie speicherte und hinterher Rapport ablieferte.

»So ein Hund!«, hatte Hund gedacht.

Mehr als einmal.

Immer wieder.

Und was brachte diese IHRSI? Auf diese Weise wusste Lind immer, wo seine größten Feinde waren, auf allen Ebenen, informativ, intellektuell und emotional, so konnte er ihre Gedanken lesen und ihre nächsten Handlungen antizipieren – und sich darauf mit einer unerwarteten Psychoattacke vorbereiten.

Weil die beiden, also Bauer und Hund, stumm blieben, begann Kruschel davon zu erzählen, dass die Polizei absolut im Dunkeln tappe, dass bislang weder die in diesem Fall selbstverständlich äußerst aufwendige Obduktion noch die Ermittlungen der zuständigen Kommissarin Nümflinger und ihres Teams einen Hinweis gebracht hätten, wie der Mord an Lind genau vonstatten gegangen war und wer das Verbrechen wohl begangen hatte.

»Die kriegen das schon noch raus«, sagte die Bauer, die sich in diesen Dingen exzellent auskannte. »So einen spektakulären Fall lösen die hundertpro, da arbeiten die bis zum Umfallen, zumal die Nümflinger. Super ist die, und mit Vorsicht zu genießen, denn Achtung: hohe Konzentration an Superintelligenz!«

Kruschel fühlte sich zunächst gut. Er hatte nichts zu befürchten. Ihn traf keine Schuld. Er hatte – zumindest, was den Mord an Lind anging – eine weiße Weste. Das war eine Gewissheit, die ihm niemand nehmen konnte. Immerhin. Doch auch bei gewisser Unschuld, so dachte Kruschel, gibt es Situationen, in denen wir Schuld empfinden.

Zudem machte ihm Bauers Aussage aus einem anderen Grund zu schaffen. Denn da er ohnehin schon mit dem LN-Virus (Lena-Nümflinger-Virus) infiziert war, spürte er eine physische Reaktion und fragte sich: Macht sie sich deswegen an dich ran und dir schöne Augen, um mehr aus dir rauszukriegen? Ist es diese Art der Schläue, von der die Bauer spricht? Es nagte an Kruschel. Der Tag hatte etwas Unangenehmes, Unheimliches bekommen.

Bei Jo im Atelier

Ein Abend bei dröhnender Rockmusik: Nackte Frauenschenkel, lang und mächtig und lüstern und straff und deutlich größer dimensioniert als Kruschels gesamter Körper. So ragten sie hinter ihm expressiv in die Höhe. Sie waren in übertrieben getöntem Fleischrosa gehalten. Künstlich. Fast eklig. Mit roten und blauen Flecken. Darüber erstreckte sich ein gigantischer Frauenkörper mit prallen Brüsten, einem blondschöpfigen Kopf mit leicht geöffnetem Mund und sichtbarer Zahnreihe und Zunge – wie aus einem gestylten Modemagazin, das sich für diese Ausgabe zum Thema nahm: »Geschändete Schönheiten«.

Ja, okay, sie war tatsächlich schön, die Langhaarige. Sie war ziemlich gut proportioniert und so. Aber die Sache hatte einen Haken: Ihre Augen, ihr Blick wirkten vollkommen steril, unsinnlich und dieser Welt irgendwie total entrückt. Roboterhaft. In dem Dreieck zwischen ihren Beinen erstreckte sich ein illustrer und bunter Moloch. Unmenschliche Großstadt eben. Funkeln und Elend schienen sich darin gerade die Eheringe anzustecken.

Das verursachte irgendwie:

1. Tristesse.

2. Depression.

Ja, die große und bunt bemalte Leinwand drückte nichts Gutes aus, ein bisschen wie die Musik, die immer noch aus den Lautsprechern krachte: der Punk von »The Queen Is Dead«, der Song einer Band, die heute wohl kaum noch einer kennt: The Smiths. Es ging auf dem Bild, das musste jeder sehen können, vor allem um die Fremdheit der Schenkel, des Schoßes, der blank rasierten und triefenden Vagina in ihrem Umfeld – also um Sexualität in einer fremd gewordenen Welt, in der alles zu Ware geworden war.

Eine Art Kapitalismuskritik?

Wahrscheinlich, dachte Kruschel und sah auf die Schenkel und den tiefen Raum dahinter, der die beiden Extremitäten voneinander trennte und sich fast zwischen sie zu schieben und irgendwie, so dachte er zumindest, von der Scheide angezogen schien, sah, wie sie stolz und eindrucksvoll im Zentrum des gigantischen Formats standen. In diesem Raum sah er wie durch ein Weitwinkelobjektiv unzählige Straßen, Hochhäuser und den ganzen Trubel der »Bestie Metropole« im abendlichen Zwielicht. Ein faszinierendes Funkeln aus

Rot,
Gelb,
und Weiß,

Lichter, die realiter in dem Bild zu leuchten schienen. Das Weltgeschehen spielte sich offenbar hier ab, in dem dreieckigen Durchblick auf ein Großstadtpanorama, das mehr an Frankfurt oder New York erinnerte als an die Stadt, in der sie sich befanden.

Kruschel betrachtete das drei oder gar vier Meter hohe Gemälde mit großer Aufmerksamkeit. Er fühlte sich klein davor. Fast hilflos.

Er fragte sich, warum Malerinnen heute noch so figurativ malen mussten, ja, warum sie es überhaupt noch konnten und nicht Angst davor hatten, allzu konkrete und naive Aussagen mit ihrer Kunst zu treffen. Der Grund hierfür musste deutlich mehr sein als die Faszination am Abbilden der Realität. Denn das war schließlich sinnlos in einer Zeit, in der die vor rund 175 Jahren von Daguerre erfundene Fotografie diese Rolle längst in einer Perfektion und steuerbaren Künstlichkeit übernommen hatte, die so verblüffend war wie virtuos. Das Bild war multistilistisch gemalt. Es gab fotorealistische Teile darauf, etwa die Ansichten der Stadt, alles andere, auch die Schöne im Vordergrund, tendierte zu einer Art wildem Expressionismus.

Kruschel atmete tief und kratzte sich hinterm Ohr.

Das Bild überwältigte ihn (und wenn er ehrlich war, musste er beim Blick aufs Bildzentrum an die Kommissarin denken, obwohl sie der Frau auf dem Bild nicht im Geringsten glich).

Kruschel atmete noch schneller.

Kruschel schwitzte.

Er drehte sich einmal um die ganze Achse. Dabei wurde ihm bewusst, wie unordentlich Jos Atelier war. Waren ihre Bilder der Inbegriff der Ordnung, so glich ihr Arbeitsraum mit den herumliegenden Tuben von Acrylfarbe, mit den Pinseln, Pinselreinigern und Pinselgläsern, den Paletten und herumstehenden Staffeleien, den vielen unfertigen Bildern, herumliegenden Magazinen und Modeprospekten (offensichtlich inspirierte Jo das beim Malen) einer undurchschaubaren Ordnung, die ähnlich komplex war wie in den »Sieben Todsünden« des Hieronymus Bosch.

Man hätte es auch einfach so nennen können: reinstes Chaos.

»Es gefällt dir doch«, hörte er Jo plötzlich hinter sich sagen. Sie hatte gleichzeitig die Musik leiser gedreht.

Er drehte sich um.

Frisch geduscht stand sie da, mit ihrem hochgesteckten rötlichen Haar und in einem durchsichtigen weißen Seidenbademantel, in der Tür zur Küche des Ateliers. Kruschel wusste und konnte sehen, dass Jo nichts anhatte unter ihrem Stückchen Stoff. Ihre Sommersprossen waren betörend. Sie leuchtete aus allen Poren und war, ja, dessen war Kruschel sich durchaus bewusst, eine überaus attraktive Frau. Er hatte großes Glück. Sie hatte Intellekt und auch eine Art klassische Schönheit und darüber hinaus etwas, das, so dachte Kruschel immer wieder, bei Frauen eher selten anzutreffen war:

Witz.

Ironie.

Lockerheit.

Verrücktheit, die dazu führte, dass sie beim Sex zu allem bereit war.

Ohne Tabus.

Und dass sie es geschafft hatte, sich neben ihrem Job als Biochemikerin beim ortsansässigen Pharmakonzern eine

Koexistenz als Künstlerin aufzubauen, war überaus bewundernswert.

Jo konnte malen.

Und Jo konnte es, schon bevor sie damit angefangen hatte.

Sie war vermutlich, was man unter Naturtalent versteht. Darüber hinaus hatte sie aber auch zu einer künstlerischen Sprache gefunden, die Ärzten, Anwälten und anderen Kunst sammelnden Menschen mit Geld gut gefiel. Guido, ihr Galerist, ein junger Wilder, der sich für gesellschaftskritische figurative Malerei einsetzte, aber auch Fan der Leipziger Schule war, von Leuten wie Neo Rauch, Tim Eitel oder Matthias Weischer – Guido Attinger also verkaufte mindestens eines von Jos Bildern im Monat und verdiente allein durch sie schon die Miete für seine recht luxuriösen 150 Quadratmeter Ausstellungsfläche in der zentralen Staatsstraße.

Kruschel sagte: »Äh, ja, es ist … fantastisch, Jo. Es ist das Beste, was du jemals gemacht hast. Es haut mich um.«

Es war, was sie hören wollte.

Künstler suchen in erster Linie Bestätigung ihres Treibens.

Jo blickte ihn an.

Er blickte Jo an.

Er spürte, was Jo nun wollte. Sie waren jetzt seit rund drei Jahren zusammen und ihr Zusammenleben hatte ein Niveau an Gewohnheit erreicht, auf dem jeder zu jeder Zeit wusste, was der andere wollte. Jo wollte mit ihm schlafen. Das war klar. Doch Kruschel war in Gedanken anderswo. Bei Maria. Bei Sabine. Bei Nümflinger.

Ihm wurde klar: Du musst dein Leben ändern. So geht es nicht weiter.

Das Problem war nur: Wie?

Jo hatte ein großes Futonbett im Atelier stehen. Dort trieben sie es. Es war nicht vollständig, aber zu einem großen Teil Routine geworden, wenn er mit Jo Sex hatte. Es war schön, angenehm, früher total außergewöhnlich und, ja, schmutzig,

heute nur noch manchmal verwegen und selten absolut überraschend.

Viel zu selten.

Als sie fertig waren, er seinen Schwanz aus ihr herausge-
zogen und sie einen Korkenzieher in eine Flasche Burgunder
hineingedreht hatte, stierte Kruschel an die Decke.

Es ging ihm nicht gut. Zwar hatte er sich seines Spermas,
nicht aber seiner Sorgen und trüben Gedanken entledigt.

Während sie sich eine Zigarette ansteckte, sagte sie wie
beiläufig: »Du denkst an eine andere Frau, Volker, das merke
ich. Nicht erst seit heute. Seit einiger Zeit schon ...«

Sie hatte recht (sie hatte sogar verdammt recht).

»Was? Wie kommst du darauf? Nein. Die Sache mit Lind
macht mir zu schaffen. Entschuldige. Du kannst dir nicht
vorstellen, was wir zurzeit durchmachen in der Redaktion.
Es ist ein Hauen und Stechen. Tut mir echt leid, Schatz, wenn
ich deswegen so abwesend bin.« Die omnipräsente In-ande-
re-Frauen-verliebte-Männer-Standard-Antwort.

Kruschel war schon immer gut im Lügen, anders wäre es
ihm auch nicht möglich gewesen, über Monate hinweg immer mit mehreren Frauen intensiv und recht intim Kontakt
zu halten. Aber Kruschel war nicht so gut im Lügen, dass er
Jo, also die ihn in diesem Augenblick enttarnende und mit
übersinnlichen Fähigkeiten ausgestattete Jo, hätte täuschen
können.

Sie wusste, dass sie recht hatte.

Er wusste, dass sie wusste, dass sie recht hatte.

Was sollte also noch das Versteckspiel!

Sie waren, das wurde ihnen beiden in diesem Moment
klar, in eine Sackgasse geraten, aus der es kein Entkommen
zu zweit gab. Stille kehrte ein. Dann wurde es lauter. Jo begann zu schreien, und darin war sie mindestens so gut wie im
Malen.

Kruschel ging. Er stieg in sein Auto, drehte die Musik laut
und fuhr drauflos.

Er verbrachte die Nacht in einem schäbigen Hotel am nord-
östlichen Stadtrand, an jenem geheimnisvollen Ort, an dem
er sich immer wieder mit Frauen getroffen und mit ihnen Liebe gemacht hatte (oder besser gesagt: einfach nur Sex hatte), auch mit seiner Kollegin Sabine. Aber Sabine wollte oder
konnte ihn nicht mehr sehen; seit einiger Zeit und schon längere Zeit vor Linds Tod hatte Kruschel den Eindruck, sie ekle
sich vor ihm und seiner Nähe zu Lind, die ihr immer mehr
zuwider geworden war.

Sabine war eben doch Moralistin.

Und Maria?

Maria war heute nicht für ihn da. Sie arbeitete.

Natürlich schlief er schlecht. Er befand sich möglicherweise am Beginn einer tiefen Lebenskrise. War dies die von
Medien immer wieder herbeigeschriebene Midlife-Crisis?
Kruschel war zwar erst 47 und hatte aktuellen Berechnungen
zufolge noch rund 20 Jahre Berufsleben vor sich. Doch was
hatte er schon erreicht! Offenbar war er mit seiner polyga-
men Ader beziehungsunfähig. Er hatte keine Familie. Keine
Kinder. Keinen Charakter. Noch nicht einmal Eigentum hatte
er sich angeschafft. Er blickte zurück auf ein Leben, das ihm
sinnlos und leer erschien.

Es war Nümflinger, deren Anruf ihn morgens aus dem Halb-
schlaf weckte. Sie erzählte irgendetwas von neuen Spuren und
dass sie ihn treffen wolle. Sofort dachte Kruschel wieder an
Bauers wie eine Drohung klingende Verheißung von Nümflingers Superintelligenz und Supergerissenheit, an seine Ahnung,
Nümflinger spiele mit ihm und wolle ihn nur treffen, um den
Fall zu lösen. Natürlich. Sie hatte ja auch nicht im Geringsten
ein Interesse an ihm, dem Mann Kruschel, sondern nur an ihm,
dem ehemaligen Vertrauten und Kollegen Linds.

Sie trafen sich in einem Frühstückscafé an der Staatsstraße.
Nümflinger war sehr direkt. Sie hatte sich ganz offenbar gut
auf diesen Moment vorbereitet.

»Hören Sie«, sagte sie, »ich habe einen großen Fehler gemacht und mich und Sie in eine höchst unangenehme Situation gebracht. Wir müssen dies Spiel sofort beenden.«

Kruschel, der sie aus kleinen Augen ansah und noch halb schlief, betrachtete Nümflinger, die ihm in dieser Aufgeregtheit noch anziehender vorkam als die Male zuvor. Er blickte ihr intensiv in die Augen.

»Was meinen Sie?«, fragte er schließlich.

»Sie wissen genau, was ich meine.«

»Tut mit leid, nein, das weiß ich nicht.«

Es war ein Spiel.

Nümflinger schüttelte daraufhin verständnislos und langsam den Kopf, lächelte, stand auf und verließ das Café – Kruschel selbstredend auf der Rechnung sitzen lassend.

Das war der Morgen, nachdem Jo Kruschel in die Liebeswüste geschickt hatte.

Das war der Morgen, der sich anfühlte wie eine Stunde null. Es war Kruschels emotionaler Ground Zero.

Kruschel verstand nur wenig von der Welt in diesen Tagen. Er war auf einem Weg, der ihm noch viel Zeit, viel Geld und noch mehr Erkenntnis über das Leben bringen sollte.

Fällige Diskussionen

Auch EgoSa – also Egon Sauer – hatte es nicht leicht in diesen Tagen. Da war zum einen die tägliche Berichterstattung über den Todesfall in der Redaktion, die heikel war und von seinem Team mit Thomas Hund und Vera Bauer mehr oder weniger brillant gemeistert wurde. Da waren – trotz alldem – zum anderen aber vor allem jene Diskussionen, die über die vergangenen Jahre hin so wichtig gewesen wären und die Lind in seiner unvergleichlich diktatorischen Art stets unterdrückt hatte.

Es ging, so war sich die gesamte *ihr*-Redaktion einig, um nicht weniger als die Zukunft der Tageszeitung, wie sie war.

Politisch unabhängig.

Regional.

Exklusiv.

Ausführlich.

Für die Menschen der Region ein absolutes MUSS, wenn sie mitreden wollten.

Es ging um qualitativ hochwertigen Regionaljournalismus, der die Menschen in der Region interessierte und Relevantes zutage förderte.

Nur: Was war eigentlich »hochwertiger Regionaljournalismus«?

Die Antwort war denkbar einfach: Hochwertiger Regionaljournalismus musste hochwertiger Journalismus sein, der sich im Wesentlichen auf eine Region konzentriert, und diese Region war in der Regel das Verbreitungsgebiet, das Gebiet also, in dem man erschien.

Natürlich ging es auch um Wahrheit und Aufklärung, zwei für eine demokratische Gesellschaft unabdingbare Aspekte des Journalismus. Sie wollten ein digitales und gedrucktes Produkt herstellen, ohne das man in der Region bei fast nichts mitreden konnte.

Daran arbeiteten die meisten in der Redaktion immer noch täglich, wenn sie in Reih und Glied im schicken Nachrichtenzentrum von *ihr* saßen, wenn sie dort telefonierten, sichteten, richteten und fluchten und das, was sie aus all dem als Erkenntnis destillierten, in Texte, Bilder und Grafiken gossen, Formen also, die sie zuerst direkt ins allwissende Netz und dann als Vorlage an die Druckerei sendeten, damit auch die Dinosaurier unter den Bürgern etwas zu lesen hatten, für das sie bereit waren, Geld zu bezahlen: bedrucktes Papier.

Das Nachrichtenzentrum (bei *ihr* auch das *Hihr*n genannt) war das Herzstück der Redaktion geworden.

Es garantierte: ständige Vernetzung.

Es bedeutete: Rund-um-die-Uhr-Service im Dienste der Demokratie und des ihr verpflichteten Journalismus.

Es bedeutete aber auch: Stress.

»Artgerechte Tierhaltung sieht anders aus«, hatte Hund einmal vor versammelter Mannschaft gesagt und dafür viele Lacher geerntet. Das war am Anfang, als man der Mode mit Nachrichtenzentren folgte, deren Ursprung in den USA zu finden war, wo die Dinger Newsroom hießen.

Die Grundidee dabei war, dass hier an die zwanzig, dreißig Journalisten wie in einer Nachrichten-und-Seiten-Layout-Legebatterie nebeneinander saßen und taten, was früher einmal im stillen Kämmerlein getan wurde, nur eben vernetzt und in ständigem Kontakt stehend, während andere, Redakteure, mehr und mehr aber auch Freelancer, sich nur noch um Texte und Bilder kümmerten.

Das hatte Vorteile, zweifellos.

Nur die Restredaktion, die Schreiber, Onliner, Fotografen, Freelancer, Volontäre und Mediengestalter, saß noch in kleinen modernen Büros, deren Türen sie schließen durften. Alles sprach, telefonierte und machte irgendetwas. Und störte niemand anderen dabei.

Ein perfektes System.

Dass sie sich trotzdem nicht mehr so gut konzentrieren konnten wie früher, also einen ganzen Tag auf die eine Geschichte – oder zwei –, das hatte andere Gründe. Durch Personalreduzierung war die Taktzahl erhöht worden. Außerdem wurden die Anforderungen durch Internet und kompliziertere optische Ansprüche höher, und die Flut an Mails, Post und Anrufen hatte eine unerträgliche Dichte erreicht, die auch mit der größten Multitaskingbegabung nicht mehr zu lösen war.

Alles musste fix gehen.

Schuld daran waren aber nicht die Systeme.

Schuld daran war eine sich immer schneller drehende Welt mit immer mehr und schneller um sie jagenden News.

Es war ...

... die Stunde des Halbwissens,

... die Epoche der Schnelligkeit,

... die Tugend des Multitaskings statt der Tiefgrabung.

Die Geschichten wurden anders, nicht unbedingt viel schlechter lesbar – schließlich arbeiteten bei *ihr* exzellente Journalisten – aber weniger tief als früher, als sie noch alle in »kommunikativer Isolierhaft« arbeiteten, wie Hund sich ausdrückte, der natürlich davon überzeugt war, dass die Texte inhaltlich in den guten alten Zeiten besser waren, einfach weil sie von den Redakteuren und Freelancern mit mehr Kontemplation produziert werden konnten.

Zumindest dachte Hund das.

Und die Leser, für die tendenziell ohnehin früher alles besser war, dachten es auch.

Was der Zeitung mehr und mehr fehlte, war eine Art bedächtiges und narratives Storytelling, lange Geschichten von Autoren, die die Leser liebten oder hassten, beides war wichtig – persönliche Geschichten mit erzählerischem Charakter und unterhaltendem Aspekt.

Doch die internen und externen Verstrickungen machten genau solche Dinge zunehmend schwer. Alle standen unter enormem Druck.

Die Auflage sank.

Die Anzeigenerlöse sanken.

Die Motivation bei den Mitarbeitern sank.

Weil eben alles sank und keiner wusste, wie das Sinken aufzuhalten war.

Ein Teufelskreis.

Zudem war es in den vergangenen Monaten immer öfter vorgekommen, dass Artikel ohne offizielle Begründung einfach aus dem Blatt flogen. Lind ließ die Diskussion über die wahren Gründe erst gar nicht aufkommen, Anfragen aus der Redaktion über die Ursachen wurden von ihm einfach abgebügelt. Es gab immer mehr Mutmaßungen über die wahren Gründe. Am meisten waren davon die Politik-, aber auch die Lokal- und Wirtschaftsredaktion betroffen. Bei der Wirtschaftsredaktion lag die Sache auf der Hand: Wollte man über die schlechte Zukunftsstrategie eines regionalen Unternehmens berichten und aufdecken, wie solche Misswirtschaft zu Misserfolg und schließlich zu Abbau von Arbeitsplätzen geführt hatte, konnte der Beitrag auch um 21 Uhr per Anruf Linds einfach wieder von der Wirtschaftsseite herunterfliegen, und Geschichten über Unternehmen, mit denen man eine geschäftliche Verbindung eingegangen war, durften, so mutmaßte die Redaktion zumindest, ohnehin nur erscheinen, wenn Meier höchstpersönlich davon Kenntnis hatte.

Ja, es war ein Mysterium. Falls stimmte, dass Meier die Artikel absegnete – wie kam er überhaupt an die Artikel ran? Hatte er Zugriff aufs Redaktionssystem und konnte alles vor Erscheinen schon lesen? Eigentlich gab es, wie in jedem anständigen Medium außerhalb des Privatradio- und Privatfernsehbereichs, eine strikte Trennung von Redaktion, Verwaltung und Führungsetage. Schließlich hieß *ihr* immer noch »Unabhängige Tageszeitung«. Deswegen gab es tatsächlich den Verdacht, dass Lind bestimmte Artikel Meier ganz gezielt zuspielte und nach seiner Meinung fragte.

Es blieb auf ewig ein Verdacht. Bestätigt wurde er nie.

Aber allzu oft folgte das Ärgerliche: Lind befahl das Sterben von Artikeln, die in stundenlanger Recherche entstanden waren, und er tat dies in fast schon bemerkenswerter Selbstsicherheit. Er begründete seine Entscheidungen nur in seltenen Fällen. Es wäre ja auch peinlich geworden für ihn, ja, er hätte sein Gesicht verloren, das heißt: das, was von ihm übrig war.

»Sehen Sie mir bitte meine Offenheit nach, aber geben Sie es doch wenigstens zu, Herr Meier: In Wahrheit sind wir *ihr*-Redakteurinnen und *ihr*-Redakteure, aber natürlich auch der ganze *ihr*-Restladen hier, äh, ja, längst von den Anzeigenkunden bestimmt. Die Anzeigenkunden manipulieren die Anzeigenabteilung. Die Anzeigenabteilung klopft bei Ihnen an die Tür. Sie rufen beim Chefredakteur an und – schwupps – fällt der kritische Artikel von der Seite. Stirbt. Zack. Einfach, weil wir jeden Kreuzer brauchen.«

Hund, der in seiner etwas paranoiden Art vollkommen übertrieb und, ja, etwas weltfremd war und im Grunde auch keine Ahnung von Geschäften hatte, erhielt viel Beifall für seinen Mut und die offenen Worte bei der letzten Vollversammlung in der eigens für die jährliche Betriebsvollversammlung leergeräumten Papierlagerhalle.

Und Hund fuhr fort: »Was bleibt da noch von freiem Journalismus in *Ihrer hehren Regionalzeitung* übrig! Vielmehr habe ich den Eindruck, in den Köpfen der Chefetage herrscht die, seien wir ehrlich, unbegründete Angst, Unternehmen könnten aufgrund unserer kritischen und negativen Berichterstattung über sie sauer sein und folglich ihre Anzeigen abbestellen.«

Wieder bebte die heilige Papierhalle, in der sich sonst tonnenweise Papierrollen stapelten, die nachts durch die Druck-Rotation jagten. Hund war sichtlich stolz auf sich. Er hatte gesagt, was viele nicht zu sagen gewagt hätten. Aber dachten.

War er nun ein Hero?

Nein!

Denn Meier wäre nicht ein gewiefter Direktoriumsvorsitzender, hätte er nicht noch einen Trumpf im Ärmel gehabt: Angst!

Angst regiert unseren Verstand, er schaltet die Ratio aus. Klick.

»Ein Anzeigengroßkunde weniger, Herr Hund, gleich: eine Million Euro weniger Betriebsergebnis«, so hatte Meier das folgende Szenario im Anschluss mit dem Charme eines grauen Taschenrechners begonnen, nachdem er die Unternehmensbilanzierung abgeschlossen hatte.

Er machte jetzt eine Pause, in der keiner sich zu rühren, geschweige denn etwas zu sagen traute. Die Spannung stieg. Man hörte das Rascheln jeder einzelnen Bewegung in der Redakteursbelegschaft. Dann fuhr er mit leiser, scharf zischender Stimme und zusammengedrückten Zähnen ganz langsam fort.

»Eine Million, lieber Herr Hund, liebe Kolleginnen und Kollegen, wissen Sie eigentlich, was das heißt? Eine Million?«

Meier hatte die Stimme gehoben. Fast hatte seine Rede den Punkt aggressiven Schreiens erreicht. Die Belegschaft hielt den Atem an.

»Eine Million! Wer weiß das von Ihnen? Ich kann es Ihnen sagen: Das ist eine Eins mit sechs Nullen dran…«

Getuschel und leises Gelächter machte sich breit. Nicht lange, denn dann führte Meier seinen Angsteinschaltvorgang zu Ende und sagte:

»…und auf Redakteursstellen übertragen bedeutet das: Etwa fünfzehn von Ihnen nehmen den Hut.«

Pause.

»Nein. Nicht gleich morgen. Aber spätestens übermorgen.«

Meier fanden sie daraufhin böse. Mit den Existenzängsten von Mitarbeitern zu spielen, ja, zu drohen, das war schäbig, fanden die meisten. Einige von ihnen hatten ihren Marx gelesen. Meier wurde schnell zum gefühllosen Kapitalisten abgestempelt.

Nur manche wollten auch nicht in Meiers Haut stecken und wussten: Im Grunde hatte er ja recht. Irgendwie jedenfalls.

Angst schaltet zuerst die Ratio aus, dann regiert sie den Menschen. Das haben sie sofort gespürt, haben ein dumpfes Grummeln im Magen gespürt und sich in ihre Büros oder eben ins Nachrichtenzentrum verzogen wie angeschossenes Wild. Angst, vor allem die von der existenziellen Sorte, war schon immer der schlechteste Ratgeber – gerade für Menschen, die bei ihrer Arbeit Mut benötigen. Viel Mut, um möglicherweise auch einmal gegen die allgemeine Meinung in der Bevölkerung über eine gewisse Sache anzuschreiben.

Doch diese Angst aller, das wissen wir heute, viele Jahre danach, war auf einem Missverständnis begründet: Man war naiv und dachte zumindest teilweise, Unternehmen würden Anzeigen in Zeitungen und Magazinen schalten, weil sie diese Medien so toll fanden und retten und unterstützen wollten, also quasi aus einem Akt tugendhafter Teilnahme heraus.

Doch da irrte man gewaltig.

Unternehmen waren keine heiligen Samariter.

Unternehmen waren in der freien Wirtschaft allenfalls heilige Zonen für Politiker und andere, die ihnen das Leben erleichtern wollten, damit die Gewerbe- und Umsatzsteuereinnahmen flossen und der kommunalwirtschaftliche Laden lief.

Kommunen brauchten Geld.

Unternehmen verfolgten mit dem Schalten von Anzeigen einzig und allein eigennützige Absichten: Werbung für sich und ihre Produkte zu machen ergo: dadurch den Umsatz zu steigern, zu expandieren, gesünder und reicher zu werden.

Punkt.

»Der frühe, der mittlere und der späte Kapitalismus waren und sind eine Wirtschaftsform, die auf dem Denken in der ersten Person Singular beruht. Ein solidarisches oder gar soziales Wir steht nicht in der kapitalistischen Lehre. Das ist Volkswirtschaftsgutgläubigkeit, das Gelaber von Volkswirtschaftlern«, hatte Lind nach einer solchen Versammlung gesagt – in einem der wenigen Momente, in denen er Kruschel und den anderen zwar niederträchtig und böse, aber trotzdem einigermaßen schlau und eloquent vorkam.

Es gab noch weit mehr Verstrickungen. Einige Mitglieder des sogenannten Großen Konsiliums, das teils aus Privatiers, teils einfach aus reichen und mächtigen Anteilseignern der *ihr*-Zeitungsverlags GmbH – wie etwa der X-Press-Yourself-Holding – bestand, engagierten sich in verschiedenen wirtschaftlichen, sportlichen, gesellschaftlichen und kulturellen Institutionen. Alle Bereiche der Redaktion stießen immer wieder an einen Punkt der Meinungsfreiheit, wo Lind Dinge verbot oder im Nachhinein schroff kritisierte, und allen Redakteuren war dabei stets klar, dass es sich um eine Einflussnahme von irgendwelchen Leuten aus dem Großen Konsilium dort oben im Wolkenkuckucksheim handelte.

»So weit ist es mit dem guten und wahren Journalismus gekommen, der einst einmal eine wichtige Säule der Demokratie gewesen ist, Herr Sauer«, sagte Kruschels Stellvertreter Bruno Brondi auf einer der Redaktionsleiterversammlungen und wurde von Kruschel dabei scharf angesehen. Kruschel selbst hätte so etwas schon auch denken, aber niemals äußern können. Wir erinnern uns: Im Grunde wollte er immer nur ein bequemes Leben mit möglichst wenigen Problemen führen.

Der klassische Opportunist.

»Wie können Sie so etwas sagen, Herr Brondi? Was meinen Sie?«, fragte Sauer zurück.

»Herr Sauer, bitte, Sie wissen ganz genau, wovon ich rede.«

Brondi blickte in die Runde, die, als Lind noch lebte, immer von Schweigen beherrscht war. Nun glaubte er Regungen bei den einzelnen Chefs zu erkennen. Gudrun, die Kulturchefin, rutschte mit ihrem etwas dicken Gesäß irgendwie unruhig auf ihrem Stuhl hin und her. Ihr war doch wenigstens zuzutrauen, dass sie Brondi unterstützte, selbst

Kruschel wünschte sich das ein kleines bisschen. Doch sie blieb still.

»Brondi hat recht«, sagte plötzlich ein anderer. Es war der Wirtschaftschef. Alle waren verwundert, denn der eher blasse und verhasste Georg Keller, von Haus aus Wirtschaftsingenieur und, so dachten sie, Waschlappen, war nicht nur bekannt für sein leises und unauffälliges Wesen, sondern auch dafür, dass er in seinen Ansichten duckmäuserartig eigentlich immer der Meinung der Chefredaktion und also auch des Direktoriumsvorsitzenden folgte (denn auch deren Meinungen differierten natürlich nur in den seltensten Fällen).

Nun aber legte Keller auch noch nach und sprach: »Ja, er hat recht. Die Einflussnahme der Unternehmensleitung ist zu groß geworden. Wir, die Redakteure, haben den Eindruck, dass die Inhalte in erster Linie von Meier und den Onlinediensten bestimmt werden. Mit unabhängigem Journalismus hat das nichts mehr zu tun, das wissen Sie. Wer setzt hier die großen Themen? Ich kann mit Sicherheit sagen: Wir sind es nicht mehr!«

Hier schoss Keller auch den stellvertretenden Chefredakteur an. Denn gerade er war nach wie vor der Meinung, man müsse den Lesern am nächsten Morgen eine Vertiefung dessen bieten, was sie am Abend zuvor in den Abendnachrichten im Fernsehen gesehen haben – eine Ansicht, die auf Untersuchungen eines schwedischen Medienforschers beruhte, der angeblich mit der so genannten Methode DiPriScan erforscht hatte, was Leser lesen.

Was Leser lesen?

Was lesen Leser?

Wenig überraschend war, dass – zumindest in der Masse gesehen – die Menschen das lesen, was sie irgendwie schon einmal gehört oder gesehen hatten – beispielsweise in den Abendnachrichten vom Vortag. Allerdings gab es Gegner dieser Denkweise, die, so wissen wir heute, im Recht waren. Sie kritisierten die Kürze der Untersuchungen und warfen dem

Schweden vor, er würde mit seinen Studien nur kurzfristige Verhaltensweisen abrufen und die langfristige psychologische Wirkung von Themensetzungen vernachlässigen. Wenn man 1.000 seriösen Männern vier Wochen lang täglich eine schöne Nackte auf die Seite stellt, so wird das bemerkt, gescannt und gelesen. Die Quote wird sehr hoch sein, weil das Bild Triebe befriedigt. Irgendwann aber werden verdammt viele dieser 1.000 seriösen Männer sich sagen: Hey, du hast hier keine seriöse und schon gar keine hehre Regionalzeitung mehr, sondern einen schlecht gemachten Regional-»Playboy«, der dir zeigt, was du (zumindest hier in der Zeitung) gar nicht sehen willst – und sie werden die Zeitung abbestellen und sich einem anderen Medium zuwenden.

»Ich denke ohnehin, dass wir lange Zeit einem Missverständnis unterlagen im Hinblick auf unsere Quotendiskussionen, die sich nach DiPriScan entfacht haben«, sagte Gudrun jetzt.

»Weshalb?«, wollte Kruschel wissen.

»Na ja, sehen Sie, wir dachten – oder sagen wir: So haben wir die DiPriScan-Ergebnisse damals interpretiert – wir dachten also, es sei gut, möglichst viele Artikel zu haben, die, sagen wir, eine Lesequote von mindestens zwanzig bis dreißig Prozent haben. So, dachten wir, sind wir sicher, dass die Menschen unsere Zeitung interessant finden und gern lesen.«

Na, komm schon zum Punkt, Gudrun, dachte nicht nur Kruschel allein.

»Wenn es aber nun so wäre, dass ...«

Gudrun richtete sich auf und zupfte an ihren Haaren herum.

»... ja, äh, wenn es nun so wäre, dass es immer die gleichen zwanzig bis dreißig Prozent der Leser sind, die diese Artikel lesen, weil es eben immer die gleichen zwanzig bis dreißig Prozent einer bestimmten Bildungsschicht sind, die bestimmte Texte über Mörder, Skandale, Popstars oder Sexualdelikte lesen, so hätten wir immerhin siebzig bis achtzig

Prozent der Leser oder auch nur potenziellen Leser ausgeschlossen.«

Etwas Unruhe machte sich breit.

Gudrun blickte in fragende Gesichter.

»Ich meine, wir müssen die Sache wesentlich psychologischer sehen und komplementär arbeiten. Die Sache ist ...«

Wieder richtete sie ihren schweren Körper auf und zupfte sich an den Haaren.

»... wesentlich komplexer, als wir denken. Wir müssen, ja, ich weiß, ich wiederhole mich, komplementär arbeiten.«

Fremdwörter waren in den *ihr*-Diskussionen nicht ganz so sehr erwünscht, aber die Kollegen folgten Gudrun immerhin mit großer Aufmerksamkeit.

Sie zupfte ihre lila Bluse zurecht, strich sich zuerst über die Stelle, wo sich ihre mächtigen Brüste abzeichneten, dann noch einmal durchs lange Haar und holte tief Luft.

»Kollegen, wir müssen nicht erreichen, dass möglichst viele Menschen bestimmte Artikel in unserer Zeitung lesen, sondern dass wir möglichst vielen Lesern an jedem Tag des Jahres eine Zeitung bieten, deren Mischung möglichst allen Menschen wenigstens einen oder zwei Artikel bietet, für die sie sich interessieren. Das würde bedeuten: Spartenthemen müssen sein, weil unsere Gesellschaft so diversifiziert ist, dass quasi jeder sich für etwas anderes interessiert.«

Jemand wollte etwas sagen, aber Gudrun war jetzt in Fahrt und blickte über alle Tellerränder redaktioneller Abschottungsmechanismen.

»Und weil ich jetzt nicht nur pro domo sprechen möchte; ich weiß, dass ihr mir das am Ende ja doch vorhalten werdet. Trotzdem: Wir brauchen den Bericht über das Tennisspiel am Wochenende mit seiner Quote von nur zwei Prozent genauso, wie wir die Fußballbundesliga mit ihren Lesequoten von dreißig Prozent brauchen, weil wir damit schon einmal zweiunddreißig Prozent der Leser erreichen. Wenn wir mehr über quotenreichen Fußball und gar nicht über Tennis berichten würden, hätten wir also im Sport zwar dreißg Prozent der Leser, die vielleicht gern noch mehr über die Fußballbundesliga lesen würden, aber dafür die zwei Prozent Tennisleser überhaupt nicht. Wir brauchen die Berichte und Kommentare über den Streit zum neuen Freizeitpark Funnyland genauso, wie wir die Diskussion über den Abriss der alten Backsteingebäude der Gartengerätefirma Graupner & Quartzer brauchen. Wir brauchen ...«

Sie holte noch einmal Luft, dachte nach, fasste sich an die Stirn und fuhrt fort.

»... die Außenpolitik mit ihren mickrigen Quoten, wie wir auch die Rentendiskussion brauchen. Wir müssen über die knackige und schräge Performance im kleinen Off-Theaterchen genauso berichten wie über den neuen *Hamlet* im Staatsschauspiel und so fort und so fort. Et cetera pp.«

Die Damen und Herren in der Runde waren gerade dabei, Worte und Widerworte in ihrem Kopf zurechtzulegen, da ...

»Und wenn man dieses Denken nun, äh, ja, auf das ganze Portfolio an Ressorts und Themen überträgt, kommen wir zu einer Zeitung, die sich thematisch extrem breit aufstellt und keine Rücksicht nimmt auf die einzelnen Quoten der Texte, sondern nur noch auf, ja, nennen wir es ruhig so, eine Art additive Quote, den Durchschnitt des potenziellen Gesamtinteresses, also der potenziellen Gesamtlesedauer aller möglichen Leser. Deswegen brauchen wir die Ein-Prozent-Texte genauso, wie wir die 50-Prozent-Texte brauchen, die wir ohnehin haben, ohne uns groß anstrengen zu müssen. Die flattern ja täglich über die Agenturen hier rein.«

Sauer dachte zuerst einen Moment nach, blickte dann in die Runde und fragte die Kollegen, ob es dazu etwas zu sagen gebe. Es war verwunderlich. Es herrschte Stille, die man nun so und so hätte deuten können.

Einfach Stille.

Das war selten.

»Vielen Dank, liebe Kollegin ...«, sagte er, lehnte sich mit der Kaffeetasse in der Hand zurück, nippte – und schob nach einer gewissen Pause noch ein »... für-Ihren-interessanten-Monolog« nach.

»In der Tat, wenn ich das mal so zusammenfassen darf«, sagte Kruschel jetzt etwa in halber Gudrun-Geschwindigkeit, »ist es für die Zukunft einer Tageszeitung vielleicht nicht so wichtig, dass, äh, über ein paar Wochen möglichst viele Menschen einige wenige Artikel lesen, sondern jeder Leser überhaupt interessante Artikel findet und dass er in der Tageszeitung ein Medium erkennt, das Informationen, Meinungen und Einblicke in die Welt liefert, die andere Medien, vor allem die elektronischen, in dieser Breite, Gründlichkeit, Tiefe, Ausführlichkeit und regionalen Exklusivität nicht bieten können.«

Kruschel sah zu Gudrun hinüber, kratzte sich am Ohr und fuhr fort.

»Außerdem bin ich davon überzeugt, dass unsere Leser genauso Respekt vor uns haben müssen wie wir vor ihnen, und Respekt haben sie, wenn wir sie nicht für blöd verkaufen, in politischen Dingen absolut seriös berichten und kommentieren, an anderen Orten aber auch selbstsicher eigene Themen setzen und Humor zeigen. Mann, die Leute müssen *ihr* aus dem Briefkasten fischen und sich sagen: Wow, da haben die sich aber wieder etwas einfallen lassen!«

So dachten fast alle, das sah man immerhin an einigen widerwillig nickenden Köpfen.

Nur Sauer nicht.

Er war sieben Jahre vor der Rente.

Er war unbelehrbar.

Er dachte: Wie wird sich das wohl anfühlen? Chefredakteur sein. Sieben Jahre führen. Sieben Jahre Rache. Und dann die Freiheit.

Ein anderer, der Kruschel hieß, dachte die Sache mit dem Chefsessel auch. Aber er dachte es von sich, denn er hatte im Gegensatz zu Sauer gute Beziehungen zu Meier, Beziehungen, die über viele Jahre und die Freundschaft zu Lind entstanden waren.

Was aber keiner wusste: Sie hatten keine Chance gegen den Schwund an Lesern. Denn mit der Ausrichtung der Inhalte hatte das alles nichts zu tun. Die Leute waren einfach satt. Sie hatten genug von allem.

Von Papier.

Von Nachrichten.

Von der Hetze des einen zum anderen.

Von ständiger Moralisierung und Besserwisserei.

Vielmehr wollten sie...

... Ruhe ...

... Orientierung ...

... Glaube ...

... Liebe ...

... Hoffnung ...

Dinge, die ihnen keine Redaktion dieser Welt hätte geben können.

Diese Passagen niederzuschreiben, fällt mir heute am schwersten, denn sie enthalten einen erheblichen Anteil der Selbstentlarvung. Ja, ich habe mein Leben und meine Ansichten grundsätzlich umgekrempelt seitdem. Ich war jemand, den ich heute hasse. Aber ich habe mir eine Art der entfernten Perspektive der Sache gegenüber angeeignet, die es mir erlaubt, mich, wie ich war, höchst kritisch zu betrachten. Ich hasse mich also als den, der ich war, und nicht als den, der ich bin. Verfolgen Sie den Prozess:

»Meine Damen und Herren«, meldete sich Kruschel wieder zu Wort, »wollen wir nicht die Entscheidung über die inhaltliche Ausrichtung von *ihr* einer anderen Runde überlassen? Zuerst muss einmal ein neuer Chefredakteur benannt werden. Da haben wir keinen Einfluss. Dann müssen und werden Gespräche zwischen ihm und der Geschäftsführung stattfinden, die genau diese Problematik zum Inhalt haben werden. Wir können nicht hier auf der Basis von geäußerten Vermutungen ...«, er zögerte, »... Entscheidungen über die Zukunft treffen, dafür steht zu viel auf dem Spiel.«

Kruschel hasste und verabscheute sich selbst ein bisschen für diese Intervention, denn sie brachte schon sehr früh zum Ausdruck, er glaube, er sei es möglicherweise, der diese Gespräche schon sehr bald führen werde. Kruschel hasste sich selbst, und es ist sehr wahrscheinlich, dass genau an diesem Tag, kurz nach der Trennung von Jo und dem unergiebigen Gespräch mit Nümflinger, jener Sinneswandel einsetzte, der es ihm möglich machte, seine gesamte berufliche Laufbahn bis zu dem Punkt, als er selbst Chefredakteur wurde, mit zunehmend größerer Distanz zu betrachten.

Denn Kruschel war kein Böser.

Er war einfach nur dieser kleine blöde Opportunist.

Ist so einer gefährlich?

Ein bisschen!

Schon als Kind hatte er sich nicht mit seinen Schulkameraden verbündet, sondern mit den Lehrern und dem Rektor, deren Liebling er schnell geworden war (obwohl der kleine Volker weder besonders gut gewesen war noch besonders lernfreudig). In der Tat hatte er auch schon damals den Spion gemacht. Wenn jemand gelogen hatte, weil er die Hausaufgaben nicht gemacht hatte, hatte der kleine Volker nichts Besseres zu tun gehabt, als nach der Stunde klammheimlich zur Lehrerin zu gehen und die Notlüge des Freundes richtigzustellen. Schon damals war er ein richtig mieser Typ, der es immer mit den Menschen über ihm gut meinte und damit vielen anderen schadete und wehtat.

Und mindestens genauso seltsam war auch Kruschels Umgang mit der Causa »Falsche Doktorarbeit«, also die

Geschichte vom adeligen Verteidigungsminister, der seine Doktorarbeit zu weiten Teilen von verschiedenen Quellen abgeschrieben hatte, was kurze Zeit nach der Vermutung auch von der Universität Bayreuth, wo der Verteidigungsminister zu Unrecht promoviert worden war, bestätigt wurde. Den Doktortitel musste er abgeben. Und Kruschel, der sonst so emotionslose Kruschel, legte hier ein außergewöhnliches Mitleid an den Tag, das man von ihm nicht kannte. Fast wurde er sentimental beim Gedanken, dieser große und gut aussehende Minister müsse wegen einer solchen – ja, sie nannten es so – Lügenbaron-Geschichte seinen Hut als Regierungsmitglied nehmen. Aber Kruschel, dessen Ressort auch die Politik nicht war, kam in der Angelegenheit journalistisch nicht zum Zug. Sauer ließ ihn nicht über den Fall schreiben, was gut war, denn Kruschel hätte eine These und Meinung vertreten, die nicht linienkonform war und Kruschel möglicherweise seine Zukunft als *ihr*-Chefredakteur gekostet hätte.

Die Diskussionen rissen nicht ab. Keiner konnte recht haben.

Wen also sollte sie nun fragen? Wer könnte anstatt des Professors neben ihr im *Hamlet* sitzen? Sie hatte alles getan, hatte sich nach mehreren SMS und einigen E-Mails an die Universitätsadresse von Professor Dr. Michael Mailänder sogar entschieden, ihn einfach anzurufen, ihn demütig um Entschuldigung zu bitten für ihr Fehlverhalten am Morgen nach der Semesterfete und zu fragen, ob es trotzdem bei dem gemeinsamen Theaterbesuch übermorgen bleibe. Doch weder hob der Professor ab, noch gab er eine Antwort auf die vielen Nachrichten, die sie gesendet hatte. Auch das E-Mail-Postfach schien er nicht zu kontrollieren. Eine Abwesenheitsnachricht wies auf die vorlesungsfreie Zeit zwischen den Semestern hin und darauf, dass der Professor mit Beginn des Sommersemesters wieder erreichbar und ansprechbar sein werde, dass er bis dahin aber keine Nachrichten lese und also nicht auf sie reagiere. Die Nachricht endete mit einem seltsamen Postskriptum, einem Zitat, das fast wie ein unlesbares Wasserzeichen in hellgrauer Schrift ganz unten zu lesen war:

Gleich den Verbuhlten ohne Geld, die fressen
Der alten Hure ausgeschundene Brust,
Ergaunern hehlings wir am Wege Lust,
Die wir wie alte Apfelsinen pressen.

Dicht wimmelnd wie die Maden in dem Darme
In unserem Hirn ein Volk von Teufeln schmaust;
Ein Atemzug – in unsre Lungen saust
Der Tod, Strom unsichtbar und leis im Harme.

Was zum Teufel war das? Sie kannte diese Zeilen nicht.

Isabelle durchfuhr ein Schauer. Es war schon immer so, dass es ihr kalt den Rücken hinunterlief, wenn sie irgendwo das Wort »Tod« las. Sie saß mit angewinkelten Beinen in ihrem Bett und wickelte sich noch tiefer in die Bettdecke ein, kramte ihr iPhone hervor, öffnete den Browser, um die Textstelle »Ein Atemzug – in unsre Lungen saust Der Tod, Strom unsichtbar und leis im Harme« in die Suchmaschine einzugeben. Sie wischte von einer Seite zur nächsten, fand viele Hinweise, doch kein Ergebnis. Handelte es sich um eine lyrische Eigenschöpfung des Professors? Immerhin hatte er die Studenten von Beginn an immer angehalten, sich nebenbei auch an literarischen Texten zu versuchen, weil, so Mailänder, »sich Ihr Schreibstil insgesamt verbessern wird und Sie Routine im Formulieren schöner Dinge bekommen«. Aber waren diese Zeilen schön? Eher nicht, dachte Isabelle. Doch was sollten sie bedeuten, zumal in einer Abwesenheitsnachricht?

Isabelle versuchte, sich wieder auf Shakespeare, *Hamlet* und die Frage zu konzentrieren, mit wem sie nun ins Staatstheater gehen sollte. Doch es ging nicht, ihre Gedanken ließen sich nicht mehr fokussieren.

Um sich abzulenken, nahm sie die Regionalzeitung, die sie zum Studententarif abonniert hatte und von der ein Exemplar seit einigen Tagen auf ihrem Nachttisch lag. Sie hatte einen eigenartigen Namen: *ihr*. Sie hatte sich schon, seit sie in der Stadt war, über den Namen gewundert, hatte gedacht, es gäbe neben dem Schmierblatt mit den vier großen Buchstaben nun auch noch eines mit drei kleinen Lettern (natürlich wusste sie nicht, dass die Amerikaner nach dem Krieg nicht der *BILD*, sondern Regionalzeitungen wie der *ihr* zuerst die Lizenz zum Zeitungmachen – und damit Gelddrucken – gegeben hatten). Nun aber fragte sie sich, was hinter den drei Buchstaben wohl stecke außer dem Sinn des Personalpronomens und der damit verbundenen Andeutung, dass es sich um ein lesernahes Printprodukt handelte. Doch das konnte ja wohl nicht ausschließlich gemeint sein. Sie blickte auf die Buchstaben und sah, wie weit sie auseinanderstanden, sah, dass es sich, wie bei der *BILD*, um eine fette Schrift ohne Serifen und Schnörkel handelte. Sie richtete sich auf, blätterte nach dem Impressum und stieß dort auf folgende Erklärung: das »i« stand als Initial für »Ihre«, das »h« bedeutete »hehre«, das »r« war die Abkürzung für »Regionalzeitung«.

»Ihre hehre Regionalzeitung«, sagte Isabelle leise vor sich hin und ließ ein leise zurrendes »Ppppppp« über ihre Lippen gleiten, das in der trockenen Akustik ihres kleinen Schlafzimmers wie nichts verpuffte. Erst jetzt widmete sie sich der Titelseite des Blattes und erfuhr von einem schlimmen Verbrechen. Offenbar war der Chefredakteur der *ihr*-Zeitung ermordet worden. Sie las:

> *EgoSa/ihr.* Der Chefredakteur dieser Zeitung, Helmuth Lind, ist gestern offenbar Opfer eines schweren Verbrechens geworden ...

»Schrecklich«, zischte Isabelle entsetzt in die Stille und blätterte weiter zum Kulturteil des Blattes (früher, im Berliner *Tagesspiegel*, hieß das einmal Feuilleton, dachte sie), der sich zwischen den Seiten für Wirtschaft und Sport versteckte, Themen, die Isabelle weniger interessierten. Dort fand sie Kritiken über Konzerte, einen überaus farbigen Hinweis auf eine Ausstellung in der städtischen Galerie und ein Interview mit der Regisseurin, die derzeit den *Hamlet* in Szene setzte. Sie setzte sich auf, zog ihre Beine heran und faltete die Zeitung in ein handlicheres Format. Ein Thomas Hund hatte das Interview geführt, und schon in den einleitenden Sätzen, die sie geistreich und unterhaltend zugleich fand, spürte sie wieder die Lust, selbst auch solche Interviews zu führen. Isabelle wusste, wie schwer es war, aus Interviewpartnern Fassbares und Verwertbares herauszuholen, hatte sie im Gymnasium doch jahrelang die Schülerzeitung mit dem Titel *PEZE* geleitet, eine Abkürzung, die sich aus dem altmodischen Titel »Pennäler in Zehlendorf« herleitete.

Sie las.

Es war wohl mit dem Versuch einer Aktualisierung zu rechnen, dachte Isabelle, nachdem sie die Fragen von Thomas Hund und die Antworten von Vanessa Kamerinova gelesen hatte. Isabelle war nun noch mehr gespannt. Hamlet war bei Kamerinova offenbar ein Typ aus der wohlhabenden Weststadt, der Sohn des jüngst verstorbenen Oberbürgermeisters, der entdeckt, dass der, der nun seine Mutter Gertrud geheiratet hat, ein Ralph Claudius, ein langjähriger Gefährte und Parteifreund seines Vaters war und ihn – so erfährt er es in dem mitternächtlichen Gespräch mit dem Geist seines Vaters – aus reinen Karrieregründen auf hochintelligente Weise vergiftet hat. Für seinen Rachefeldzug besorgt sich Sohn Hamlet erst einmal einen falschen Namen samt Pass und nimmt Schießstunden im örtlichen Schützenverein, macht den Waffenschein und kauft sich dann eine eigene Pistole.

Wow!

Zum einen mochte Isabelle Aktualisierungen. Werke so zu erzählen, dass sie die Menschen von heute etwas angingen, fand sie unumgänglich für eine zeitgenössische Theaterarbeit. Aber die Inszenierungen gingen so selten auf, dachte sie. Trotzdem freute sie sich darauf, bei der Premiere dabei sein zu können und schon jetzt einige der Gedanken der Regisseurin verinnerlicht zu haben.

Das hilft, dachte Isabelle.

Sie nahm die Tasse Tee vom Nachttisch in beide Hände, nippte daran und sagte etwas, das nicht so recht zu ihr passte: »Scheiße.«

Denn plötzlich erinnerte sie sich an ihr ungelöstes Problem: Mit wem würde sie zu *Hamlet* gehen? Es waren Semesterferien. Die meisten ihrer Kommilitonen und Freundinnen waren zu ihren Eltern gefahren und noch nicht wieder zurück, und allein ins Theater zu gehen, darauf hatte sie nun auch keine Lust. Nicht, dass Isabelle das Theater nicht genügend liebte, um auch allein hinzugehen. Im Gegenteil: Es war ihr viel mehr als Unterhaltung, schon als Kind war sie mit ihrer Mutter immer in die Schaubühne am Lehniner Platz gegangen, hatte dort noch das Ende der Ära Peter Steins erlebt und auch, wie danach Thomas Ostermeier und Sasha Waltz eine neue Theaterwelt aufbauten, die ihr wesentlich mehr zusagte, weil sie irgendwie leichter war.

Sie bewunderte am Schauspiel nicht nur die Sprache und das Spiel, sondern auch die Schauspieler, die das Glück hatten, fast wie auf Knopfdruck ein anderer zu sein, in eine andere Hülle zu schlüpfen, andere Gedanken, andere Gefühle zu haben, vollkommen abzutauchen aus dieser Welt, die Isabelle immer wieder auch als nüchtern und unpoetisch empfand. Das Theater war für Isabelle also neben der Literatur ein Dreh- und Angelpunkt ihrer Fantasie und Intellektualität. Sie wäre jederzeit auch allein in eine Vorstellung gegangen. Aber in diesen *Hamlet*, auf den sie sich ja – natürlich auch wegen des Treffens mit dem Professor – lange gefreut hatte, wollte sie nicht allein, weil sie dachte, sie würde dieses Alleinsein vor dem Hintergrund dessen, was war, nicht so gut ertragen können.

Wir müssen feststellen: Isabelle hielt sich gut. Im Grunde fühlte sie sich richtig elend, doch sie ließ sich nicht gehen und legte ihre Eigenschaften als Kämpferin an den Tag.

Deswegen nahm sie jetzt ihr iPhone, öffnete das Adressbuch und scrollte mit eleganten Wischbewegungen lustig rauf und runter. Schließlich versuchte sie es bei Alex, ja, jenem Alex, den sie auf der Semesterfete schändlich hatte stehen lassen. Sie bereute das durchaus und dachte, dass es ein menschlicher Fehler war, mit einer Kurzschlussreaktion auf das Erscheinen des Professors und Johanna reagiert zu haben. Nicht weil sie gern mit Alex geschlafen hätte. Sondern weil sie der Ansicht war, dass er ein prima Typ war und so etwas nicht verdient hatte.

Es ging schnell. Alex nahm ab, schien überhaupt nicht nachtragend zu sein und hatte an dem Abend noch nichts vor. Ein Gefühl von Fröhlichkeit brach über Isabelle herein. Sie verabredeten sich vor dem Staatsschauspiel.

Ein Tag verging.

Ein weiterer Tag verging.

Eine Ewigkeit verging. Zumindest gefühlt.

Schneeflocken wehten wirr durch die Luft, tänzelten zart in dem Hauch von Wind, den eilige Passanten oder Autos durch die Luftverdrängung verursachten. Es war nicht viel, aber das rieselnde Fallen gefiel ihnen, erinnerte sie vielleicht an die schiere Schwerelosigkeit des Seins, daran, dass die Schwerkraft in Verbindung mit Glücksgefühlen weit weniger stark war, als bisweilen vermutet. Sie saßen in einem warmen Café mit Blick auf das Theater. Es war eines der wenigen schönen Gebäude, die der Innenstadt nach dem Krieg geblieben waren, die Sandsteinfassade strahlte Glanz aus und verwies auf eine Epoche, in der die Stadt eine Rolle für die Geschicke des Landes gespielt hatte. Das konnte man deutlich sehen. Sie hatte sich ein Glas Beaujolais bestellt, ein Bier er. Isabelle hatte sich gut angezogen, hatte ihre hohen Stiefel, Rock, Wollstrumpfhose und eine Art Blazer unter ihrem Dufflecoat an und glich in dieser fein abgestimmten Symphonie aus Hell- und Dunkelblautönen tatsächlich dem, was sie nie hatte sein wollen: einer Tochter aus sehr, sehr gutem Hause (in Wahrheit war sie eine sehr, sehr schöne Tochter aus sehr, sehr gutem Hause).

Alex sah aus wie immer.

Jeans.

Pulli.

Lederjacke.

Das gefiel ihr.

Alex war einfach Alex.

Einfach er selbst.

Er musste sich nicht verstellen. Weder für sie. Noch für den Theaterbesuch oder die Kunst, der es sowieso egal war, wie die Menschen aussahen, die vor ihr saßen und sie anstarrten und anhörten und beurteilten. Alex erzählte von sich und von sich und von sich und irgendwann auch davon, wie es bei seinen Eltern war. Erst dann fragte er Isabelle nach ihrem Berlin-Aufenthalt. Isabelle erzählte tatsächlich alles. Sie erzählte von der Fete, von ihrer Verliebtheit zu Professor Mailänder, von dem Abend, von Johanna, ihrer Eifersucht und ihrer Vermutung. Isabelle entleerte sich so, wie sie es gegenüber *Isabelles Journal* getan hatte und immer noch tat.

Alex tat drei Dinge:

Zuhören.

Staunen.

Bewundern.

(In Wirklichkeit tat er natürlich noch etwas anderes. Dazu gehörte auch: Isabelle und ihrem Hintern nachsehen, als sie aufs Klo ging, und sich ausmalen, wie es wäre, wenn Isabelle heute Nacht ... doch das war ein anderes Thema.)

Die halbe Stunde jedenfalls, die sie hatten, war schnell vorbei. Alex schaute auf seine Uhr und gab damit das Zeichen, dass es Zeit war zu bezahlen und rüberzugehen zum Theater. Auf dem Weg durch den rieselnden Schnee sagte Isabelle noch eines: dass ihr Kummer den Anstoß gegeben habe, sich »mal so richtig« mit ihrer Mutter auszusprechen, und dass ihr dies gut getan habe, sie sich jetzt leichter fühle. Endlich, fügte sie hinzu, denn tatsächlich spürte sie die Nachwirkungen des vierstündigen Sofaaufenthaltes in Zehlendorf immer noch deutlich, ja, sie dachte sogar, dass sich dadurch ihr Leben ändern würde, dass sie etwas in Ordnung gebracht hatte.

Wenn Alex sich das alles ohne Murren anhörte und mit dem Denken, dass die Frau eindeutig zu viel sprach, dann nicht, weil er ein guter Zuhörer gewesen wäre. Das war er nämlich nicht. Gute Zuhörer brauchte eher er selbst. Wenn Alex sich das alles ohne Murren anhörte und mit dem Denken, dass die Frau eindeutig zu viel sprach, dann nur, weil er Isabelle schön fand, ja, er war einfach ein bisschen in sie verknallt und dachte, heute sei vielleicht der Tag, an dem sich etwas ergeben, er sie mitnehmen und … nun ja. Und wenn wir ehrlich sind: Er täuschte sich mit dieser Hoffnung keineswegs.

Sie hatten einen guten Platz recht weit vorn. Der Schauspieler, der Hamlet spielte und gleich in der ersten Szene davon abgehalten wurde, sein Studium in Wittenberg weiterzuführen, faszinierte Isabelle sofort. Er war nicht nur gut aussehend und hatte etwas Cooles, ja, Verführerisches, er wirkte auch erstaunlich sicher und locker, wie er da über die Bühne ging, und Isabelle war begeistert davon, wie natürlich es klang, wenn Hamlet den doch etwas alt wirkenden Shakespeare-Text sprach, als entstünde er eben hier in diesem Augenblick. Ein Gefühl, alles richtig gemacht zu haben, machte Isabelle glücklich. Sie fühlte sich gut aufgehoben neben Alex und vertraute ihm, dachte aber noch daran, nicht vergessen zu dürfen, ihm nach der Vorstellung ein Schweigegelübde zu entlocken, ihn zu bitten, niemandem etwas von dem zu erzählen, was Isabelle ihm im Café berichtet hatte.

So saßen sie also da, sahen, hörten und fühlten mit Hamlet, der ja im Recht war mit seiner Annahme, sein Vater sei ermordet worden. Erlebten, dass die Regisseurin die Geschichte auf die Weststadt umbog und Könige zu Oberbürgermeistern, Minister zu anderen Politikern oder Beamten, dass sie Boten und Hamlets ehemalige Schulfreunde Rosencrantz und Guildenstern zu einfachen Bürgern der Stadt machte, in der sie lebten.

Warum nicht!

Es passte irgendwie.

Das sahen sie beide so.

Das ganze System schien aufzugehen. Kamerinova hatte das Werk auch nicht allzu sehr nach der Mode der Zeit zusammengestrichen. Das Staatstheater hatte mit rund zwanzig Darstellern alles aufgeboten, was es zu bieten hatte. Kamerinova verzichtete auch gänzlich auf Musik. Das Alles-immermit-Popmusik-aufpimpen-Müssen gehörte wie viele andere Fang-die-Jugend-Aktionen ebenfalls zu den Marotten einer Zeit, die ohne Dudelei nicht auskam. Nur manchmal, wenn eine harte Wahrheit ausgesprochen wurde, jemand konsterniert und hilflos dastand oder auch verurteilt wurde, da hatte Kamerinova ihren Sounddesigner einen kurzen elektronischen Schock-Klang einstreuen lassen, der die Theaterwelt und ihre Einsitzer aus ihren Gedanken herausholte und, auch das, ja, den einen oder anderen Schlafenden wieder aus seinen süßen Träumen riss. Das war erträglich. Das war hinnehmbar, denn was Isabelle in den letzten Jahren so genervt hatte, war, dass die Regisseure ihnen, den jungen Menschen, offenbar keine Intelligenz und Geduld mehr zutrauten, dass sie glaubten, eine 20-Jährige könne einen vierstündigen Theaterabend nicht mehr durchstehen und überhaupt auch nicht mehr abstrahieren von sich und der Welt, in der sie lebte.

In der Pause standen sie mit einem Glas Bier an einem Stehtisch im sogenannten Gläsernen Foyer, unterhielten sich, hörten aber auch, wie sich ein anderes Paar, das am selben Tisch stand, angeregt unterhielt. Sie so um die 30 und extrem attraktiv, er hatte die 50 sicherlich schon überschritten, dachte Isabelle, dachte Alex.

»Hey«, sagte die Schöne, »wenn mich nicht alles täuscht, kannst du an diesem Abend etwas über die Mechanismen von Macht und Politik lernen. Das interessiert dich doch bestimmt.«

Sie hatte einen charmanten ausländischen Akzent, und Isabelle meinte, in jedem Fall den Zungenschlag einer romanischen Sprache darin zu erkennen.

»Kommen dir die Gestalten auf der Bühne bekannt vor?« Sie blickte den Mann überlegen an, nicht wie eine Geliebte oder Bettgefährtin, eher wie die Lehrerin ihren Schüler. Das konnte Isabelle zum einen nur überraschen, weil sie ja wesentlich jünger war (nebenbei: Die Alterskonstellation kam Isabelle natürlich sehr bekannt vor). Zum anderen aber schien sie sehr gebildet zu sein oder einfach nur sehr viel besser auf diesen Abend vorbereitet.

»Ja, schon. Einiges kommt mir tatsächlich bekannt vor.« Der Mann sah sich um, sah die Menschen im Foyer wandeln, grüßte hier und da von Weitem und wandte sich dann wieder seiner Begleiterin zu.

»Hast du jetzt eigentlich Chancen, deinen Chefredakteur zu beerben, ich meine, ist das etwas, was dich interessieren würde, Volker?«

»Na ja«, sagte er, »es sieht derzeit fast so aus, jedenfalls wird es immer wahrscheinlicher. Aber hör mal: Es ist viel zu früh. Er ist ja erst seit gut einer Woche tot.« Der Mann, also Volker, versuchte zu lächeln, versuchte einen Ausdruck der Freude anzunehmen, doch es gelang ihm nicht, wie Isabelle bemerkte, denn, so ahnte sie, er hätte gern noch viel mehr gesagt, hätte gern sein Herz ausgeschüttet. Er wirkte vollkommen bedrückt, und diese Bedrückung schien ihn zum einen davon abzuhalten, mehr zu sprechen. Und dann führte sie dazu, dass er auch abwesend wirkte.

Nun schoss es Isabelle durch den Kopf. Mein Gott, dachte sie, rief es fast aus und erinnerte sich an den Artikel, den sie noch vor Tagen im Bett gelesen hatte, der von diesem schlimmen Mord am Chefredakteur von *ihr* handelte, diesem Helmuth Lind, der laut *ihr* grausam ermordet worden war. Sie räusperte sich, ihr Blick kreuzte für den Hauch eines Augenblicks den des Mannes gegenüber, doch dann schaute sie direkt zu Alex. Sie musste eine ganze Weile vollkommen abwesend und aufs Gespräch ihrer Nachbarn abgelenkt gewesen sein. Alex nahm ihr das nicht übel. Das merkte sie. Doch vielleicht langweilte er sich doch ein wenig.

»Hast du Zigaretten dabei?«, fragte sie ihn. Ihre Stimme, in angenehmer Altlage ganz leicht, aber nicht zu aggressiv berlinernd, klang voller Energie.

Es schneite immer noch. Die leichte Schneedecke auf dem Pflastersteinboden reflektierte jede Art von Lichterzeugung und machte so die schwarze Nacht zum grauen Tag. Sie froren. Sie rauchten. Hier, in der eisigen Kälte, konnten sie nun ungestört reden. Isabelle erzählte Alex von dem Nachmittag in ihrem Bett, als sie ihn angerufen und irgendwann die Zeitung in den Händen gehalten hatte. Sie erzählte davon, wie sie herausbekommen hatte, was *ihr* bedeute, und dass sie irgendwann auf diesen Artikel über den grausamen Mord gestoßen war.

Isabelle blinzelte ganz langsam. Und zwar genau dreimal.

Dann sprach sie: »Ich wette, dass sich ein Volker Irgendwas im Impressum dieses Blattes findet.« Isabelle sagte dies in einer Bestimmtheit und Energie, die sie selbst überraschte. Sie spürte nun eine fast kriminalistische Vorfreude, herauszukriegen, wer der Mann und die Frau waren, deren Gespräch sie mitgehört hatte. Der neben ihr rauchende und bibbernde Alex spielte zu diesem Zeitpunkt nur noch eine Statistenrolle. Isabelle war in ihrem Element.

Als sie sich den zweiten Teil ansahen, versuchte sie das Paar aus der Pause wiederzufinden, was ihre Konzentration auf den Theaterabend natürlich erheblich einschränkte.

Isabelle also …

… jene Isabelle aus dem reichen Zehlendorfer Haushalt,

… jene Isabelle von Waldenberg, die sich vor allem für Literatur, Theater und Sprache interessierte,

… jene Isabelle, die hochmoralisch und ihrer eigenen Ansicht nach vor allem mit einem großen Fehler ausgestattet war, der sie immer wieder hinter für sie viel zu alten Männern herjagen ließ,

… diese Isabelle roch Lunte. Etwas prickelte in ihr, und es hat vielleicht nicht viel gefehlt, und sie hätte sich überlegt, der Sache intensiv und als private Ermittlerin nachzugehen. Aber dazu war sie dann doch zu jung, zu sehr mit ihrem Studium beschäftigt, zu wohlgesittet.

Im Zwiespalt

Einige Zeit später, es können nur wenige Tage gewesen sein, da begann unser Kruschel auch schon damit, zu einem Psychotherapeuten zu gehen, zu einem Typ namens Harry Kamus, der sich zum Analytiker hatte ausbilden lassen wollen, diesen Schritt aber aus Überzeugung doch nie gegangen war, weil er sich gesagt hatte: »Vielleicht ist die Analyse nach Freud, Jung und Co. tot!«

Der Schritt wiederum, zu Kamus zu gehen, war Kruschel, der den Kontakt zu Kamus früher schon einmal aufgenommen hatte, zwar nicht leicht gefallen. Er fühlte sich ja nicht krank. Aber er war in Not und es deshalb unumgänglich. Offenbar war der Schmerz, der durch die Reibung seiner beiden Gesinnungen entstanden war, zu groß für ihn, um allein dagegen anzukämpfen. Ein Teil in ihm begriff. Der andere Teil konnte nicht anders. Mit Linds Tod, so schien ihm, war auch sein Leben an einem einsamen kleinen Punkt angekommen, um den nichts als eine riesige weiße Fläche war. Leere und Kälte umgaben ihn, zumindest in vielen Augenblicken.

»Es ist aussichtslos, meine Welt, mein Leben, alles ist kaputt«, sagte er etwas übertrieben zu Herrn Kamus, der ihm zwar keine Menge Fragen stellte, ihn aber immer wieder mit kleinen Einschüben zum Erzählen bewegte – oder doch mehr dazu zwang.

»Nichts ist kaputt«, sagte Kamus, »es geht immer weiter. Erzählen Sie.«

Recht schnell sprudelte es aus Kruschel heraus. Nicht wirklich alles. Aber sehr viel. Er erzählte von der Beziehung zu seiner Mutter und zu seinem Vater und davon, wie sehr er sie manchmal vermisste. Er erzählte von den Anfängen seiner kindlichen und krankhaften Sucht nach Wahrheit und Weltordnung, der er selbst aber nicht im Geringsten genügen konnte, von seinem Studium, dessen Abschluss er sich mehr ermogelt als erarbeitet hatte, und er sprach auch von seiner

Tätigkeit als Journalist und als Vertrauter Linds, dem er bisweilen wie ein Spion zugearbeitet hatte, was er heute durchaus ein bisschen bedauerte.

Kamus stellte ihm einige Fragen. Wie er sich in diesem oder jenem Moment gefühlt habe? Wie er darüber gedacht habe? Sie sprachen über Sexualität, über Nacktheit, über Männer und Frauen. Dann versuchte Kamus Kruschel aufzuzeigen, dass sein Leben nicht an seinem Ende angekommen, sondern es ganz normal sei, zumal in seinem Alter und seiner Situation, immer wieder an solche Punkte zu gelangen, an denen man nicht weiterzukommen glaube, dass diese Punkte aber immer als Chance zu begreifen seien, dass viele Punkte in der Mathematik eine Linie ergäben und es außerdem nicht nur zwei, sondern drei Dimensionen gebe, dass eine Krise immer eine Chance zum Weiterkommen böte und so weiter.

Ob das schulische Psychotherapie war, fragte auch Kamus sich.

Zwischendurch musste Kruschel schon immer wieder mal denken: Blablabla, rede du nur. Du bist ja nicht in meiner beschissenen Situation. Du verdienst nur dein Geld mit meiner beschissenen Situation. Aber ein auf Verzweiflung beruhendes Grundvertrauen kam dann irgendwie wieder zurück.

Eine Stunde dauerten die Sitzungen bei Kamus, und Kruschel fühlte sich tatsächlich bereits nach dem zweiten Besuch besser – weil leichter. Vorläufig. Es kam eine Kraft in ihm zurück, die er zuletzt am Morgen von Linds Tod gefühlt hatte, als er neben den anderen fassungslos in der Kälte gestanden und dem Schrecken ins Auge gesehen hatte. Mit Kraft war bei Kruschel nie Schaffenskraft gemeint. Es war in dieser Phase eher so etwas wie die Kraft, die nötig war, um das Leben so zu genießen, wie es war.

Es war nicht viel Zeit vergangen seit Linds Ende.

Wie viel?

Wir wissen es nicht mehr genau.

Doch Kruschel kam es vor wie ein Jahr, in dem er um mindestens zehn Jahre gealtert war. Er war mehrmals auf dem Kommissariat gewesen, hatte dort Vernehmungen über sich ergehen lassen müssen, hatte sich mehrmals beim Kantinenessen mit Kollegen über die Situation unterhalten und gestritten, hatte einen Termin beim Direktoriumsvorsitzenden Meier gehabt, der ihn um ein Konzept zur Zukunft von *ihr* bat, und hatte nebenbei so gut es ging seine Arbeit als Leiter des Ressorts *Vermischtes und Medien* erledigt. Nümflinger hatte sich seit zwei Tagen nicht mehr bei ihm gemeldet. Kruschel spürte, wie ihm all das egal war, wie ihm egal war, wer Lind umgebracht hatte und wer sein Nachfolger werden würde. Er spürte, wie es ihm egal war, dass er seit Tagen im Hotel wohnte und kein Privatleben mehr führte. Jo, Sabine, selbst Maria, mit der er noch einen Termin ausstehen hatte – dieses Leben gehörte einer anderen Zeit an, einer Zeit, in der einst ein anderer Kruschel gelebt hatte.

Er dachte: Mist, Kruschel, du Volltrottel!

Er saß in seinem BMW und fuhr über die breite, überaus hässliche Umgehungsstraße, als das Telefon klingelte.

»Ja, äh, Kruschel«, rief er in den leeren Raum seines Fahrzeugs. Er hatte eine Freisprechanlage.

Erst nach einer Weile meldete sie sich. »Nümflinger hier, die Kommissarin. Herr Kruschel, könnten wir, ich meine, wir möchten noch einmal mit Ihnen sprechen. Passt es Ihnen gerade?«

Kruschel saß bequem in den schwarzen, von einer Heizung erwärmten Ledersitzen, überlegte kurz und sagte zunächst nichts. Er fragte sich, warum Nümflinger von wir sprach. Wollten sie ihn zu mehreren verhören?

»Jetzt ist es schlecht«, log er, »später am Tag, sagen wir ab 20 Uhr, würde es gehen. Passt Ihnen das?«

»Okay. Wir treffen uns am Teufelssee. Sie wissen schon.« Das Gespräch war damit auch schon zu Ende.

Wieder war es Nacht. Wieder war es kalt. Wieder knirschte der Kies unter ihren Füßen und machte einen Rhythmus, den kein Komponist hätte erfinden können. Der Lichtschweif der fernen Stadt spiegelte sich auf der einen Seite im Wasser, auf der anderen Seite, dort, wo Wald nur zu vermuten war, fühlten sie eine schwarze Wand aus Nacht. Dunkelheit. Einsamkeit. Zweisamkeit. Alles war wie beim ersten Mal.

Fast alles.

Denn diesmal ereignete sich etwas, was sie beide einander näherbrachte. Jemand schien ihnen gefolgt zu sein. Sie bemerkten es, als sie an die Stelle kamen, an der sich das Sportstudio befand und es heller wurde. Sie hörten ein Geräusch zerbrechenden Holzes hinter sich, drehten sich um und sahen eine Gestalt weglaufen. Kruschel war weder sehr sportlich noch sehr mutig. Aber er rannte sofort los. Die Kommissarin, die beides war, sportlich und mutig, lief hinterher. Doch nach etwa zehn Metern stolperte Kruschel über einen herumliegenden Ast, kam ins Straucheln und fiel in den Dreck.

Die Kommissarin konnte sich gerade noch halten. Sie blieb stehen.

»O Gott, haben Sie sich wehgetan?«, wollte sie wissen, während ihr Herz versuchte, nach dem ultrakurzen Sprint den Sauerstoffgehalt in ihrem Blut wieder in Ordnung zu bringen.

»Geht schon, laufen Sie dem Typen hinterher, los!«

Doch Nümflinger wusste, dass es zu spät war und die Sicherheit eines Lädierten immer vorging. Sie half ihm beim Aufstehen, blickte ihm in die Augen, und hier war er wieder, dieser unverhoffte Augenblick der Entscheidung. Nümflinger fasste Kruschel am nassen Haar, spürte selbst einen Schauer, drehte sich um und ging weiter. Es war nicht mehr als eine Berührung. Kein Streicheln. Doch auch Kruschel lief es kalt den Rücken hinunter. Ja, da meldete sich ein leichtes Beben unterhalb der berühmten Gürtellinie. Er wusste wirklich nicht, wie ihm geschah. Solche Momente hatte er durchaus schon erlebt, doch immer hatte eine solche Aktion zwischen ihm und einer Person weiblichen Geschlechts in eine intime Annäherung gemündet, die sich zu einer seiner zahlreichen Affären entwickelt hatte, die aber trotzdem in den seltensten Fällen etwas mit Liebe zu tun hatten.

»Ich muss Ihnen etwas sagen«, sagte Nümflinger, als sie kurz vor dem Parkplatz unter einem Baum stehenblieb, dessen Äste tief herabhingen und ihre Mütze berührten. Kruschel brachte nur ein »Hmmm« über die Lippen. Er sah sie an, sah ihre Schönheit. Ansonsten spürte er eher andere Regungen in und an sich.

»Wissen Sie, Sie gefallen mir wirklich, ja, ich finde, Sie haben etwas. Aber ich werde überhaupt nicht schlau aus Ihnen. Wenn Sie der sind, als der Sie sich mir gegenüber beschrieben haben, passen Sie nicht zu dem, den ich in Ihnen kennengelernt habe. Sie müssen auf irgendeine Weise …, ja, vielleicht, … so was wie eine gespaltene Persönlichkeit sein.«

Nümflinger sagte dies mit einer Natürlichkeit, die Kruschel frappierte. Sie hatte, so dachte er, ungeheure psychologische Fähigkeiten und in der kurzen Zeit ihrer Treffen analytisch das geschafft, wozu Kruschel nahezu 48 Jahre gebraucht hatte.

Das gefiel Kruschel überhaupt nicht, der wieder an die Bauer'schen Aussagen von einer angeblichen Superintelligenz bei LN dachte.

Trotzdem sagte er: »Sie sind gut, Frau Kommissarin. Respekt.« Mehr sagte er nicht. Daraufhin entstand eine Pause. Sie standen immer noch unter dem Baum.

»Wer, glauben Sie, ist zu diesem Mord fähig in Ihrer Redaktion?«

»Sie glauben immer noch, es war jemand von uns?«

»Niemand sonst hat ein Motiv. Privat war Lind, nach allem, was wir wissen, kaum so aktiv, dass jemand viel Hass auf ihn hätte haben können. Nichts ist mit der abgrundtiefen Feindschaft vergleichbar, der wir in der Redaktion begegnet sind.«

Kriminalkommissarinnen waren doch seltsame Wesen, dachte er. Er war mehreren begegnet in seinem Leben.

Als Journalist.

Als Mann.

Sie konnten so nüchtern, unsympathisch und kratzbürstig sein wie jene Frau, der er einmal während seines Volontariats begegnet war. Und nun sie, Nümflinger, die so ziemlich genau dem Gegenteil entsprach und bei der man sich noch nicht einmal vorstellen konnte, dass sie im Auftrag der Staatsanwaltschaft in einem Mordfall ermittelte. Selbst wenn sie von Mord, Hass und solchen Dingen sprach, sah sie noch anziehend aus.

»Ich weiß nicht«, sagte er. »Ist es nicht oft so, dass man sich das Außerordentliche beim Menschen nicht vorstellen kann? Ich jedenfalls kann mir in meiner Redaktion niemanden vorstellen, der überhaupt einen Mord begeht, geschweige denn den, der hier begangen wurde. Aber vermutlich spielt das überhaupt keine Rolle, denn wie ich schon gesagt habe: Der seelische Ort, an den ein verletzter Mensch bereit ist zu gehen, wenn er also äußerste Gefühle der Entwürdigung verspürt und so etwas wie Rache braucht oder Sühne erzwingen will, bleibt für uns immer unvorstellbar.«

Er holte aus.

»Sie zum Beispiel, können Sie ausschließen, dass ich es war, dass ich jemand bin, der zu so einer grausamen und mit Kalkül ausgeführten Tat fähig ist?« Kruschel fühlte sich klug. Er spürte die gefühlten fünf bis zehn Jahre, die er Nümflinger gegenüber mehr auf dem Buckel hatte.

»Wissen Sie«, fuhr er fort, »ich könnte Ihnen sagen, Thomas Hund sei so einer, bei dem ich mir das Äußerste vorstellen könnte. Er hat unter seiner ruhigen, intellektuellen und fast lahm wirkenden Oberfläche eine glühende Leidenschaft für Gerechtigkeit und das Gute. Hund ist ein Freigeist und Moralist, hochgebildet zudem. Lind hatte Hund auf dem Kieker, er quälte ihn nicht nur, er mobbte ihn geradezu, weil er ihn nicht ausstehen konnte. Zum einen, weil er sich ihm gegenüber intellektuell weit unterlegen fühlte – und Hund ließ ihn dieses Faktum auch bei jeder Begegnung spüren. Zum anderen, weil Lind genau diese Bloßstellungen einfach nicht ertragen konnte, nicht ertragen, dass jemand merkte, wie null und nichtig er und sein Werk waren, dass ihn jemand schließlich bis auf die Unterhosen entlarvt hatte. Und trotzdem, Frau Kommissarin, glaube ich nicht, dass er es war, einfach, weil ich auch glaube, dass es jemand gewesen sein muss, der in kalten, geplanten Handlungen wie dieser Erfahrung haben musste. Hund wäre dazu nicht in der Lage. Er würde auf dem Weg zum vorsätzlichen Mord selbst verrecken.«

Es hatte zu schneien begonnen. Das sahen sie in den Lichtkegeln der Parkplatzbeleuchtung. Stille setzte ein, nur aus der Ferne hörte man den für diese Region üblichen Grundgeräuschpegel aus Fahrtgeräuschen von über Autobahnen, Bundesstraßen und Bahngleise rollenden Wagen. Es war ein normaler Wochentag. Der Himmel war an einer Stelle sehr hell. Das mussten die Lichter des Fußballstadions sein. Offenbar fand ein Spiel statt.

Dann sagte sie diesen Satz, über den er noch lange und oft nachdenken musste, weil er auch so viel mit ihm, Kruschel, zu tun hatte:

»Hat Lind sich nicht selbst bodenlos gehasst? Wie konnte er nach allem, was Sie und Ihre Kollegen über ihn erzählt haben, leben, ich meine: Er muss das doch irgendwie gespürt haben. So etwas hält doch keiner aus, der auch nur die geringsten menschlichen Gefühle hat, der das geringste Selbstwertgefühl hat. Das hält doch keiner aus.«

»Lind war krank«, sagte Kruschel, »zumindest glauben das manche von uns. Er sah sich selbst nicht. Er hatte keine Selbstreflexion, kein realistisches Selbstbild, was langfristig dazu führte, dass er ein ureigenes Verhaltenskorrektiv nicht in sich trug: sich selbst infrage zu stellen. Nur so konnte er sein, wie er war.«

Nümflinger war beeindruckt. Psychologische Fähigkeiten waren in ihrem Beruf von außerordentlichem Nutzen. Sie selbst hatte, bevor sie sich für ein Studium der Biologie und danach für den gehobenen Dienst bei der Polizei entschied, sogar ein paar Semester Psychologie studiert und wusste, was Kruschel meinte und was Psychologen bisweilen als Selbsttäuschung bezeichneten, für die es viele Gründe gab.

»Hatte er Probleme wie Realitätsferne? Hat er Dinge verdrängt oder geleugnet?«, fragte sie.

»Ich glaube schon, dass es so etwas war, dass seine Selbstwahrnehmung, sagen wir, durch etwas Ähnliches wie Verdrängung oder Leugnung stark gestört war. Sicherlich waren das Abwehrmechanismen, die zu so einer Art Selbsttäuschung geführt haben. O Gott, das klingt ja, als wäre ich Psychologe. Nein, ich habe von Psychologie keine Ahnung.«

»Aber ich. Es klingt nicht dumm, was Sie sagen«, bemerkte Nümflinger. »Machen Sie nur weiter mit Ihrer Küchenpsychologie.«

Immer noch standen sie in der Nähe des kleinen Parkplatzes. Immer noch schneite es leicht. Immer noch waren sie Mann und Frau. Es musste mittlerweile mindestens 9 oder 10 Uhr sein. Es wurde kälter und kälter. Doch das störte sie nicht. Noch nicht.

Warum fuhr Kruschel jetzt fort und kippte alles, was er im Geheimen über Lind gedacht hatte, dieser Frau vor die Füße, warum blieb er nicht still? Sagte er nicht schon seit Langem mehr, als er sich vorgenommen hatte?

»Ich glaube, Lind war voller falscher Selbstbilder, die entstanden sind, weil er das, was er gern gewesen wäre, nicht erreicht hatte und nie erreichen konnte. Das war vielleicht familiär bedingt. Also, es gab sicherlich Wunschbilder in ihm, die für ihn – mit seinen bescheidenen persönlichen, körperlichen und intellektuellen Anlagen – unerreichbar waren, Wunschbilder in der Art eines genialen Klons oder Mutanten seiner selbst, dem beim Akt des Kopierens durch einen dummen Genunfall zufällig die dreifache Menge Begabung in Kopf und Körper gepflanzt wurde.«

»Sie haben vielleicht eine Fantasie!«, bemerkte Nümflinger. »Lesen Sie viel Sci-Fi?«

Kruschel war vollkommen in Fahrt.

»Die Angst, dies könnte jemand entdecken und ihn entlarven, führte zu einem geheimen Schamgefühl, das natürlich wiederum niemand entdecken durfte. Wenn an dieser Oberfläche jemand kratzte, wurde Lind hysterisch und cholerisch. Das, glaube ich, war der Kern seiner sozialen Probleme, die eins zu eins in den Umgang mit der Redaktion flossen. Er lebte in ständiger Angst. Hinter jeder auch noch so banalen Bemerkung der Kollegen vermutete er einen persönlichen Angriff und einen Angriff auf seine Position. Er wurde zum totalen Kontrollfreak, der Akten über alle Mitarbeiter führte.«

Nümflinger dachte: »Da kann ich nur noch staunen.«

»Um zu Hund zurück zu kommen: Hund war so einer. Er hatte diese Sache nicht nur entdeckt. Er hatte das Lind auch noch merken lassen. Sie führten eine fast schon intime Hassbeziehung miteinander. Deswegen wurde Hund für Lind zum gefährlichen Erzfeind.«

Kruschel fühlte sich sehr klug jetzt.

»Das klingt ja, als wäre Lind durch seine Schlachtung in gewisser Weise also auch von sich selbst erlöst worden«, resümierte Nümflinger fast mitleidig. Sie fing an, durch die geschlossenen Zähne Luft einzusaugen und zu zittern und gab Kruschel damit zu erkennen, dass sie gehen wollte.

So war es.

Es ging ganz schnell.

Sie fuhren, jeder im eigenen Wagen, über die mit Schnee gepuderte Straße durch den kleinen Wald und trafen sich in einem Restaurant am Marktplatz, wo sie ihr Gespräch fortführten. Kruschels Mantel war total verdreckt von seinem Sturz im Wald. Aber Jackett und Hose waren einigermaßen sauber geblieben.

»Sie glauben also, Lind hatte eine echte Persönlichkeitsstörung.«

Sie hatten sich zuerst Tee, dann einen Burgunder bestellt und waren dann in die Raucherlounge gewechselt (was Nümflinger überhaupt nicht gefiel, weil es sie in Versuchung brachte).

»Um auf Ihre Aussage zurückzukommen«, sagte Kruschel jetzt durch eine von ihm selbst zu qualmenden Ringen produzierte Ansammlung gefährlicher Partikel und Gase: »O ja, die hatte er. Er hatte eine echte Persönlichkeitsstörung. Das ist so sicher wie früher das Amen in der Kirche.«

»Ich habe Sie das schon einmal gefragt: Warum haben Sie sich mit ihm verbündet? Sie sind doch kein Idiot!«

Damit kratzte Nümflinger wiederum an Kruschels ureigenem Problem, seinem Zwiespalt, wie er es selbst fast freundschaftlich nannte. Er wollte kein Opportunist sein, doch er wusste, dass er genau dies über viele Jahre gewesen war. Diese Frau drang in ihn ein und nahm Besitz von ihm und seinen geheimsten Winkeln. Wie sollte er damit umgehen?

»Ich mochte ein einfaches Leben führen, ohne Konflikte, ohne Probleme, ohne unnötige Komplikationen. Den Kampf mit Lind konnte man nicht gewinnen. Den hätte man nur gemeinsam, als geschlossene Kampftruppe, gewinnen können. Aber kriegen Sie hundert Leute, das heißt, genau genommen sind wir ja sogar noch mehr, also kriegen Sie die dazu, zusammenzuhalten und gemeinsam zu kämpfen? Das schaffen Sie nicht, weil jede dieser mehr als hundert Personen auch persönliche Ängste hat und Ziele verfolgt, die bei solchen Aktionen in Gefahr geraten. Anders: Wenn der Chef ruft, können Sie nicht mit dem Rest der Mannschaft auftauchen und ›Hallo‹ oder ›Kuckuck‹ rufen und sagen, ›äh, übrigens: Wir haben uns jetzt gegen Sie verbündet!‹ Dann sind Sie plötzlich verdammt allein, und ihr aufgeblasener Mut verliert die Luft in etwa so schnell wie ein platzender Luftballon. Ja, Frau Kommissarin, ich bin den einfachen Weg gegangen, einen Weg der Kooperation, der mich mehr oder weniger und ohne, dass ich es wollte, zu dem machte, was ich war: Linds Verbündeter, wie Sie immer sagen.«

»Und wie geht es Ihnen heute damit, ich meine, haben Sie kein schlechtes Gewissen sich selbst und den Kollegen gegenüber?«

»Ich kann Ihnen eines versichern, Frau Kommissarin ...«

Kruschel sah auf den Holztisch und ließ seine Augen die Maserung des Kirschholzimitats darauf verfolgen, während er versuchte, das Folgende und sich selbst zu fassen und seinen ganzen Mut zusammenzunehmen.

Er sagte: »... ich schaue lieber Ihnen in Ihre schönen blauen Augen als zurück in die Zeit vor Linds Tod. Denn glauben Sie mir: Nichts ist schrecklicher, als in die Schwärze einer Vergangenheit zu blicken, die Sie nicht mehr ändern können.«

Stille.

Spannung.

Nümflinger hatte gehofft, dass dieser Schritt vom Professionellen zum Privaten irgendwann kommen würde, aber sie konnte nichts mehr sagen. Sie trank ihr Glas Burgunder leer und schüttete sich ein weiteres ein, das sie sofort ebenfalls leerte. Sie war sichtlich von dem Mann angetan, der ihr gegenübersaß. Sie rang um Fassung. In wenigen Augenblicken blitzte ihr Leben der vergangenen Jahre auf. Leblose Körper. Leere. Verhöre. Abgebrochene Beziehungen. Spurensicherungen. Nächte sexueller Versuche, über die sie sich am nächsten Tag immer geärgert hatte. Treffen mit dem Staatsanwalt. Betten, die gereinigt werden mussten, weil sie sie ekelten. Ihr Beruf erlaubte ihr kein normales Leben. Deswegen weigerte sie sich auch, diesem Verlangen, dem Verlangen, mit Kruschel die Nacht zu verbringen, nachzugeben. Die Angst vor Enttäuschung war einfach zu groß. Sie hatte offenbar etwas gelernt.

»Ich glaube, es ist Zeit zu gehen«, sagte sie – und Kruschel war darüber sogar froh, denn alles andere hätte nicht nur zu unendlichen nächtlichen Diskussionen geführt, sondern auch an einen Punkt körperlicher Anziehung, der sein Leben und den Fall Lind ganz sicher nicht vereinfacht hätte.

»Ich bin froh, dass Sie das sagen, ich meine: Es ist sicherlich besser für alle Beteiligten.«

Sie zahlten. Sie gingen.

Als Kruschel am folgenden Tag, nach einer fast schlaflosen Nacht, unzähligen Gläsern Burgunder und zwei Stunden nächtlichen Fernsehgenusses im Hotelzimmer in die Redaktion stapfte, traf er unversehens auf Hund. Hund war ein schlanker Typ mit blonden längeren Haaren, X-Beinen und einer intellektuellen Nickelbrille, die er schon seit mindestens zehn Jahren trug, ohne sie, so hatte es den Anschein, ein einziges Mal gereinigt zu haben. Hund sah ihn an und entdeckte die Schramme in Kruschels Gesicht.

»Na, Schlägerei gehabt?«, fragte er frech, und Kruschel, der peinlich berührt war, erzählte ihm, wie es dazu gekommen war.

»Ich weiß«, sagte Hund.

»Was?«

»Äh, ja, ich war es, der dich und die Kommissarin verfolgt hat, drüben am Teufelssee, das heißt: Eigentlich habe ich nicht dich, sondern die Kommissarin verfolgt.«

Kruschel sah zum ersten Mal so etwas wie Verlegenheit auf Hunds Gesicht.

»Du Idiot, wieso, verdammt nochmal?«, kreischte Kruschel vollkommen überrascht.

»Na ja, wir recherchieren und gehen eben allem nach. Sauer, Vera und ich – wir tun wirklich alles, um die Sache voranzutreiben. Es war Sauers Idee, der Kommissarin nachzuspüren. Aber ich finde sie gut. Hattet ihr denn wenigstens noch einen schönen Restabend? Es sah fast vertraut aus, wie ihr da gelaufen seid. Der Teufelssee ist ja normalerweise eher kein Ort für polizeiliche Verhöre.«

Hund sagte dies, als erwarte er keine Antwort auf seine Frage nach dem schönen Abend. Und Kruschel gab auch keine.

»Wie lange tust du das schon?«

»Och, seit zwei Tagen«, sagte Hund.

»Verdammt! Und ich dachte, wir seien eine Regionalzeitung am Rande eines Abgrunds, vor dem wir uns nur retten können, wenn wir Personal sparen und Arbeitsprozesse optimieren. Und da haben wir genügend Personal, um eine Polizeikommissarin zu beschatten, die einfach nur ihre Arbeit tun will. Von einem Feuilletonisten zudem, ha!«

Das salopp hingehauchte »Ha« Kruschels enthielt so viel Verachtung, dass Hund verletzt sein musste.

»Immerhin, lieber Kollege, handelt es sich um einen grausamen Mord an einem Mitarbeiter unseres Hauses«, sagte Hund dann aber plötzlich in ungewohnter Correctness und Akkuratesse. »Deswegen wollen wir alles tun, nein, haben wir die Verpflichtung, alles zu tun, damit die Sache aufgelöst und der Täter gefunden und bestraft wird. Volker, hier geht es nicht darum, ob wir Lind mochten oder nicht. Und wir waren da ja auch immer unterschiedlicher Ansicht. Das weißt du, auch wenn du deine Meinung jetzt vielleicht geändert hast. Nein, hier geht es wirklich um etwas Ernstes. Wir haben nicht das Recht, über Leben und Tod anderer zu entscheiden: Wer es trotzdem tut, und seien die Gründe auch noch so nachvollziehbar – und wir wissen beide, dass sie es waren –, wer es also trotzdem tut, macht sich schuldig an einer der wichtigsten Errungenschaften des Menschen: dem moralischen Empfinden.«

Diese Leidenschaft hatte Kruschel an Hund zwar schon beobachtet, aber nie selbst erlebt. Noch nie, so war er sich sicher, hatte Hund, nachdem er ein Buch von Großschriftstellern wie Martin Walser, Günter Grass oder auch Michel Houellebecq kritisiert oder eine Theateraufführung am Staatstheater besprochen hatte, eine so flammende Kurzrede ihm gegenüber gehalten, um sein Handeln und seine

Meinung zu verteidigen. Hunds Redefluss, der Inhalt seiner Worte – das war absolut überzeugend. Trug Hund sich womöglich insgeheim auch mit dem Gedanken herum, Chefredakteur zu werden?

Kruschel verwarf diesen Gedanken sehr schnell, weil er der Meinung war, dass Chefredakteur einer führenden Regionalzeitung nur jemand werden konnte, der jahrelang in einem lokalen, regionalen oder zumindest in einem politischen Ressort gearbeitet und das politische und gesellschaftliche Geschehen vor Ort seit Langem beobachtet hatte. Wie er, bevor er sein buntes Ressort übernommen hatte. Zudem: Hund hatte langes Haar, war politisch eindeutig zu weit links stehend, kleidete sich nonkonform und pflegte das Image des Ungepflegten. Lind hatte all diese Anforderungen und Dinge Meier gegenüber auch immer wieder betont, obwohl Lind selbst diesen Qualifizierungskriterien nicht im Geringsten genügte. Meier wusste das auch. Und trotzdem wog Linds Wort bei Meier bis zu seinem Tod ziemlich schwer. Warum, wusste keiner.

Aber alle rätselten.

Im Bunker des Todes

Immer wieder, wenn die Gestalt da ist, keimt unweiger-
lich Hoffnung in ihm auf, alles könnte sich noch zum Guten wenden. Es gibt Momente, da denkt er tatsächlich an
die Zukunft, daran, dass die Gestalt ihn rausließe, dass er
nach Hause gehen, sich waschen, baden, stundenlang baden
und sich einölen, rasieren und parfümieren könnte. Dass er
wieder normal essen könnte, mit Messer und Gabel, dass er
italienischen Wein trinken und dem nachgehen könnte, was
ihm am Herzen läge: der Literatur, der Kunst, der bildenden
sowie der Filmkunst.

Keine Chance.

Keine Antwort.

Es geschieht, was immer geschieht, wenn die schwarze Gestalt kommt. Sie kommt herein, leert die Toilettenschüssel,
stellt sie wieder hin, entfernt die beiden Metallnäpfe, die er
mit dem Mund zu Boden befördert hat, stellt ihm Wasser hin
und einen Teller mit kaltem Reis.

»Wir kennen uns doch«, sagt er gequält, als die Gestalt
schon dabei ist, den Raum zu verlassen und die Tür zu schließen, und da ist plötzlich dieser Moment: Die Gestalt zögert,
hält inne. Es scheint ihm, als würde sie ihn jetzt durch die
schwarze Maske hindurch anblicken und ganz langsam den
Kopf schütteln. Ist das ein Zeichen, fragt er sich, ein Zeichen,
dass er diese furchtbare Gefangenschaft noch beenden, den
Krieg gegen die Gestalt hier noch gewinnen kann? Das Zögern hält nicht lange an. Die Gestalt dreht sich um, schließt
die Tür. Schlüssel verschließen drei Schlösser.

Stille.

Herzklopfen.

Angst.

Das ist, was ihm bleibt. Er frisst. Mit Gier.

Er denkt lange über dieses Kopfschütteln nach. Immerhin
war es das erste Mal, dass die Gestalt überhaupt reagiert hat,

dass eine Art Kommunikation stattgefunden hat zwischen ihm und ihr. Doch die Grundfrage bleibt immer dieselbe: Wer ist zu so etwas in der Lage?

Er versucht zu essen, doch es geht nicht bei diesem Gestank. Er versucht zu schlafen, aber es geht nicht bei dieser Temperatur. Er schafft es nur, in kurze Schlummerphasen zu gelangen, aus denen er erwacht in der Hoffnung, noch ein zweites Mal zu erwachen. In seinem Haus. In seinem Bett, von dem er den gotischen Kirchturm drüben im Stadtkern sehen kann. Doch dieses zweite Erwachen wird nicht folgen.

Er ahnt es.

Er weiß es.

Er spürt es von Stunde zu Stunde mehr. Im Grunde ist er bald so weit, dass er lieber sterben will, als hier weiter zu vegetieren. Zu verfaulen. Aber der Faden des Lebenswillens wird, je kleiner und dünner er wird, dabei desto konzentrierter und zäher.

Besuch in der Provinz

Es mag kurios erscheinen, dass Nümflinger sich am nächsten Abend in der Dunkelheit ganz vorsichtig dem Dorf am Fluss näherte, in dem Linds Haus stand und in dem seine Frau immer noch wohnte. Frau Lind, eine ungesund aussehende, leicht rundliche Frau um die 50 mit gelben Nikotinzähnen, war bereits mehrmals verhört worden. Doch sie konnte keinerlei hilfreiche Angaben machen. Dass ihr Mann in der besagten Nacht nicht nach Hause gekommen war, wunderte sie kaum. Es war öfter einmal vorgekommen, dass er, wie er gesagt hatte, nach dienstlichen Besprechungen bei Speis und Trank seinen Führerschein nicht hatte riskieren wollen und in der Stadt ein Hotel genommen hatte, ohne sie anzurufen.

Sie selbst hatte ein längst überprüftes Alibi. Zu der Zeit, in der der Mord mutmaßlich stattgefunden haben musste, war sie dabei, mit den Freundinnen aus dem Dorf den wöchentlichen Bridge-Abend zu verbringen. Außerdem, so hatten die Ermittlungen ergeben, hatte sie kein Mordmotiv. Christina war Linds dritte Frau gewesen. Sie war ihm quasi zugelaufen und hatte eines Tages, Lind war gerade dabei, in seinem Garten den Rasen zu vertikutieren, vor seinem Tor gestanden und nach dem Weg gefragt. Lind wusste schnell, dass er in der Frau ein Opfer seiner Exaltationen gefunden hatte, und lud sie auf eine Tasse Kaffee, Zigaretten und mehrere und immer mehr Gläser Cognac auf seine Terrasse ein. So begann eine Beziehung zweier Frustrierter, die sich in vielem erschreckend ähnlich waren: Nikotinsucht, Alkoholismus und die Fähigkeit, am Niedermachen des anderen Gefallen zu finden.

Was folgte? Heirat, Scheidung, Jahre der Trennung, Wiederheirat. Ewiges, immer knapp an der Grenze zum Glück sich ereignendes Unglück.

Nümflinger parkte in einem nahe gelegenen Waldweg und ging über einen Feldweg durch die ein paar Zentimeter dicke Schneeschicht.

Sie fror.

Es war noch kälter geworden, die Feuchtigkeit in ihrer Nase gefror beim Einatmen genauso wie die auf den Lippen, wenn sie sich mit der Zunge darüberfuhr. Sie dachte an Kruschel und daran, wie sie sich in der Nacht nach dem Treffen nackt ausgezogen und ihren Körper im Spiegel betrachtet hatte, wie sie lange geduscht hatte, wie sie, unbekleidet auf ihrem viel zu großen Bett liegend, getrunken hatte, wie sie schließlich in Tränen ausgebrochen und in diesem elenden Zustand der Aussichtslosigkeit und nur dank einer ihrer Lieblingsschlaftabletten eingeschlafen war.

Der Weg war von alten, jetzt hart gefrorenen Traktorspuren zerfurcht. Zwischen den Furchen stand das alte, vertrocknete Gras fast bis zu ihren Knien aus dem Schnee heraus. Sie musste aufpassen, nicht umzuknicken. Linds Grundstück stieß direkt an ein Feld und hatte keinen Sichtschutz. Nümflinger blieb in der Dunkelheit stehen. Linds moderner Bungalow bestand fast nur aus Glas, sodass sie die Vorgänge in dem Gebäude von dort, wo sie sich befand, mit dem Fernglas bestens verfolgen konnte. Was tat eine Frau, deren Mann vor gut einer Woche grausam abgeschlachtet worden war, allein in dem Haus, das bald ihr gehören würde?

Christina Lind telefonierte.

Sie telefonierte sogar ziemlich lange. Genau genommen telefonierte Christina Lind fast eine Stunde lang. Nümflinger ging mehrmals zu ihrem Auto zurück, um sich bei laufendem Motor auf der Sitzheizung ihres Wagens aufzuwärmen, kehrte aber wieder und wieder an ihren Beobachtungsposten in dem kleinen Waldstück zurück. Sie sah, wie Christina Lind im schicken, aber mit Standardmöbeln eingerichteten Wohnzimmer hin und her ging und sprach und sprach und sprach und dabei immer wieder ein Glas Cognac zum Mund führte. Sie sah, wie sie sich ständig eine Zigarette anzündete und damit ins Sofa fallen ließ. Sie sah die fast klinische Objektivität der Lind'schen Räumlichkeiten, in denen sich keine Bücher, keine Bilder, keine Vasen und kein Nippes befand, einfach gar nichts, was man nicht unbedingt in einem Wohnzimmer benötigte. Aber Nümflinger sah nichts, was in irgendeiner Form auffällig, geschweige denn brauchbar gewesen wäre.

Bis Christina Lind das Gespräch abrupt beendete und das Wohnzimmer verließ. Durch die Glastür zu einem anderen Raum, der vielleicht der Flur war, sah Nümflinger, wie sie plötzlich mit jemandem sprach, der, so stellte sie sich das vor, zuvor an der Haustür geklingelt haben musste. Es war jemand, der größer war als sie, der Statur nach wahrscheinlich ein Mann. Mit ihm stand sie sicherlich fünf Minuten hinter der Glastür. Man sah beide immer wieder gestikulieren. Lind in ihrem schwarzen Kleid und die Person, mit der sie sprach, ebenfalls in Schwarz.

Mehr nicht.

Nümflinger verlor schon fast die Geduld. Ihre Füße schmerzten vor Kälte. Es musste Minusgrade im zweistelligen Bereich haben. Aber jetzt, wo sich endlich etwas Interessantes zu ereignen schien, konnte sie unmöglich wieder zum Auto zurück, um sich aufzuwärmen. Plötzlich öffnete sich die Glastür und – Nümflinger musste heftig schlucken – da stand Kruschel in der Tür. Er hatte Christina Lind offenbar eine Tasche und Blumen, die aussahen wie weiße Nelken, mitgebracht und setzte sich nun, nach einigen Sekunden des Abwartens, auf einen der den Couchtisch umgebenden Ledersessel. Christina Lind ging noch ein wenig auf und ab, rauchte und trank. Kruschel rauchte und trank und packte die Sachen aus der Tasche. Es handelte sich offenbar um Akten mit Dokumenten. Interessant wurde die Sache aber erst später. Denn nach einigen Minuten verschwand Christina Lind erneut. Man sah sie wieder, diesmal mit mehreren Personen, hinter der Glastür gestikulieren. Wieder öffnete sich die Tür und herein kam: Meier, also der Direktoriumsvorsitzende Peter Meier, und – ja, das war er, Nümflinger kannte ihn von Wahlplakaten – Armin Volcker. Armin Volcker, um die 60 Jahre alt und, was von seinem Haar übrig war, vollständig ergraut, war nicht nur Vorsitzender einer christlich orientierten Partei, für die er auch im Landtag saß. Er war über diese Funktion hinaus auch Mitglied im Vorstand einer Landesbank, die, konnte das Zufall sein, auch Teil des Großen Konsiliums der *ihr*-Verlags-GmbH war. Volcker vertrat dort die Interessen seiner Bank, die keine anderen waren, als dass die 24 Prozent Anteile, die man dort irgendwann einmal investiert hatte, eine Dividende ausschütteten, die die Rendite einer traditionellen Wertanlage oder eines heutigen Sparbuches bei Weitem überstieg.

Auch Volcker hatte für Christina Lind Blumen mitgebracht. Es waren weiße Rosen. Zu dumm, dass Nümflinger nicht hören konnte, was die vier über eine Stunde lang verhandelten. Sie musste sich mit dem Entdecken begnügen. Kruschel hatte also nicht nur mit seiner Äußerung recht gehabt, dass Lind offenbar durch Verstrickungen im Bereich der Politik gehalten wurde.

Es war für ihn offenbar eine Gewissheit gewesen.

Es war für ihn eine Gewissheit gewesen, an die er nun schamlos anknüpfte.

Die Ernennung

An einem der kommenden Tage fand Linds Beerdigung statt. Es waren erstaunlich wenige gekommen (oder auch nicht erstaunlich?), maximal fünfundzwanzig Personen, neben Meier, Sauer, Hund, Kruschel und Bauer vor allem ein paar Unbekannte, wahrscheinlich Verwandte – und Nümflinger, weil sie sich etwas davon versprach. Es war trotz Sonnenschein ein kalter und trister Tag, und die kurze Trauerfeier in der Friedhofskapelle war so langweilig wie das Lesen eines Telefonbuchs.

Und verlogen.

Lind war zwar katholisch gewesen. Doch das hatte wie alles andere geistige und geistliche in seinem Leben nicht die geringste Rolle gespielt. Dem predigenden Pfarrer hatte Christina Lind einiges aus Helmuth Linds Privatleben zusammengetragen, das dieser – mehr oder weniger verzweifelt und gelungen – versuchte, in einen positiven christlichen Kontext zu rücken. Dann wurde Linds Sarg verschlossen.

Eine Bestattung kann so etwas Unspektakuläres sein.

Vier Männer lassen eine Kiste aus Holz in ein Erdloch gleiten.

Erde fällt.

Ein Kreuz wird aufgestellt.

Die Menschen verschwinden.

Grausam bedeutungslos.

»Sie waren gestern bei Christina Lind«, sagte Nümflinger danach zu Kruschel. Sie gingen gerade am Krematorium vorbei in Richtung Friedhofsausgang.

Schönheit: Die Sonne brach sich im von den Ästen herabfallenden Schnee. Raben krähten durch eisige Kälte. Helligkeit ließ Pupillen zu winzigen Öffnungen schrumpfen.

»Spionieren Sie mir jetzt auch nach?«, fuhr Kruschel sie an.

»Wieso auch?« Die Betonung lag hier auf dem Wort »auch«. Sie wiederholte diesen Ausruf: »Wieso auch? Und außerdem: Es gehört nun einmal zu meiner Arbeit, die Hintergründe für diesen Fall herauszubekommen. Was hat der Politiker Volcker eigentlich bei Christina Lind zu suchen?«

»Ach, vergessen Sie's«, erwiderte Kruschel.

»Das werde ich nicht«, sagte Nümflinger. »Ich dachte, wir hätten in unseren Gesprächen eine Vertrautheit erreicht, die uns davor schützt, den anderen anzulügen. Ich verstehe Ihr Handeln als massiven Vertrauensbruch mir gegenüber. Was soll ich Ihnen noch glauben und was nicht? Sagen Sie es mir!«

Sie waren in einen kleinen Friedhofsweg eingebogen, um den anderen zu entgehen. Kruschel war unangenehm berührt. Das sah sie.

»Ich muss los«, sagte er. »Wissen Sie, na ja, wie soll ich sagen, ich werde heute noch zum Chefredakteur ernannt.«

»Na, bravo«, sagte Nümflinger, »herzlich Willkommen im Sumpf, Kruschel. Gratulation. Wirklich. Super.«

Sie sagte dies mit so viel Boshaftigkeit, Verachtung und Vorwurf im Ton, dass er es in seiner Magengrube spürte.

Sie verstand.

Sie ging.

Lieber Leser, es ist wieder Zeit für einen Kommentar. Bitte seien Sie sich bewusst, dass Volker Kruschel im Prinzip entgegen all seinen Überzeugungen handelt. Er tut all das nur aus reiner Sucht nach Erfolg, nach Bestätigung, vielleicht auch ein bisschen des Geldes wegen, wobei Geld eigentlich keine große Rolle in Kruschels Leben spielt. Er war schon immer der Ansicht, dass materieller Erfolg nicht zum Glück beiträgt, sondern allenfalls in der Lage ist, das Trübsal des Unglücks etwas zu erhellen. Sein Handeln fällt ihm also durchaus nicht leicht, was nichts entschuldigen soll. Wenn Ihnen also dieser innere Konflikt, in dem er sich befindet und der auch der Konflikt vieler anderer Menschen ist, klar geworden ist, habe ich mein Ziel erreicht und kann fortfahren.

Die Redaktion reagierte mit Entsetzen auf Kruschels Ernennung zum Chefredakteur. Kruschel war nicht, wie sie dachten, ein schlechter Journalist wie Lind. Er hatte im Gegensatz zu seinem Vorgänger durchaus etwas vorzuweisen: Eine Reihe von Texten und Kommentaren von einer gewissen Relevanz und Tragweite für das Verbreitungsgebiet und ohne größere sachliche Schnitzer darin.

Aber das war alles längst Vergangenheit.

Seit vielen Jahren produzierte Kruschel so gut wie nichts mehr. Er hatte sich von der Praxis mehr oder minder verabschiedet. Außerdem galt er als bequem bis faul und nur noch darauf bedacht, ohne großen Ärger durch den redaktionellen Alltag hindurchzurutschen. Und dies wollte die Redaktion nach der Erfahrung mit einem Chefredakteur, der journalistisch und auch sonst auf der ganzen Linie ein absolutes Schattendasein geführt hatte, nicht hinnehmen. Tatsächlich kam es sehr schnell zu einem längeren Schreiben der Chefs aller Ressorts, von der Politik bis hin zum Sport, und fast aller Redakteure an das Große Konsilium, aus Fairness mit einer Kopie an den Direktoriumsvorsitzenden Meier. Ihn ärgerte die ganze Sache ziemlich, hatte er sich die Zeit vor seiner luxuriös ausgestatteten Rente, die er in wenigen Jahren würde beziehen können, doch immer locker und entspannt vorgestellt.

Ein Mord.

Ein Aufstand in der Redaktion.

Ein Mord, ein Aufstand in der Redaktion, die ihren Chef los werden will.

Dies alles kam zu den üblichen Branchenproblemen. Der nimmer aufhörende Auflagenverlust. Der nimmer aufhörende Anzeigenrückgang. Das war Meier zu viel. Doch konnte er zurück? Hatte er überhaupt Macht in diesem Unternehmen,

Macht, die über eine Art akribische Kameralistik und Zahlendreherei hinausging? Auch er musste sich eine Niederlage eingestehen und fühlte sich fremdbestimmt.

Wer also hatte Schuld, dass Dinge liefen, wie sie liefen? Es gibt Zustände, die sich nicht erklären lassen. Schuld ist ein komplexes Thema.

Schall und Rauch

»Unabhängige Tageszeitung! Das ist doch lächerlich«, sagte Nümflinger am kommenden Tag bei Betrachtung der ersten *ihr*-Seite zu niemand anderem als sich selbst, einfach, weil außer ihr auch niemand da war.

Wie immer.

Sie wohnte mitten in der Stadt in einer großen, recht hübschen Altbauwohnung mit Fischgrätparkett und Stuckdecken, die sie spärlich, aber sehr geschmackvoll mit einer Mischung aus sehr modernen und sehr antiquarischen Möbeln eingerichtet hatte. Noch im Morgenmantel trank sie ihren Kaffee in der Küche, deren weiße Wände die morgendliche Sonne ideal auffingen und so verstärkten, dass sie selbst im Winter keine Lampe anzuschalten brauchte.

Südseite. Fahles Licht umgab sie, aber schönes Licht. Sie las den Lokalteil und stieß dann auf den kleinen Artikel »In eigener Sache«, der mit dem Kürzel *ihr* unterzeichnet war und der ankündigte, dass Volker Kruschel von nun an als Helmuth Linds Nachfolger neuer Chefredakteur der *ihr* sei.

Die Sache war also unumkehrbar.

Der Toaster warf Brote aus, das Radio ein paar Hits aus den 1980ern und 1990ern, und die Welt wäre vielleicht schön und in Ordnung gewesen, hätte sie nicht diesen beschissenen Job gehabt.

Diesen Job, den sie so hasste.

Diesen Job, den sie so liebte.

Sie beschloss, sich möglichst schnell mit zwei Personen zu treffen:

Christina Lind.

Armin Volcker.

Aber sie wollte keinen Termin mit den beiden machen, sondern sie spontan aufsuchen, damit sie sich nicht auf das Treffen vorbereiten konnten.

Sie fuhr also zuerst mit der Zunge sich über die Lippen und dann zur Bank, in der Volcker arbeitete. Der Gebäudekomplex befand sich an der autobahnartigen Einfahrt zur Nordstadt, direkt an einer der schönsten Alleen. Es war ein sonniger und eisiger Tag, ein Tag wie alle anderen in dieser Zeit. Doch Volcker war nicht da. Er befand sich, so teilte ihr seine Assistentin mit, auf kleiner Dienstreise – also ohne Übernachtung. Die fast etwas zu nette Dame fragte, ob sie helfen könne, was Nümflinger verneinte, wobei sie sie dann doch um Volckers Telefonnummer bat, die Miss Vorzimmer nur unwillig herausrückte. Der Versuch, ihn telefonisch zu erreichen, scheiterte aber. Danach fuhr sie zu Linds Haus, wo sie ebenfalls kein Glück hatte. Sie klingelte bei Nachbarn und befragte sie. Doch niemandem war etwas auffällig vorgekommen. Das Leben Linds schien sich in absolut geordneten Bahnen bewegt zu haben.

Zwischen Arbeit.

Zu Hause.

Und Tennisplatz.

Viel mehr dürfte es nicht gewesen sein.

Und dieses Nicht-viel-mehr ereignete sich in einem genau geordneten Raster an Wochen, Tagen, Stunden und Minuten.

Eine große Leere machte sich in ihr breit. Nichts ging mehr. Das Gefühl beruflichen Erfolgs, die Gewissheit einer ihr eigenen Spürnasenbrillanz und psychologischen Begabung, mit denen sie insgeheim immer wieder ihr verkorkstes, mittlerweile so gut wie inexistentes Privatleben zu kompensieren versuchte, erschien ihr nichtig. Nümflinger fragte sich, wann sie zuletzt so etwas wie Glück empfunden hatte, Zufriedenheit, ja, wann hatte sie das letzte Mal überhaupt gelacht oder Stunden einer Art von Leichtigkeit verbracht, wie sie sie noch vor Jahren, bevor sie Kriminalkommissarin geworden war, zunächst noch am eigenen Leib, dann nur noch aus Romanen erfahren hatte.

Romane, dachte sie jetzt, wo sie längst wieder am Steuer ihres Wagens saß, wirken kaum anders als all die Medien. Sie geben manchmal eine Form des Glücks vor, das in keiner Weise der Individualität der Menschheit entspricht.

Sie geben vor.

Sie geben vor, wie Freundschaft zu sein hat.

Sie geben vor, wie Liebe zu sein hat.

Sie geben vor, wie Sexualität zu sein hat.

Sie geben immer Ideale vor, die nie erreicht werden, und tragen auf diese Weise zu einer Frustration bei. Diese Frustration spürte sie bis in die Tiefe ihres Körpers, bis hinab in den Magen und noch tiefer bis an die geheimnisvolleren Orte ihres Körpers. Sie dachte an eine romantische Zeit zurück, es musste Ende des letzten Jahrhunderts gewesen sein, die Zeit also, in der sie »Les particules élémentaires« gelesen hatte, sie dachte an Michel Houellebecqs viele Schilderungen sexueller Akte von Bruno und Michel, die alle immer sehr weit entfernt waren von dem, was sie selbst erfahren und gefühlt hatte, allenfalls die Traurigkeit, die, das musste man Houellebecq zugestehen, war vielleicht vergleichbar. Diese Schilderung eines archetypischen Glückszustandes führe doch gerade zum Unglück, sagte sie sich. Der Abgleich zwischen fiktiver Realität und realer Realität müsse doch immer oder zumindest meistens zu Ungunsten der Wirklichkeit ausfallen. Doch der Mensch brauchte wohl Ideale. Ideale waren die Erziehungsmaßnahmen des Geistes, eine Instanz der Verhaltensnormierung, an der man sich orientieren konnte in diesem Leben, das eine Folge unendlich vieler Unbekannten war.

Sie bog auf den Autobahnzubringer ab und schob eine CD in den Player. Menschen sind, wenn sie ein gewisses Alter erreicht haben, nicht mehr besonders offen für Neues. Wer die 40 überschritten hat, hat rein statistisch gesehen jenen Punkt seiner Lebenszeit erreicht, den Hölderlin mit der Frage schilderte:

Weh mir, wo nehm' ich, wenn
Es Winter ist, die Blumen, und wo
Den Sonnenschein,
Und Schatten der Erde?
Die Mauern stehn,
Sprachlos und kalt, im Winde
Klirren die Fahnen.

Dieser trübe Blick nach vorn bringt uns dazu, den Blick dorthin zu richten, wo es noch nicht so trüb zuging: in die Vergangenheit, die mit jedem Augenblick unseres Lebens größer wird.

Während die Zukunft vor unseren Augen schmilzt.

Das wirkt sich auch auf den Musikgeschmack aus. Dass Nümflinger etwa immer noch die Musik ihrer Jugend hörte, lässt sich nur so erklären.

Aber zurück zu ihrer Autofahrt. Sie machte Musik von Massive Attack an, jener Band, die sich Ende der Achtziger des letzten Jahrhunderts gegründet und mit ihrem Namen gegen die Golfkriege protestiert hatte. In den Neunzigern waren den Leuten aus Bristol einige gute Scheiben gelungen, darunter auch »Mezzanine«, die Nümflinger, als sie mit Jochen zusammen gewesen war und noch in München gelebt hatte, täglich und nächtlich bis zum Exzess mit ihm gehört hatte. Der triste und doch so wohltuende, weil in ihren Ohren nostalgische Sound erfüllte ihr Auto. Sie fuhr schnell, schneller als erlaubt, was sie erst merkte, als ein roter Blitz sie aus einer Art Trance weckte, die sie zurück in ihr frühes Erwachsenenalter transportiert hatte, zurück nach München, zurück zu Jochens sanfter Stimme, seinen braunen Augen und in seine kräftigen Arme, die ihr jetzt, in der Erinnerung, so unendlich lang vorkamen, als hätte er sie damals immer mehrmals um sie herum schlingen können.

Als sie mit ihren Gedanken endlich wieder ganz in der nüchternen Realität angekommen war, dachte sie an eine große Eigenartigkeit in dem Fall. Dass Linds Mercedes noch immer nicht gefunden worden war, konnte bedeuten, dass der Täter noch in der Nacht ins Ausland geflüchtet war. Gleichzeitig würde das fast ausschließen, dass er einer der Redakteure war, die am Morgen am Tatort erschienen waren. Keiner von ihnen wurde vermisst. Es kämen dann nur noch solche infrage, die in dieser Zeit abwesend, auf Dienstreise oder im Urlaub gewesen waren. Sie beschloss, auch die Kollegen in Frankreich, Belgien, Luxemburg und Holland zu informieren. Eine weiße M-Klasse mit deutschem Kennzeichen war schließlich kein unauffälliges Auto.

Brrring!

»Nümflinger«, sagte sie, als sie auf ihrem Display den richtigen Ort zum Abheben gefunden hatte. »Ah, guten Tag, Herr Volcker, gut, dass Sie zurückrufen. Ja, ich hatte versucht, Sie zu erreichen, weil, ja, weil ich mit Ihnen sprechen wollte.« Sie schwieg wieder. »Nein, es wird nicht lange dauern. Also, dann bis heute Nachmittag, 15 Uhr. Ich werde da sein.«

Sie begab sich hier auf gefährliches Terrain. Ein wichtiger Banker und Politiker hatte Macht und Beziehungen in alle Richtungen und vermutlich immer gleich in die obersten Zirkel bis hin zum Polizeipräsidenten, der Staatsanwaltschaft und dem Bundeskriminalamt, zu Menschen, für die sie arbeitete.

Aber was sie tat, musste sie tun.

Es war ihr Job.

Es war ihre Berufung.

Sie aß in einem neu eröffneten Diner an der Stadteinfahrt, trank einen Kaffee und fuhr dann direkt zu Volcker. Der Empfang in seinem Büro war überaus freundlich. Volcker konnte von seinem Schreibtisch aus, wenn er sich umdrehte, fast über die ganze Stadt blicken, Bahnhof, Kunsthaus, Kathedrale – alles schien ihm zu Füßen zu liegen. Ein großformatiges Bild dieser stadtbekannten Malerin, die viele nackte Frauen malte und deren Name ihr nicht mehr einfiel, schmückte eine Wand seines Büros. Sie nahmen an einem langen, ovalen Konferenztisch Platz. Volcker bot ihr Kaffee und Wasser an, doch Nümflinger lehnte ab. Im Raum schwebte ein kalter, aber immer noch edler Duft von Zigarren, der Nümflinger klischeehaft vorkam. Sie fragte ihn nach seinen Beziehungen zu Peter Meier, zu Helmuth und Christina Lind, zu Volker Kruschel, dann danach, welche Rolle er im Großen Konsilium einnehme, ob er da etwa so etwas wie der Meinungsmacher sei.

Volcker beantwortete alle Fragen anscheinend korrekt. Er schien ihr nichts verheimlichen zu wollen. Selbst die im Grunde heikle Tatsache, dass das Gremium über den Direktoriumsvorsitzenden Meier viel mehr Einfluss nahm, als gemeinhin angenommen wurde, gab er fast schon unverschämt unverhohlen zu, während er Nümflinger mit bewundernden Blicken schamlos Komplimente über ihre jugendliche Figur und ihr Aussehen machte.

»Klar wollten wir den Kruschel als Linds Nachfolger«, sagte er, »das Konsilium wollte das, und Meier wollte es auch. Kruschel ist derjenige, der das Haus am besten kennt. Zum einen. Und dann, Frau Nümflinger ...«

Volcker räusperte sich, und zwar so laut, dass Nümflinger an Thomas Manns »Zauberberg« denken musste.

»... und dann hat der Mann eine Eigenschaft, die ich sehr schätze, die – ich glaube, ich kann da sogar für uns alle im Großen Konsilium sprechen – wir äußerst schätzen und für diese Position für unabdingbar halten. Wissen Sie, Frau Kommissarin, Volker Kruschel ist ein überaus netter, entgegenkommender und also kooperativer Mensch.«

»Mit anderen Worten: Er ist nicht nur kooperativ, sondern vor allem bequem, sodass er sich leicht steuern lässt?« Nümflinger tat diese Direktheit sofort leid. Aber nicht sehr.

»Aber ich bitte Sie, Frau Kommissarin, Sie sind doch nicht gekommen, um mit mir zu streiten. Auch ich bin ein sehr kooperativer Zeitgenosse. Deswegen will ich Ihnen ja helfen. Deswegen sage ich Ihnen ja die Wahrheit. Glauben Sie mir? Mir geht es darum: Ich will, dass Sie den Mörder Helmuths finden!«

»Sie sind ein sehr erfolgreicher Geschäftsmann und Politiker. Sie müssen also eine, sagen wir, äh, sehr gute Intuition haben. Was sagt Sie Ihnen in Bezug auf den Fall Lind?«

Volcker dachte nach.

Nümflinger war jetzt sicherlich schon seit 15 Minuten in seinem Büro. Aber den Eindruck des Nachdenkens hatte Volcker bislang noch nicht gemacht. Der Mann hatte Erfahrung und war eloquent, alles, was er sagen wollte, kam ohne Umschweife aus ihm heraus. Wie in einem Fernsehinterview, wenn alle Worte so gesagt werden, als wären sie schon tausendmal geübt und hundertmal wiederholt worden.

»Stört es Sie, wenn ich rauche?«, fragte er schließlich. Offenbar wollte er Zeit gewinnen, dachte Nümflinger, offenbar hatte er etwas in petto. Es lohnte sich also, die Zigarre über sich ergehen zu lassen.

»Schon gut. Wir sind ja in Ihren Räumen. Tun Sie, was Sie wollen.«

»Na, das wollen wir mal nicht übertreiben«, merkte er etwas zweideutig an – und gab seiner Havanna Feuer. Sofort zogen dicke, schwere Rauchschwaden auf und durch den Raum. Volcker drückte auf einen Knopf und gab seiner Assistentin zu verstehen, dass er einen frischen Aschenbecher brauchte. Die Assistentin kam herein, brachte einen Aschenbecher und fragte, ob es auch Bedarf an neuen Heißgetränken gebe, was beide verneinten.

Es entspann sich ein intensiver Dialog über das, was Helmuth Lind gewesen war, und das, was Helmuth Lind nicht gewesen war. Es war im Grunde allen klar, erfuhr sie zumindest indirekt, dass er in fachlicher Hinsicht ein absolut unhaltbarer Chefredakteur gewesen war. Aber er sei eben ungemein bequem und manipulierbar gewesen und so weiter. Und er hatte, so glaubte seinesgleichen, den Laden im Griff gehabt (was man, wie Nümflinger jetzt dachte, in dem Laden freilich vollkommen anders sah). Für Nümflinger war all das, was Volcker sagte, nichts Neues, es passte zu dem, was Kruschel beim Spaziergang am Teufelssee über Lind gesagt hatte, dazu, wie sie beide ihn psychologisch analysiert hatten. Neu war nur, dass offenbar alle davon wussten und es – ein stetes Sinken der Auflage und Anzeigenerlöse beobachtend – trotzdem über viele Jahre hin duldeten.

»Sind Sie froh, dass er weg ist, ich meine nicht, dass er tot ist, sondern dass Sie ihn los sind?«

»Also ich darf doch bitten«, fuhr Volcker auf. »Ich habe großen Respekt vor dem Tod und bin nicht willig, mit Ihnen so …«, er suchte nach den richtigen Worten, »… so unanständige und verwerfliche Gedanken zu denken. Haben Sie noch weitere Fragen? Nein! Dann betrachten Sie dieses Gespräch als beendet.«

Als Nümflinger wieder in ihrem Wagen saß, musste sie kräftig husten. Früher, während ihrer Studienzeit, hatte sie noch selbst ein wenig geraucht, aber Zigaretten, nachmittags zum Kaffee oder abends in Bars und Diskotheken bei Rotwein, Cocktails und Freunden. Doch das war von der Intensität nicht vergleichbar mit dem, was sie hier erlebt hatte. Havannarauch musste reines Gift und wer es überlebte, ein besonderes Wesen sein, dachte sie, während sie den Motor anließ und die Musik von Massive Attack wieder einsetzte. Sie hörte den coolen Trip-Hop der Band aus Bristol, sie hörte den Elektrosound, sie hörte den dumpfen Beat und die zerbrechliche Stimme von Elizabeth Fraser, die von »Teardrops« sang, was ihrer derzeitigen Situation exakt entsprach. Sie hatte sich gerade wieder in die Vergangenheit geträumt, als das Telefon klingelte. Diesmal waren es ihre Kollegen, die sagten, dass Linds Wagen aller Wahrscheinlichkeit nach gefunden worden war: in einem Parkhaus am Frankfurter Flughafen.

Von dort, wo sie war, bis zum Flughafen der hessischen Bankenmetropole Frankfurt waren es Stunden mit dem Auto. Nümflinger fuhr noch am gleichen Tag mit einem Kollegen dorthin, die Kriminaltechnik kam vom Landeskriminalamt Wiesbaden hinzu. So hatten sie es vereinbart. So funktionierte länderübergreifende Polizeiarbeit.

Sie sahen sich die Sache an, bemerkten aber nichts. Linds Dienstwagen stand weiß, sauber und frisch eingewachst da, als hätte ihn ein Handlungsreisender abgestellt, der nach seiner Dienstreise wieder zurückkommen würde, um seinen Wagen abzuholen. Die Techniker nahmen Proben von allen Sitzen, den Armaturen, dem Lenkrad und auch aus dem Kofferraum, konnten aber am Fundort selbst, bis auf einen übrig gebliebenen Tennisschläger und einigen herumliegenden Tennisbällen im Kofferraum, keinerlei Auffälligkeiten konstatieren. Nümflinger und ihr Kollege fuhren am gleichen Abend in die Nacht hinein zurück. Sie waren enttäuscht, hatten sie sich doch gerade von dem wiedergefundenen Fahrzeug neue Erkenntnisse im Fall Lind erhofft, hatten erwartet, irgendwelche Spuren – Zettel, Taschen oder auch einfach nur Blut – dort zu finden. Aber noch war die Hoffnung nicht verloren. Die Möglichkeiten heutiger Spurenfahnder waren fast unbegrenzt, selbst aus einem Staubkorn konnte noch die DNA desjenigen gewonnen werden, der auch nur ein einziges Mal mit ihm in Berührung gekommen war.

»Scheiße«, sagte Nümflinger zu ihrem Kollegen, »verdammte Scheiße!«

Weiß, ein heller Rausch aus weißem Licht. Der Boden, der Himmel, vorne, hinten – alles weiß. Von Schnee und Nebel. Doch über dem Nebel musste es hell sein. Sehr hell.

Sie sah es kaum, doch er musste einen Haken gemacht haben, sie sah, wie sich etwas, das rot sein musste wie seine Jacke, zackig von links nach rechts bewegte. Sie folgte dem, was sie sah.

Sie fuhr gut.

Sehr gut sogar.

Ihr Körper schwang sich elastisch und einer Gazelle gleich durch die Kurven, ihre Beine hatten jene Eleganz und Lockerheit, die sie brauchten bei diesem waghalsigen Unterfangen, bei dem man mehr fühlte und tastete als sah, bei dem einen die Buckel von unten manchmal wie plötzliche Tritte aus einer weißen Hölle erwischten.

Während sie außerhalb ihres Körpers dem hellen Weiß, der kalten Luft und dem sanften Geräusch aufstiebenden und pulverisierten Schnees des Eigergletschers unterhalb der Kleinen Scheidegg Beachtung schenkte, spielte sich in ihrem Inneren ein Krieg der Gedanken ab. Sie spürte noch das kriminalistische Prickeln vom Theaterabend in sich. *Hamlet*, Isabelle, du hast einen super *Hamlet* gesehen und einen super Abend erlebt, dachte sie. Sie spürte noch einmal die kurzfristige Lust, der Sache mit Volker Kruschel auf den Grund zu gehen, spürte eine Enttäuschung, dass dieser Volker Kruschel aber nicht – oder noch nicht, wie sie hoffte – auf ihre Bewerbung um ein Praktikum in der *ihr*-Redaktion reagiert hatte, und tröstete sich mit Gedanken an den erfreulichen Verlauf des Abends nach dem Theater. Sie hatten es tatsächlich getan. Sie waren zu ihr gegangen. Sie hatten getrunken. Sie hatten etwas von den Wunderpillen eingeworfen, die sie meistens bei sich hatte und die ihr in solchen Situationen das nötige Quantum Gelassenheit ermöglichten. Ja, es war ihnen so was von gut gegangen. Ein Traum. Er hatte sie, sie hatte ihn ausgezogen. Es war wie ein Überfall. Und sie hatte zum ersten Mal mit einem Gleichaltrigen Sex gehabt. Mit Alex. Und sie spürte, dass es gut war. Alex war ein sanfter Liebhaber gewesen. Er hatte sie stürmisch begehrt, sie abgeleckt, von Kopf bis Fuß, hatte sich an sie gedrückt und sie immer wieder Bella Isa genannt, hatte Bella Isa gehaucht, Bella Isa gerufen, Bella Isa gestöhnt. Sie hatte ihn verwöhnt.

Er hatte es schön gefunden.

Sie hatte es schön gefunden.

Alles hatten sie sich gegenseitig gefallen lassen und sich fallen lassen können bis zu einem Punkt, der zumindest ihr nie begegnet war.

War sie nun geheilt?

Sie wusste nicht mehr, wie es kam, doch inmitten dieses Gedanken- und Gefühlssturms stockte plötzlich ihre Fahrt, etwas riss ihr die Skier unter den Füßen weg. Es ging schnell. Ihr Flug dauerte nur kurz und führte sie auf ihn: Alex, der im tiefen Schnee lag. Der lachte laut und zeigte dabei seine Zähne, sagte sein charmantes und angriffslustiges »Bella Isa« und wie schön das Leben doch sei, umschlang sie und küsste sie derart fest, dass sie Anwandlungen bekam. Alex drückte sie, küsste sie immer und immer wieder. Sie spürte seine Erektion durch die beiden Skihosen hindurch, drückte sich an ihn und sah in sein Gesicht, sah viel Liebenswürdigkeit, aber auch physiognomische Irrwege.

Gott hat es nicht gut mit ihm gemeint, dachte sie.

Sie blinzelte ganz langsam.

Und zwar genau dreimal.

Dann dachte sie nach.

In wenigen Sekunden fand sie seinen Augenstand zu eng, seine Nase zu klein, seine Ohren zu abstehend und sein Kinn zu kräftig. Nein, Alex war keine Schönheit, das war klar, aber das war jetzt egal, egal nach dem, was sie zusammen erlebten und erlebt hatten. Wie lang mochten sie da so gelegen haben? Zwei, drei Minuten, dann wurde es ihnen kalt.

Die anderen waren unten in Grindelwald geblieben. Die anderen, das waren Julia und Gregory, zwei Studierende aus dem Studiengang Medienwissenschaften. Die beiden wollten oder konnten nicht Ski fahren, hatten noch eine Seminararbeit über die Wichtigkeit und Sorgfalt des geschriebenen Worts im gesprochenen Journalismus nachzuliefern und saßen, als Isabelle und Alex im Chalet eintrudelten, tatsächlich diszipliniert an ihren beiden Laptops.

Isabelles Mutter Henriette von Waldenberg hatte das Chalet kurz vor dem Tod ihres Mannes, Isabelles Vater, ausgesucht und gekauft. Die Eiger Nordwand, überhaupt Eiger, Mönch und Jungfrau, dieses an Schönheit und Sensation kaum zu übertreffende Gipfel-Ensemble, hatten schon immer eine große Faszination auf sie ausgeübt. Die 970 Kilometer von Zehlendorf nach Grindelwald schmerzten zwar immer wieder, doch, so hatte Henriette von Waldenberg sich beruhigend zugeredet, das Vergnügen von Natur, Schönheit, Spaß und Freiheit überwog bei Weitem den hohen Preis. Die ganze Familie nutzte das schöne, alte und weitgehend aus Holz gebaute Chalet heute. Auch Bastian und Philipp – und Alexia natürlich, die, so wusste Isabelle, mit ihren Freundinnen aus dem Chalet immer wieder ein lesbisches Liebesnest machte.

Aber nur ein einziges Mal war die gesamte sechsköpfige Familie mit Vater Robert da gewesen. Im Jahr vor seinem Tod. Vor 16 Jahren war das. Die von Waldenbergs konnten es sich leisten, von Berlin aus den Flieger nach Zürich zu nehmen und von dort aus mit dem Leihwagen über Luzern nach Grindelwald zu reisen. Sie gehörten natürlich zu den wenigen wohlhabenden Familien in Berlin, bei denen sich die Frage nach dem Skifahren nicht stellte.

Es gehörte dazu.

Wie Tennis.

Wie Golf.

Wie Oper, Theater, klassische Musik und ruhig rollende Automobile mit sechs oder acht Zylindern von Marken wie BMW oder Jaguar.

Es gab Momente, in denen Isabelle diese Art des Lebens auf die Nerven ging. Eine soziale Ader erwachte in ihr, bisweilen wollte sie sogar das Gefühl von Armut kennenlernen, und die tendenzielle Gottesgläubigkeit ihrer Mutter fand sie verlogen und dachte, sie beruhige damit nur ihr schlechtes Gewissen darüber, dass es ihr so gut ging und sie – übrigens ohne viel selbst dazu beigetragen zu haben – zur Elite einer Gesellschaft gehörte, die mehr und mehr in Arme und Reiche auseinanderdriftete. Den Schritt zur Revoluzzerin hatte Isabelle trotzdem nie vollzogen. Dazu war sie vielleicht doch zu vergnügungssüchtig. Isabelle hatte bei aller Intellektualität und moralischer Grundhaltung doch auch eine starke hedonistische Ader, die mit einer linken oder anderen radikalen Position nicht leicht vereinbar gewesen wäre.

Im Chalet: Eine Geruchsmischung von schwarzem Darjeeling und Rum zog durch die Räume, Isabelle ließ gerade Honig in ihre Tasse tropfen, als plötzlich etwas in ihrer Hose vibrierte. Sofort ließ sie alles stehen, holte ihr iPhone aus der hinteren Tasche ihrer Jeans und sah, dass sie eine E-Mail erhalten hatte.

»Hey!«, schrie sie kurz darauf begeistert auf, rannte die schmale Holztreppe hinauf und verzog sich in einen der Schlafräume im oberen Stockwerk des Chalets, ohne auch nur daran zu denken, Julia, Gregory oder Alex einen Hinweis auf ihren plötzlichen Aktionismus und ihre Freude zu geben. Sie ließ sich auf das Bett fallen und blickte auf ihr Gerät. Tatsächlich war die Nachricht von Volker Kruschel. Endlich, dachte Isabelle und las:

> Sehr geehrte Frau von Waldenberg,
> vielen Dank für Ihre Bewerbung und Ihr Interesse an unserer Arbeit und unserem Produkt. Ihre

Bewerbung um ein journalistisches Praktikum in unserem Hause habe ich an den zuständigen Ausbildungsredakteur weitergeleitet. Er wird sich Ihre Unterlagen ansehen und sich bei gegebener Zeit bei Ihnen melden. Ich kann Ihnen heute allerdings nur Hoffnungen machen, wenn Sie Ihrer Bewerbung neben Zeugnissen zu Abitur und Zwischenprüfungen Ihres Hochschulstudiums auch mindestens zwei journalistische Arbeitsproben beigelegt haben. Falls nicht, so bitte ich Sie, diese umgehend nachzureichen, denn sonst hat Ihre Bewerbung keinerlei Aussicht auf Erfolg.

Doch selbst, wenn Ihre Unterlagen vollständig sind, muss ich Sie leider noch um etwas Geduld bitten. Die Bearbeitung kann dauern. Sollten Sie aber binnen vier Wochen nichts von uns hören, können Sie gern telefonisch Kontakt mit uns aufnehmen. Bitte rufen Sie in diesem Fall direkt bei mir an. Die Kontaktdaten entnehmen Sie dem Briefkopf dieses Schreibens. Vielen Dank für Ihr Verständnis.

Beste Grüße aus der *ihr*-Redaktion

i. A. Brigitte Krumminger

Es war zwar keine Absage, aber natürlich war sie enttäuscht, wurde blitzartig von einem Gefühl der Traurigkeit überfallen und sah einige Sekunden starr und leer an die Decke. Doch das hielt nicht lange an, denn Isabelle wäre nicht Isabelle gewesen, also jene forsche, engagierte und energische junge Frau, die am Zehlendorfer Gymnasium ganz locker das beste Abitur ihres Jahrgangs mit der Note 1,0 abgeschlossen hatte, wenn sie nicht sofort kapiert hätte, dass der Hase eben so lief, dass der Chefredakteur einer so großen und für die Region wichtigen Publikation sich schließlich nicht um jede einzelne der vielen Bewerbungen für Praktika kümmern konnte.

Isabelle dachte nur ganz kurz nach.

Dann hatte sie schon einen Plan.

Der Plan war: Wenn sie zurück wären, dann würde sie sofort in die *ihr*-Redaktion fahren, ihre für sie typischen Eigenschaften Charme und Schönheit spielen lassen und möglichst persönlich bei diesem Kruschel vorsprechen.

Plötzlich klopfte es an der Tür. Es war Alex.

Der verliebte Alex.

Der neugierige Alex.

Der fast schon eifersüchtige Alex.

Der Alex also, der wissen wollte, was zum Teufel sie da tat und weshalb sie so plötzlich davongelaufen war. Alex und Isabelle hatten eine gewisse Stufe an Intimität erreicht. Ja. Das schon. Aber Alex wusste trotzdem vieles – um nicht zusagen das Meiste – von Isabelle nicht.

Isabelle kannte Alex kaum.

Alex kannte Isabelle kaum.

Daran hatte auch die gemeinsame Nacht wenig geändert, die sie vor allem körperlich näher gebracht hatte.

»Was tust du?«, fragte er sie, während er mit den Fingern seiner linken Hand etwas nervös am hölzernen Türrahmen herumpopelte.

»Ich habe eine Mail von Volker Kruschel erhalten, das heißt, von seiner Assistentin. Weißt du noch, das ist der Typ, der im Theater in der *Hamlet*-Pause mit dieser schönen, etwas exotisch aussehenden Frau bei uns am Stehtisch stand. Na ja, sie hatte ihn gefragt, ob er ... und ja, Kruschel ist tatsächlich der Chefredakteur von *ihr* geworden. Weißt du nicht mehr, seine Begleitung hatte ihm doch noch die Frage gestellt, dann haben sie darüber gesprochen und so. Und ich habe mich dort für die Zeit der Sommersemesterferien um ein Praktikum beworben«, sagte sie, als hätte sie diesen Satz vor langer Zeit einmal mehr schlecht als recht auswendig gelernt.

»Und deswegen musstest du so schnell hier nach oben rennen?« Tatsächlich verstand Alex Isabelles Aufregung überhaupt nicht.

Isabelle überlegte.

Sie sahen sich an.

Ja, Alex hatte irgendwie recht. Ihre Reaktion war im Grunde durch nichts zu rechtfertigen. Sie hatte sich um ein Praktikum beworben. Na und! Selbst dass sie es gleich für die Zeit nach ihrem zweiten Semester tat, war zwar früh, aber durchaus kein unnormaler Vorgang bei ihrer Studienkombination, und vollkommen üblich war natürlich auch, dass sie eine Mail bekam, in der sie um Geduld gebeten wurde.

Sie sagte sich: Mensch, Isabelle, bleib cool, komm runter, alles ist vollkommen normal.

»Alex, es tut mir leid«, sagte sie. »Ich habe mich ein bisschen seltsam verhalten. Ich kann dir das auch nicht erklären. Ich kann es noch nicht einmal mir selbst erklären, weißt du, ich glaube, es hängt damit zusammen, dass mich die Geschichte mit dem zerstückelten Chefredakteur irgendwie mitgenommen, nee, äh ...«, ihre Augen blickten zur Decke, ohne dass ihr Kopf sich dabei bewegte, »... na ja, das hat mich irgendwie, weißt du, elektrisiert, ich fand das spannend.« Jetzt war sie mit ihrem Minimalmonolog fertig und schaute Alex mit den schönsten Augen an, die sie machen konnte und also mit einem Gesicht, dem er nicht widerstehen konnte. Er stürzte sich auf sie.

»Erzähl was von dir«, sagte Julia zu Alex, als sie am selben Abend später beim Spaghetti-Essen zusammensaßen und Julia, ohne dass sie jemand danach gefragt hätte, von sich selbst erzählt hatte, davon, dass sie aus dem Osten kam und die frühe Nachwendezeit in Jena als Säugling, dann als kleines Mädchen und später als Jugendliche erlebt hatte und dass ihre Eltern Wissenschaftler waren und echt viel Glück gehabt hatten damals, weil sie nicht »von der Stasi oder sonst irgendwelchen Idioten« ausgespitzelt und verfolgt worden waren und in ihrem originären gelernten Beruf hatten arbeiten dürfen. Es war eine Aufforderung zum Austausch, und es stimmte ja auch: Sie kannten sich im Grunde nicht gut genug, um gleich fünf Tage hier in Grindelwald gemeinsam Ski-Urlaub zu machen.

»Ach, Julia«, sagte Alex, »ich habe immer wieder den Eindruck, dass ihr im Osten zwar Pech hattet, also ich meine politisch, sozial und materiell und so. Ja, Mann, natürlich wollte damals keiner hier im Westen mit euch tauschen. Klar. Aber eure Vergangenheit hat auch Vorteile. Ihr kommt heute zu uns und habt einfach die spannenderen Geschichten. Das ist toll.«

Kleine Pause.

»Nee, das ist echt toll, was du erzählst. Ich finde das spannend. Selbst du hast die spannenden Storys aus einer anderen Welt, obwohl du nur noch die Nachhölle davon erlebt hast. Für uns im Westen war die Wende ja gegeben. Unsere Eltern haben sie zwar erlebt, vielleicht auch emotional erlebt. Aber nicht mit großer Leidenschaft. Deswegen seid ihr im Osten mit der Leidenschaft für diese Wende im Rückblick aufgewachsen oder eben dagegen. Aber kaltgelassen hat sie bei euch keinen.«

»Na ja …«

Mehr fiel Julia in dem Moment nicht ein.

»Ich finde das irgendwie auch«, sagte Isabelle jetzt. »Wo ich herkomme, also ihr könnt euch das vielleicht gar nicht vorstellen, ich meine, ihr müsst mal mit zu meiner Mutter kommen. Das ist mein Ernst. Wir können das mal machen. Meine Mutter lebt in einem Riesenhaus allein. Die freut sich über Besuch. In jedem Fall ist das auch voll eine andere Welt. Voller Reichtum. Voller Bildung. Voller Kultiviertheit. Mir ist das ja fast peinlich. Manchmal fand ich das auch bis zum Kotzen langweilig. Als Kind vor allem. Was du da erlebt hast in deiner Kindheit und Jugend, Julia, war sicherlich wesentlich spannender, prägender und ich meine, es ist echt schade, in Berlin hätten wir immerhin so einiges mitkriegen können von den Problemen der Wiedervereinigung und so. Aber bei mir in Zehlendorf: nada en absoluto!«

»Hey, du würdest auch anders reden, wenn du das in Jena erlebt hättest, da bin ich mir sicher«, sagte Julia, die sich jetzt noch von dem Wein nachschenkte. »Auf so manches hätte ich sehr gern verzichtet in den Jahren zwischen 1995 und 2010.«

»Ich aber auch«, sagte Isabelle.

»Ach kommt, ihr seid doch beide total privilegiert aufgewachsen, du, Isabelle, in deiner reichen Westberliner Nobelfamilie, und du Julia, in deiner Elitefamilie des Ostens«, analysierte Gregory die Lage.

Plötzlich war es einen Moment still.

Alle schienen zu überlegen.

Wein floss in Gläser. Spaghetti rollten sich um Gabeln. Brösel brechender Brotkrusten fielen auf die rotweiß karierte Tischdecke.

»Du nicht?«, fragte Julia plötzlich. Sie blickte zu Gregory.

»Nein, ich nicht.« Gregory spürte ein etwas peinliches Gefühl in sich aufkommen, ein Gefühl, das er vor allem von früher her sehr gut kannte und gegen das er seit einiger Zeit immer erfolgreicher ankämpfte. Früher, am Alexander-von-Humboldt-Gymnasium, als er irgendwann bemerkt hatte, dass er im Grunde ausschließlich von Kindern aus gut situierten und eher wohlhabenden Akademikerfamilien umgeben war, da hatte Gregory solche Gespräche immer vermieden und geglaubt, er sei seiner Herkunft wegen weniger wert als die anderen seiner Altersklasse. Manchmal war das sogar so weit gegangen, dass er seine Herkunft, seine Familie und all die Verwandten, die er einmal jährlich zwangsläufig hatte sehen müssen, verdammt hatte. Gregory wäre damals gern jemand anderes gewesen, und aus diesem Wunsch hatte sich eine große Kraft entwickelt, die ihn irgendwann Mut und den Entschluss hatte fassen lassen, stolz auf sich zu sein, stolz darauf, zu jenem kleinen Teil der Menschen zu gehören, der es trotz der Herkunft aus einfachsten Verhältnissen und aus eigenem Antrieb heraus zu einem guten Abitur und einem ordentlichen Studium gebracht hatte.

»Wieso?«, sagte Isabelle, die in ihren Gedanken immer wieder in Richtung Kruschel und *ihr*-Redaktion abgedriftet war. Ihr Erstaunen darüber, dass es jemanden um sie herum gab, der nicht aus privilegierten Verhältnissen kam, bemerkte sie erst zu spät.

»Ganz einfach: Weil mein Vater Klempner von Beruf ist und meine Mutter im Supermarkt an der Kasse aushilft. Meine Eltern haben 3.000 Euro zum Leben. Brutto. Unterste Mittelklasse.«

Sie wussten nicht, wie sie darauf reagieren sollten. Doch das mussten sie auch nicht, denn Gregory legte nach.

»Hey, ihr braucht nicht so betreten dreinzuschauen. Ich stehe dazu, und ich denke, ihr seid einverstanden, wenn ich sage, dass wir Menschen uns nicht nach dem beurteilen sollten, woher wir stammen, sondern nach dem, was wir sind. Du Isabelle, zum Beispiel, du willst doch nicht, dass Alex auf dich scharf ist, weil du aus der besten Gegend Berlins stammst und deine Eltern Kohle haben.« Gregory fügte, ganz leise, noch einen Relativsatz an das Gesagte dran, den sie zunächst ignorierten: »... die sie anderen weggenommen haben.«

Klar murmelten sie jetzt Jas und Okays über den Tisch, und die waren noch nicht einmal verlogen. Doch langsam wurde zumindest Isabelle die Tragweite der politische Botschaft dessen klar, was Gregory da noch leise angefügt hatte. Isabelle dachte kurz nach.

»Hey, Gregory, das, was du eben gesagt hast, unterstreiche ich natürlich. Wir beurteilen uns nach dem, was und wie wir sind. Aber das trifft dann auch umgekehrt zu: Wenn du meinst, dass meine Eltern anderen das Geld weggenommen haben, dann kannst du das doch nicht mir anlasten!«

»Das tu ich doch nicht! Jeder, der Geld anhäuft, nimmt es anderen weg. Das ist doch logisch. Wenn wir alles in Deutschland vorhandene Geld gerecht verteilen würden, hätten wir zwar keine Porsche- und Jaguar-Fahrer mehr, aber in harten Wintern auch keine erfrorenen Obdachlosen. Wisst ihr, das kotzt mich an unserer Gesellschaft so an, und du, Julia, wirst mir da wohl recht geben müssen, weil der Osten früher anders funktioniert hat; du hast dich doch sicher damit beschäftigt, oder?« Julia nickte vorsichtig. »Also dass unser Wohlstand, dieses sich Fettfressen und Totalabsichern gegen jede auch nur so geringe Gefahr, immer und total auf die Kosten der anderen geht, also auf Kosten von Schwächeren und so weiter.«

»Na ja, da ist jetzt kein BWLer unter uns«, schaltete sich jetzt auch Alex in die Diskussion ein. »Ein BWLer, also ich kenne da einige, der würde uns sicherlich erklären können, dass wir, und auch warum wir im besten System aller Zeiten leben und dass es – übrigens auch der breiten Masse – den Menschen noch nie so gut ging.«

»In Deutschland«, sagte Gregory.

»Was?«, fragte Alex.

»Ich sagte: in Deutschland. Es ist ja wohl kein Geheimnis, dass unser Wohlstand – das heißt, der Wohlstand aller Industrienationen – sich auf Kosten der armen Länder in der Dritten Welt aufbaut.«

So ging das weiter. Isabelle, Julia, Alex und Gregory führten hier eine Unterhaltung, die für junge Studenten als durchaus anspruchsvoll gelten durfte. Vom Hundertsten ins Tausendste kamen sie dabei, leerten mehrere Flaschen Wein und fühlten sich irgendwann so mächtig, dass sie wirklich das Gefühl – oder sollen wir sagen: die Illusion – hatten, die Welt verändern zu können. Vier junge Menschen wurden sich hier politisch und sozial fast einig, dass etwas geschehen müsse auf der Welt, die ungerecht sei und von einer jüngeren, weiseren und weitsichtigeren Generation, also ihnen, verändert werden müsse. In diese Stimmung der Übereinkunft und leichten Trunkenheit, in die Gedanken, die hin und her pendelten zwischen politischer Aktivität und sexueller Begierde, wie sie junge Menschen spüren, brach plötzlich das Schrillen eines Telefons hinein. Es dauerte einen Moment, bis sie begriffen, was geschah, doch dann holte Isabelle ihr Gerät aus der Tasche, tippte auf das Display, nahm ihr iPhone ans Ohr und sagte in fast majestätischer Manier: »Von Waldenberg!«

»Kommissarin Nümflinger!«, sagte sie in fast entsetztem Überraschungston und änderte dabei ein wenig ihre Gesichtsfarbe. Dann sagte sie lange nichts. Hörte. Atmete. Hörte wieder. Und auch die anderen versuchten zu hören. Atmeten. Versuchten zu hören. Sie merkten, dass hier etwas Außergewöhnliches passierte oder zumindest verkündet wurde. Das Gespräch dauerte vielleicht fünf Minuten. In dieser Zeit tauschten die drei Studenten rätselhafte Blicke und Tuscheleien aus. Isabelle redete wenig. Bisweilen hörte man ein »Ja« von ihr, dann »ich verstehe«, dann ein »ja, das kann ich sicherlich einrichten. Ich werde da sein«. Und als Isabelle das Telefonat mit »bis dann, Frau Kommissarin« beendet hatte, stürzten sie sich buchstäblich auf sie mit ihren Fragen.

Und Isabelle?

Sie erzählte natürlich alles. Von Anfang bis Ende. Erzählen gehörte zu ihren Lieblingsbeschäftigungen. Es bahnte sich ein neuer Band ihrer Autobiografie an: »Isabelles Journal XII – Die Suche nach dem toten Professor«.

Redaktionsgespräche

Kruschel wieder. Kruschel, der Chefredakteur. Kruschel, der Sympathische. Kruschel, der Unsympathische. Kruschel, der durch Zwiespalt in die Krankheit Schlitternde. Kruschel, der jetzt war, was er immer sein wollte: Chefredakteur anstelle des Chefredakteurs.

Klar: Sauer. Vor allem der hatte damit ein Problem. Sauer, so schwirrte es ihm täglich durch den Kopf, war länger im Haus als Kruschel, und Sauer war mit Sicherheit besser. Der bessere Journalist. Das wusste er auch. Sauers großer Nachteil aber war, dass er nicht vernetzt war im stinkenden Sumpf der lokalen und regionalen Politik und Wirtschaft.

Er war nicht wie Kruschel Mitglied in einem der wichtigen Clubs und hatte nicht beste Beziehungen zu den Mächtigen.

Er war auch nicht wie Lind, der zwar außerhalb wie innerhalb der Redaktion ein eher bescheidenes gesellschaftliches Leben geführt und private Kontakte eigentlich nur durch seine Aktivitäten im ländlichen Tennisclub aufgebaut hatte. Der aber trotzdem auf wundersame Weise vernetzt gewesen war im Großstadtdschungel der Beziehungen.

Angst hatten sie vor Kruschel schon immer gehabt. Ihnen war immer klar gewesen: Was sie Kruschel anvertrauten, wusste kurz darauf auch Lind. Nun aber hatte das Misstrauen eine ungeahnte Dimension erreicht. Was sie Kruschel anvertrauten, wusste der Chefredakteur zeitgleich. Deswegen war es schwer für Kruschel, überhaupt noch Kontakt zu jener Redaktion zu bekommen, die durch einen Brief sogar noch gegen seine Ernennung protestiert hatte, wie er zuerst von Sauer, dann von Meier erfahren musste. Es hatte sich also ein unüberwindbarer Graben zwischen ihm und den Journalisten aufgetan. Er hatte keinen Arm in die Mannschaft, die im Grunde machte, was sie wollte, bis er mit einem Machtwort einschritt und drohte, was seinem Wesen aber irgendwie nicht entsprach.

Er traf sich – zum längst ausgemachten Date – wieder mit Maria, ging mit ihr ins Theater, stand mit ihr in den Pausen an kleinen Bistrotischchen und ließ sich erklären, was sie gesehen hatten, von Goethes *Faust* über Büchners *Woyzeck* bis hin zu modernen Stücken, Uraufführungen, die Kruschel irgendwie allesamt etwas profan vorkamen, weil sie ohnehin nur abbildeten, was er kannte: die Welt dort draußen, über die sie in ihren *ihr*-Ausgaben täglich berichteten. Maria hatte für solche Stücke ein anderes Sensorium. Sie war auf eine Weise daran interessiert und davon fasziniert, die Kruschel wiederum nicht verstehen konnte.

Die Verbindung mit Maria, das wurde ihm erst allmählich bewusst, war zu riskant. Wenn er recht hatte und sie nicht, wie zwischenzeitlich vermutet, beim BND arbeitete, sondern tatsächlich ein Leben in der Zwischenwelt von Philosophie und Erotik führte, was sie ja immer noch nicht zugegeben hatte, so konnte er sich bei gesellschaftlichen Anlässen – und ein Theaterbesuch gehörte unzweifelhaft hierzu – unmöglich mit ihr blicken lassen. Sehr schnell würde sich herumsprechen, dass sich der – wohlgemerkt unverheiratete und mehr oder weniger nicht liierte – Chefredakteur von *ihr* mit einem schönen Callgirl die Zeit vertrieb. Hier hätte es ein enormes moralisches Problem gegeben, entstehend aus der Diskrepanz des gezielt vertretenen ethischen Standpunktes der Zeitung und dem Verhalten ihres obersten Journalisten. Der Schaden für das Unternehmen und schließlich für ihn selbst war nicht kalkulierbar.

Maria merkte das. Sie war eine sensible Person.

»Volker«, sagte sie bei dem Treffen, das ihr letztes werden würde, »seit du Chefredakteur bist, hast du dich wahnsinnig verändert. Wir sollten aufhören, uns zu sehen. Das macht so keinen Sinn mehr.«

Gesagt.

Getan.

Die Trennung von Maria, die Kruschel seit Jahren so wichtig gewesen war, die einen Pfeiler in seinem Leben außerhalb der Redaktion und für seine geistige Fitness ein Kontinuum dargestellt hatte – diese Trennung von ihr erfolgte mit einer Laut- und Ereignislosigkeit, die ihm selbst Angst machte.

Kruschel fühlte nichts.

Rein gar nichts.

Wenn er es nicht schon zuvor gewesen war, so hatte sich Kruschel spätestens jetzt zu so etwas wie einem Mann ohne Gefühle entwickelt, zumindest aber zu so etwas wie einem Mann ohne ernst zu nehmende Gefühle.

Er hatte sich eine kleine Wohnung in der Stadt genommen und sich einmal mit Jo getroffen, um sich mit ihr auszusprechen. Sie gingen in eines der besten Restaurants der ganzen Region. Kruschel war ehrlich zu ihr. Immerhin. Sie fühlte sich bestätigt in ihrem Handeln und bereitete sich derzeit auf ihre erste Ausstellung außerhalb des Landes vor, die Guido Attinger für sie in Paris organisiert hatte – immerhin im berühmten jüdischen Viertel: dem Marais. Auf diese Weise hatten sie beide also nicht gerade viel Zeit, um sich Gedanken über ihre Situation und die Gefühle der Trennung zu machen. Ohnehin waren es ja nur drei Jahre gewesen, die sie zusammen gewesen waren.

Drei Jahre.

Das war fast nichts.

War er in der Zeit als Ressortleiter *Vermischtes und Medien* hin und wieder einmal durch einen Artikel oder einen Kommentar in Erscheinung getreten, so schaffte Kruschel jetzt, das wurde ihm schnell klar, noch nicht einmal das. Das lag am Verständnis seines neuen Aufgabenbereichs.

Unter Unternehmenskultur könnte man die Gesamtheit an Verhaltensweisen in einem Unternehmen über eine längere Zeit sehen. Es gibt Dinge in einem Betrieb, die werden unbewusst fortgeschrieben. Wie Chefs mit Mitarbeitern umgehen. Wie Mitarbeiter miteinander umgehen. Wie sich Mitarbeiter gegenüber Chefs verhalten. Wie Vorgesetzte mit Druck umgehen, den sie von oben bekommen. Wie Vorgesetzte mit Druck umgehen, den sie von unten bekommen. Und wie daraus ein Geflecht an mehr oder weniger zerrissener Loyalität in alle Richtungen einhergeht. Auch ein ambitionierter und, sagen wir, human eingestellter Personalchef kann daran nichts ändern. Er trifft auf mühsam gewachsene und dadurch verkrustete Beziehungsstrukturen.

Im Falle von *ihr* war da also weder ein Wir-sind-froh-dass-Sie-bei-uns-sind-Feeling noch ein Gute-Arbeit-Gefühl an der Tagesordnung. Das Gegenteil war hier der Fall: Alle arbeiteten in dieser GmbH mit einer Der-will-mir-an-den-Kragen-Angst, was naturgemäß nicht nur eine Spaßbremse, sondern auch ein Qualitätshemmer war, was wiederum auch mit der Auflagenentwicklung zu tun gehabt haben könnte.

Kruschel musste sich also einer Rolle fügen, die über Generationen von einem Bild ausgefüllt worden war.

Das wurde von ihm erwartet.

Das gehörte zur Kontinuität der *ihr*-Verlags-GmbH.

So hatte er vom Kontrollfreak Lind über Jahre gelernt, wie unwichtig die Qualität des journalistischen Schreibens für einen Chefredakteur war und wie wichtig hingegen seine Kontrolle der redaktionellen Vorgänge. Lind verstand seine Rolle im Grunde nicht als Chefredakteur. Er verstand sie als Redaktionssupervisor, als eine Art Redaktionsdirektor, eine Funktion, die es in manchen Blättern neben dem Chefredakteur tatsächlich gab.

Aber eben neben dem Chefredakteur!

Nicht an seiner Stelle!

Entscheidungen wurden von so einem Menschen, wenn überhaupt, immer erst am Ende eines Redaktionstages getroffen. Der Supervisor sah sich die Gesamtheit aller Vorschläge und Tagesentscheidungen an, kam aus dem Hinterhalt seines Chef-Bunkers heraus und wischte, wenn es sein musste, manchmal nach reiflicher, manchmal nach weniger reiflicher und manchmal nach gänzlich unreifer Überlegung einfach alles vom Tisch. Das letzte Wort hatte nun einmal der Chefredakteur. Er war auch verantwortlich im Sinne des Presserechts. Das war zwar in allen Zeitungen so. Doch waren Chefredakteure oft nicht nur Chef, sondern auch Redakteur.

Eine Art Primus inter Pares.

Kruschel dachte, um kein Ansehen und keine Macht zu verlieren, dürfe er sich bloß keine Blöße geben. Er würde es schwer haben, das spürte er, und deshalb würde er vorgehen müssen wie Lind, also sein ganzes Machtinstrument auf einem Lügen- und Angstgerüst aufbauen. Kruschel erschrak vor sich selbst, als er diese Dinge zum ersten Mal dachte, doch sein Schicksal war: Er konnte nicht anders. »Du hättest damals sofort kapitulieren müssen«, würde Kruschel zuerst zu sich, dann zu seiner Tante Hedwig schon wenige Monate nach der Sache, die sich ja irgendwann einigermaßen aufklären sollte, sagen. Doch dann würde es für einen einsichtigen Rückzug bereits zu spät sein.

Inzwischen sprachen die Kollegen von den alten Geschichten. Wo? In der Kantine natürlich. Heute war Joachim Bieber dabei, Dr. Joachim Bieber, leisetretender Chef des überaus wichtigen Lokalteils. Bieber war als Kollege nicht sonderlich beliebt und angesehen, aber ein lieber Kerl, der in seiner Freizeit auf sehr hohem Niveau mit seiner Gattin das Tanzbein schwang.

Bieber also. Er erzählte, wie er einmal eine Stunde »auf dem Büßerbänklein im *Führerbunker*«, wie er mit hart rollendem »R« sagte, zwischen Lind und Sauer hatte sitzen und sich Vorwürfe anhören müssen. Alles Vorgebrachte war in seiner Sammlung und Konzentration nicht nur eine bodenlose Unverschämtheit und haarsträubend, sondern das meiste davon auch ganz einfach falsch gewesen. Doch das hatte Bieber im Gespräch, zu dem er eine fast harmlose Einladung bekam, nicht nachweisen können.

»Aber das kannst und willst du in diesem Moment auch nicht. Denn was hier zählt, ist nicht die Wahrheit, sondern wie, aus welchem Grund (Rache!) und von wem die Lüge vorgebracht wird.«

Bieber echauffierte sich an diesem Tag für seine Verhältnisse ungewöhnlich. Es war einer der ersten Dienstage unter dem Chefredakteur Kruschel, mit dem sie, das fühlten alle sehr schnell, ebenso wie mit Lind in eine eher schwierige Zukunft zu blicken hatten. Lind, so Bieber, habe ihm bei dem besagten Treffen also vieles vorgeworfen, vorgeworfen, der von Redakteuren geschriebene Eigenanteil sei zu niedrig. In Wahrheit war er, so hatte Bieber akribisch recherchiert und hätte dies also statistisch belegen können, hoch und hätte nur durch eine noch bessere Personalausstattung auf Richtung einhundert Prozent gesteigert werden können, was sicherlich ein Einzelfall in der deutschen Presselandschaft gewesen wäre. Lind habe ihm vorgeworfen, Biebers Redakteure machten, was sie wollten, was definitiv nicht stimmte, denn alles, was im Ressort geschah, musste über Biebers Tisch, an dem er täglich saß und herrschte. Lind äußerte diese Vermutung aufgrund eines einzigen Vorfalls, einer Sache, in der Bieber nicht richtig gehandelt hatte. Lind habe ihm, Bieber, auch vorgeworfen, er selbst, Bieber, würde zu wenig produzieren. Das habe Bieber am meisten auf die innere Palme gebracht, weil er selbst einer der Ressortchefs war, die am allermeisten schrieben, und sich den Vorwurf von einem anhören musste, der rein gar nichts schrieb.

Nichts.

Nichts.

Nichts.

»Zumal«, so sagte Bieber jetzt mit einer durchdringenden Stimme, »es gibt durchaus Ressortleiter, die es bei der Produktion von weit weniger heiklen Inhalten wesentlich leichter haben als ich!«

Gemeint war damit, das wusste jeder in der Runde mit Bauer, Hund und Essinger, niemand anderes als: Volker Kruschel. Bieber also sei fast geplatzt bei dieser »Hinrichtung«, wie er sich ausdrückte.

Es war ein magischer Moment, denn alle dachten im selben Augenblick: Lind, das dreckige Schwein.

»Aber ich habe mich nicht verteidigt«, sagte Bieber.

Es war still geworden. Sie dachten nach.

»Wieso nicht?«, fragte einer.

»Ihr wisst: Das bringt, äh, das brachte nichts. Der Typ war doch total krank!« Bieber lachte fast gellend, als er das sagte. »Und nun haben wir statt der Pest die Cholera.«

Wieder Stille.

Erinnerungen rauschten in den Ohren.

Bilder leuchteten vor ihren inneren Augen auf.

Von Bieber war man solch kritische Töne nicht gewohnt.

»Verdammte Scheiße, Mann! Hätte es uns nicht besser ergehen können in diesem einen Leben?«

Natürlich war es eine rhetorische Frage.

Natürlich war die Pause zu Ende.

Natürlich.

»Herr Doktor, äh, Achim«, meldete sich die Bauer wie immer mit sächsischem Einschlag, »lass uns das Beste draus machen. Das ist wichtig für die Welt, für Deutschland und auch für uns ganz persönlich, glaub mir.«

Sie hob ihr Glas Coke und prostete den anderen zu.

Bieber sagte: »Du hast recht. Natürlich hast du recht. Immer hast du recht. Wir müssen weitermachen und dürfen uns den Mut, unsere positiven Gedanken, unsere ganze Berufung nicht von idiotischem Gedankengut verschütten lassen. Es geht weiter. Es geht immer weiter. Irgendwie!«

Kruschel, so sensibel war er, spürte den Hass, der ihm nun entgegengebracht wurde. Hass war schlimm. Hinzu kam aber, dass ihn 141 von 141 Kollegen nicht ernst nahmen, nicht ernst nehmen konnten. Zu diesen 141 zählte er sich selbst sogar noch hinzu und fragte sich schon, ob Lind sich in seinen Anfängen nicht in einer ähnlichen Situation befunden hatte und deswegen nach wenigstens einem Alliierten, Kruschel, Ausschau gehalten hatte. Aber wer, so fragte er sich, könnte mein Verbündeter sein, wenigstens einen hätte er verdient.

»Sagen Sie mir, was ich tun soll?«, sagte er zu Harry Kamus bei seiner vierten Sitzung, »sagen Sie's mir. Bitte. Ich dachte, es ginge nicht mehr tiefer mit mir, als es vor ein, zwei Wochen war. Aber nun hat sich die Lage verschärft. Ich brauche Alliierte. Zumindest einen Freund.«

»Ich bin zwar kein Freund, Herr Kruschel, aber ich bin der Verbündete«, sagte Kamus.

Kruschel war tatsächlich am Ende und fragte sich, ob er nicht schon morgen einfach zu Meier gehen und ihm seine Lage schildern solle, ihn darum bitten solle, doch Sauer als Chefredakteur zu nehmen und ihn, Kruschel, wieder zum Ressortleiter *Vermischtes und Medien* zu machen, was rein vertraglich sogar zugesichert war (in Kruschels Vertrag stand, dass, falls er als Chefredakteur abgesägt werden sollte, er mindestens einen Vertrag als Ressortchef bekommen müsse).

Doch er tat es nicht.

Er hatte Angst.

Große Angst.

Täuschung und Wahrheit

Wissenschaftlich anmutende Damen und Herren in weißen Kitteln wuselten durch Labore, in denen sich allerlei Material befand. Kolben, Mikroskope, Pinzetten, Scheren und allerlei anderes Werkzeug ergab eine von kaltem Neonlicht erhellte Landschaft seelenlosen Materials, hässlich flimmernde Computerbildschirme hatten in der Szenerie noch das meiste Leben. Kriminaltechnik ist ein interessanter Beruf, der Seelen aufspürt, Leben, Ereignisse, Verbrechen, Martern und Gemeinheiten, kurz das, was geschehen war, bevor man sie rief.

Im Fall der Untersuchungen von Linds weißem Mercedes war das ein recht klares Ergebnis: dass nämlich in Linds Auto nur ein Mensch gesessen haben konnte – Helmuth Lind. Die Leute der Polizei hatten die DNA von Partikeln aus dem Auto mit der von Bartstoppeln aus dem elektrischen Rasierapparat verglichen, den Christina Lind ihnen ausgehändigt und mit dem Helmuth Lind sich täglich – manchmal sogar zweimal – seine Schifferkrause streng und akkurat gestutzt hatte. Sie hielten es in der Folge dieser Entdeckungen und der Frische der Spuren für so gut wie ausgeschlossen, dass jemand anderes als Lind selbst das Auto am Frankfurter Flughafen abgestellt hatte, es sei denn, dieser Jemand hätte einen Ganzkörperschutzanzug aus Plastik getragen, womit die Polizei es mit einem besonders gut, wenn nicht perfekt organisierten Verbrechen zu tun gehabt hätte, was man mehr oder weniger ausschloss.

Das ergab keinen Sinn und machte alles noch mysteriöser.

»Das hatte ich in den dreizehn Jahren meiner kriminalistischen Laufbahn noch nicht«, sagte Nümflinger, eine Tasse Kaffee in den Händen haltend, zu einem ihrer Mitarbeiter, als sie telefonisch von dem frischen Fahndungsergebnis erfahren hatte. »Ein Mann soll an den Frankfurter Flughafen gefahren sein, ohne dass das jemand weiß. Am nächsten Tag wird frühmorgens seine zerstückelte Leiche einige hundert Kilometer von dort entfernt aufgefunden. Und auch hiervon hat niemand etwas bemerkt. Da stimmt doch etwas nicht. Das ergibt keinen Sinn.«

Nümflinger war tatsächlich so ratlos wie noch nie. Das hatte sogar einen Ansteckungseffekt auf die gesamte Abteilung. Verwirrung und Unsicherheit machten sich breit. Doch Nümflinger wäre nicht Nümflinger gewesen, also die Kämpferin Lena, die sie schon zu Schulzeiten gewesen war, wenn sie jetzt nicht nervös auf und ab gegangen wäre und dabei vor sich hin gebrabbelt hätte.

»Wir werden hier von irgendjemandem grundsätzlich ...« Sie wollte »verarscht« sagen, besann sich aber eines Besseren und fügte ein »... getäuscht« an. »Alles ist ganz anders, als wir denken. Da bin ich mir ziemlich sicher. Jemand ver..., äh, täuscht uns hier nach Strich und Faden. Und wir gehen diesem Jemand voll und ganz auf den Leim.«

Da stand sie nun, Lena Nümflinger, die erfahrene, die kluge und junge und schöne und blonde Kommissarin mit ihren rund 40 Jahren und konnte im Moment nur dies tun:

Atmen.

Denken.

Schweigen.

Und sie hatte dabei einige Zuschauer.

Als sie damit fertig war und ihr nachdenkliches Gesicht wieder den für eine erfolgreiche Kommissarin üblichen Ausdruck von Entschlossenheit annahm, fuhr sie sich mit der Zunge über die Lippen, fasste gleichzeitig ihre Gedanken zusammen und sprach zu ihren Kollegen. Denn sie hatte einen Plan.

»Rekapitulieren wir. Es gibt drei wahrscheinliche Möglichkeiten. Nummer eins: Jemand hat Helmuth Lind woanders als in der Redaktion ermordet, ihn zerstückelt und in einem unbeobachteten und schnellen Akt, der sehr gut vorgeplant gewesen sein muss, in der Empfangshalle des *ihr*-Gebäudes verteilt. Dann hat er Linds Auto in einem perfekten Schutzanzug bestiegen, ohne auch nur ein Haar oder eine Hautschuppe zu verlieren, ist nach Frankfurt gefahren und ...«

Nümflinger machte jetzt ein luftiges Geräusch, das einem leichten Pfeifen glich, und führte mit ihrer rechten Hand eine Diagonalbewegung nach oben aus.

»... und hat anschließend die Fliege gemacht. In diesem Fall dürfte es sich um einen Täter handeln, der sich jetzt woanders aufhält, wobei ich anmerken möchte, dass wir keinerlei Hinweise darauf haben, wo. Denn wir wissen ja nicht, um wen es sich handelt. Für diese Variante spricht eine gewisse Logik, sie schildert eine naheliegende Möglichkeit. Nummer zwei: Lind selbst ist am Abend aus unerfindlichen Gründen nach Frankfurt gefahren, hat sein Auto dort abgestellt und wurde danach irgendwo abgefangen, ermordet, zu *ihr* transportiert und so weiter. Gegen diese Variante spricht sehr vieles – allein schon die Tatsache, dass Lind ohne Wissen anderer nach Frankfurt zum Flughafen gefahren ist. Nummer drei ...«

Nun holte Nümflinger tief Luft. Die Stimmung war zum Zerbersten gespannt. Sie wurde angesehen, das spürte sie. »Nummer drei: Der Tote war, obwohl dies rational absolut undenkbar ist und die Identifizierung der Leiche durch die Frau des Opfers eindeutig war, ...«, Nümflinger machte, als wollte sie die Spannung noch steigern, eine kleine Pause, »... nicht Helmuth Lind.«

Hui!

Nachdem sie dies gesagt hatte, machten sich sofort ein Murmeln und ein Getuschel breit. Doch Lena Nümflinger beherrschte die Situation, fuhr sich mit der Zunge über die Lippen, mahnte ihre Kollegen zur Disziplin und fuhr fort. Dass es im Folgenden zunächst am einfachsten und schnellsten war, These Nummer drei zu überprüfen, lag auf der Hand.

Zwar wurden am Flughafen die Daten aller Passagiere angefordert, die in den 24 Stunden zwischen 20 Uhr am Tag vor der Entdeckung der Tat und 20 Uhr einen Tag später abgeflogen waren, und auch die Aufzeichnungen sämtlicher im Flughafen stationierter Kameras, inklusive derer aus dem Parkhaus. Doch das konnte dauern, handelte es sich an Europas größtem Flughafen doch um ein enormes Reiseaufkommen.

Gleichzeit wurde die Wiederaufnahme der Untersuchung von Linds Daten aus der Pathologie beantragt, man wolle, so hieß es in dem Schreiben, das die Staatsanwaltschaft formulierte, überprüfen, ob bei der Identifizierung von Helmuth Linds Körper ein Fehler unterlaufen sei.

Wir können, was in diesen Tagen geschah, zusammenfassen. Die Ereignisse überschlugen sich. Zuerst bestätigten die von Professor Stefan Sperber vorsorglich durchgeführten Daten des DNA-Tests, dass der Tote Helmuth Lind gewesen sein musste, dann wurde – auf Anraten Sperbers »zur tausendprozentigen und also superabsoluten Sicherheit« – nach der autorisierten Exhumierung des Körpers noch ein Zahn- und Kieferabgleich mit den Unterlagen von Linds Zahnarzt gemacht.

Und der ergab: Der Tote konnte nicht Lind sein.

Also war er es auch nicht.

Der Tote war also nicht Lind?

Aber wer war er dann?

Das war durchaus ein Problem.

Nümflinger stand neben Sperber, als dieser ihr davon berichtete, und sie wirkte wie eine Schülerin mit schlechtem Gewissen.

Sperber rief: »Teufel noch mal!«

Nümflinger rief: »Da haben Sie allerdings mal recht!«

Sperber freute sich, genoss seine Macht und Überlegenheit in diesem Augenblick und lächelte übermütig hinter seiner dicken Brille. »Euer Helmuth Lind muss«, er kicherte mechanisch, »einen Zwilling gehabt haben.« Sperber kicherte erneut und fügte an: »Einen eineiigen Zwillingsbruder, versteht sich.«

Das Gesicht, das Nümflinger daraufhin machte, lässt sich gar nicht mehr beschreiben.

Ihre Pupillen weiteten sich.

Sie war entsetzt.

Und Sperber? Der führte daraufhin, allerdings mehr begeistert als bestürzt, die genetischen Eigenarten von eineiigen Zwillingen aus, deren Erbmaterial vollkommen identisch sei. Und trotzdem, so erklärte Sperber, könne man Zwillinge unterscheiden, weil sie sich andere Narben zuzogen, ihre Organe aufgrund unterschiedlicher Ernährung unterschiedliche Entwicklungen machten und vor allem auch die Zähne und Zahnstände unterschiedlich seien, weil Zwillinge, obwohl sie in den meisten Familien über lange Zeit ein nahezu identisches Leben führten, danach sehr wohl auch anders lebten, aßen und sich verletzten.

»Das würde ja bedeuten, dass Helmuth Lind noch lebt ...«

Entsetzen überzog ihr Gesicht.

»... und dass stattdessen sein Zwillingsbruder tot ist. Was sagt uns das? Wurde er verwechselt?«, fragte die Kommissarin, der in diesem Moment ein Schauer über die zarte Epidermis ihres muskulösen Rückens hinabfuhr.

Dass diese Nachricht sich nicht zurückhalten ließ und in der Folge wie ein Lauffeuer verbreitete, wozu freilich nicht nur das *ihr*-Internet-Portal und *ihr*-Printprodukt maßgeblich beitrugen, sondern auch alle anderen Medien der Republik, war mehr als verständlich.

Die *Frankfurter Allgemeine Zeitung* berichtete.

Die *BILD* berichtete.

Die *Welt* berichtete.

Die *Süddeutsche Zeitung* berichtete.

Die *Tagesschau*, das *Heute Journal*.

Alle berichteten – und zwar auf den besten Sende- und Blattplätzen.

In Deutschland und der gesamten Welt.

Le monde, *El païs*, *Herald Tribune*, *Corriere della sera* und selbst die wichtigsten US-amerikanischen Zeitungen, die *Wa-*

shington Post oder die gute alte *New York Times* schrieben über den so gruseligen wie kuriosen Fall Lind.

Plötzlich entwickelte sich die Sache vollkommen ominös weiter. Sie wurde zu einem über die Grenzen der Republik verbreiteten Medienereignis, das wie eine Sensation behandelt wurde.

Doch die Ermittler: standen ziemlich doof da.

Wie hatte ihnen so ein Fehler unterlaufen können? Wie hatte passieren können, dass bei der Identifizierung der Leiche in der Pathologie nicht einmal die eigene Frau des vermeintlichen Opfers bemerkt hatte, dass es sich bei ihm nicht um den eigenen Mann, sondern um dessen Bruder handelte? Und weshalb wurde der Bruder nicht vermisst?

Nümflinger suchte nach Erklärungen hierfür und sagte sich nach einigen Selbstvorwürfen: Na ja, so wie die Leiche zusammengeflickt gewesen war, konnte man Christina Lind nicht verübeln, dass sie nicht näher an ihren falschen toten Mann herangetreten war und nur einen flüchtigen Blick auf ihn geworfen hatte, und überhaupt: Wenn Linds Bruder exakt gleich aussah, frisiert, angezogen und hergerichtet war – wer hätte dann überhaupt noch einen Unterschied feststellen können? Außerdem hatten sie in dem Körperteil, das die Partie des Sakkos enthielt, in dem sich die Innentasche befand, Helmuth Linds Brieftasche samt Papieren gefunden. Den Führerschein, den Personalausweis, die Bankkarte, das ganze Bargeld und vieles mehr. Das war einer der Gründe, weshalb sie einen Raubmord sofort ausschließen konnten. Es hatte also nicht den geringsten Grund gegeben, daran zu zweifeln, dass es sich bei dem Toten um Helmuth Lind gehandelt hatte.

Aber warum hatten sie nicht gewusst, warum hatte ganz offensichtlich niemand gewusst, dass Helmuth Lind einen Zwillingsbruder gehabt hatte?

Natürlich hätten sie versucht, ihn zu kontaktieren und gemerkt, dass er verschwunden war. Sie hätten sofort in eine ganz andere Richtung gefahndet. Und warum, zum Teufel, hatte, nachdem Lind keine Eltern oder sonstige nähere Verwandte mehr hatte, die sie hätten befragen können, nicht wenigstens Christina Lind, Helmuth Linds eigene Ehefrau, diesen Bruder einmal erwähnt?

Wenigstens ein einziges Mal!

Auch dafür, so schloss Nümflinger, konnte es im Grunde nur zwei Erklärungen geben: Entweder Frau Lind hatte mit der ganzen Sache zu tun, oder sie wusste bis dato selbst nicht, dass Helmuth Lind einen Zwillingsbruder hatte.

Klar: Wenig später stand Nümflinger in dem Dorf am Fluss vor Linds Haus und drückte den Klingelknopf. Christina Lind war nicht zu Hause. Nümflinger aber beschloss zu warten. Die Zeit verging, und irgendwann bog Frau Linds BMW um die Ecke und hielt vor dem Haus. Sie trafen sich vor dem Tor zum Grundstück der Linds.

»Das bedeutet ...«, Christina Lind hielt ein und den Mund offen und machte eine lange Pause.

Eine sehr lange Pause.

Ihr Gesicht verformte sich. Es nahm die Gestalt des Entsetzens an. Und fast hätte Christina Lind geschrien. Für die arme Frau bedeutete die Nachricht das Zusammenbrechen einer ganzen Welt im Zeitraffer, »das bedeutet, dass Helmuth noch leben könnte, ich meine, dass er tatsächlich noch lebt, dass er einen Bruder hatte, von dem ich nichts wusste?« Sie sah wirklich mitgenommen aus in diesem Moment. Es überforderte sie, das war klar, und von Frau zu Frau schlug Nümflinger nun vor, erst einmal ins Haus zu gehen, sich zu setzen, etwas zu trinken, sich zu beruhigen, zu reden und so weiter.

Das taten sie.

»Ja, wir gehen davon aus, das heißt: Wir müssen davon ausgehen«, sagte Nümflinger, die jetzt neben Christina Lind auf jenem Sofa saß, in das sie die Frau einst nachts hatte fallen sehen, mit einer Zigarette in der einen Hand und einem Glas Cognac in der anderen, in das Sofa, in das sie sich selbst gern gesetzt hätte damals, in dem Moment, als sie draußen im Schnee gestanden und unendlich gefroren hatte.

Die Erinnerungen kamen.

Die Treffen.

Kruschel.

Volcker.

Immer wieder Kruschel, dieser entzauberte Kruschel, in dem sie sich so sehr getäuscht hatte und der ihr doch nicht so recht aus dem Kopf gehen mochte. Nümflinger überzeugte sich von der klinischen Reinheit und unmenschlichen Objektivität der Lind'schen Räumlichkeiten, die aussahen, als dienten sie der Besichtigung einer Mustereinrichtung. Sie fasste es nicht. Es waren tatsächlich keine Bücher, keine Bilder, keine Vasen und kein Nippes zu sehen, einfach gar nichts, was man, also was sie, Nümflinger, um sich herum haben musste, um zu leben und sich in diesem Leben wohlzufühlen.

Nun sah sie Christina Lind dabei zu, wie sie ungeschickt und hektisch eine zweite Zigarette auspackte, sie in den Mund steckte und dann erneut in ihrer Handtasche nach Feuer suchte.

Wie sollte sie weitermachen, die Situation weitertreiben, vorankommen?

»Frau Lind, wissen Sie, wo Ihr Mann ist? Oder ist Ihnen irgendetwas Besonderes aufgefallen in der Zeit vor seinem Verschwinden? Ein Beleg aus einem Reisebüro, ein Flugticket oder Ähnliches? Hat er irgendwann einmal eine Bemerkung gemacht, über die Sie sich gewundert haben?«

Das sagte sie einfach in der Nüchternheit einer stinknormalen Kriminalistin, die Fragen stellt, die sie eben stellen muss. Nüchternheit, so dachte sie in diesem Moment, sei bei ihrer Art von Arbeit gar nicht hoch genug einzuschätzen.

Doch Christina Lind begann zu schluchzen. Sie konnte in diesem Moment nicht sprechen. Es war, das merkte die gute Kommissarin Nümflinger, kein falsches Schluchzen, wie sie es so oft erlebt hatte bei Menschen, die etwas zu verbergen hatten.

Dies hier war echt.

Verdammt echt.

Rotz und Wasser suchten sich ihren Weg durch die hügelige Faltenlandschaft und feinen Härchenwälder des Gesichts von Frau Lind. Stellen wir uns nur vor: Die Tatsache, dass Lind aller Wahrscheinlichkeit nach lebte, dass er der gleichen Wahrscheinlichkeit nach sogar der Mörder seines eigenen Zwillingsbruders war, falls es sich nicht um eine Verwechslung handelte, eines Zwillingsbruders, von dem sie nach vielen Jahren einer ersten und dann zweiten Ehe noch nicht einmal etwas gewusst hatte, plus die Tatsache, dass Helmuth Lind sie, seine eigene Frau, so einfach hatte verlassen können – das war schon eine Realität, die ein Mensch und also auch sie nicht einfach so schlucken konnte nach so vielen Jahren des Zusammenlebens. Christina Lind, die fein, aber nicht allzu fein war, ertappte sich dabei, ein Wort, immer wieder ein und dasselbe F-Wort zu wiederholen.

Es gab freilich noch etwas anderes: Christina Lind musste in diesem Moment auch bewusst werden, dass Helmuth nicht der war, der er zu sein vorgab und den sie immer in ihm gesehen hatte, dass er sie möglicherweise auch belogen hatte, als er sagte, er habe keine Familie, sei der letzte morsche Ast einer deutschen Landsippe, die bald auch aussterben werde, weil er, Helmuth Lind, wie viele seiner Ahnen vor ihm ohnehin, unfruchtbar sei.

Das Schweigen weißer Wände drang in ihr Ohr.

Ein langes Schweigen.

Dann: »Ich weiß nichts«, sagte sie jetzt in diese Stimmung aus Trauer und Elend. »Ich weiß nur eines, Frau Nümflinger: dass Helmuth mich offenbar über Jahre belogen, als Ehefrau missbraucht und jetzt weggeworfen hat.«

Paff!

Leider war dem nichts hinzuzufügen, dachte Lena Nümflinger. Frau Lind hatte die Lage erkannt. So saßen die beiden Frauen noch da, bis es dunkel wurde. Nümflinger blieb, weil sie ein Herz hatte und mit Christina Lind litt, und dann gab es da noch einen Grund: Zu Hause wartete niemand auf sie. Keine Gesellschaft war besser als diese hier, die ihr zudem vor Augen führte, dass es Menschen gab, die sich in diesen Tagen noch einsamer und elender fühlten als sie selbst.

Weitere Ermittlungen

Die Kriminalisten erledigten ihre Arbeit nach Plan. Ziemlich schnell war klar, dass Helmuth Lind an dem Morgen seines vermeintlichen Todes mit seinem Reisepass den Zoll passiert und einen Linienflug nach São Paulo in Brasilien genommen hatte, dass er dort auch angekommen war und in der Stadt am selben Tag mit einer zweiten, ihnen bislang unbekannten Bankkarte eine größere Summe Geld bei einer Filiale seiner Hausbank, dem Fidelity Bank House, abgehoben hatte. Doch dann verlor sich seine Spur, eine Mobilfunkortung war überhaupt nicht möglich, denn offenbar war Lind ohne ein auf ihn gemeldetes Telefon gereist, und auch die Behörden vor Ort konnten nicht mehr für die Ermittler im entfernten Deutschland tun.

Was nun geschah, war Routine. Nümflinger ließ in Lyon anrufen, dort befand sich die Zentrale der International Criminal Police Organization, kurz: ICPO – Interpol.

Interpol war die letzte, die einzige Hoffnung.

Hinzu kam: Nümflinger hatte wieder einen Plan.

Parallel dazu forschte ihr Team nämlich nach Helmuth Linds Zwillingsbruder, was sich zunächst als schwierig gestaltete, aber nach einigen Tagen zum Erfolg führte. Dann ging alles schnell. Helmuth Linds Zwillingsbruder Michael Lind hatte bei der Heirat mit seiner Frau Christiane Mailänder deren Namen angenommen und hieß seitdem Michael Mailänder. Professor Dr. Mailänder war Mitglied der Philosophischen Fakultät an der Universität und als Professor für Französistik und Italianistik vor allem für französische Literatur des 19. und 20. Jahrhunderts sowie neuester Strömungen zuständig. Da zum Zeitpunkt der Recherchen Semesterferien waren, statteten die Beamten Mailänder sofort in seiner Stadtwohnung einen Besuch ab. Schnell und allein am überquellenden Briefkasten bemerkten sie, dass Mailänder länger nicht zu Hause gewesen sein konnte.

Telefongespräche mit Christiane Mailänder, die längst in München lebte, offenbarten, dass auch sie nichts von einem Zwillingsbruder ihres ehemaligen Mannes wusste. Frau Mailänder hielt nicht viel von Professor Dr. Mailänder, sagte, leicht peinlich berührt, er sei für kurze Zeit ein guter Liebhaber gewesen, hätte sich aber schnell mit jungen Studentinnen eingelassen, was sie scheußlich, unerträglich und unverzeihlich gefunden hätte – und immer noch finde. Deshalb habe sie schnell Schluss gemacht, sich von ihm getrennt und alles dafür getan, in einer anderen Stadt leben zu können.

München, so Mailänder, sei ohnehin die bessere Stadt.

Nümflingers Teamkollege schluckte.

München war seine Heimat.

Doch das war lange her.

Nun saß er hier.

In der Provinz.

Frau Mailänder bezeichnete Herrn Mailänder als krank. Sie war weder schockiert noch ließ sie einen Funken Mitleid aufblitzen.

»Wir waren drei Jahre verheiratet, Frau Kommissarin«, sagte sie mit einem leicht bayerischen Einschlag, »und ich denke, Sie werden verstehen, wenn ich sage: Es waren zweieinhalb Jahre zu viel. Sie sind doch auch eine Frau, Sie verstehen doch: Michael war ein unheilbarer Schürzenjäger. So, wissen Sie jetzt genug von mir? Gut. Danke. Ich wünsche Ihnen und Ihrem Kollegen viel Erfolg bei der weiteren Arbeit und hoffe, es gelingt Ihnen, den Fall aufzuklären.«

Sie legte auf.

Die folgenden Ermittlungen gingen über Wochen. Die Rekonstruktion des Falles war äußerst kompliziert, weil man – abgesehen von einem Täter, der nicht nur flüchtig, sondern auch verschollen war – wenig wusste.

Aber man ahnte doch: Lind musste seinen Bruder getötet haben.

Aber wo, wann und wie hatte Lind es getan? Es war ja mittlerweile klar, dass der eigentliche Mord irgendwo anders passiert sein musste. Wie hatte der Täter sein Opfer ins Verlagsfoyer bringen und so ausgeklügelt auf dem Boden arrangieren können, ohne dass jemand Notiz davon genommen hatte? Auch der Beamte vom nächtlichen Sicherheitsdienst, der die Verwandlung des Foyers in ein Schlachthaus bemerkte und meldete, als er von seinem Rundgang zurückkam, konnte nicht helfen. In genau 23 Minuten, das war die Zeit, die sein nächtlicher Check gemeinhin in Anspruch nahm, musste alles drapiert worden sein.

23 Minuten.

Was Nümflinger auch sehr beschäftigte, war die Frage nach dem Motiv. Zu einem Mord gehörte ein Motiv, das war klar, und was konnte das Motiv in diesem Fall sein? Ein Mensch, Lind, ermordet seinen Zwillingsbruder auf grausame Weise und verteilt seine blutverschmierten Leichenteile so, dass über lange Zeit ganz selbstverständlich davon ausgegangen werden musste, dass es sich bei dem Toten um ihn, Lind, den eigentlichen Mörder handeln musste. Wie kam jemand an den Punkt, seinen eigenen Bruder zu ermorden, zudem einen eineiigen Zwilling, wo doch bekannt war, dass eineiige Zwillinge immer ein besonders inniges Geschwisterverhältnis pflegten? Was hatte er ihm angetan? Wie konnte in einer Familie so viel Hass entstehen, der sich in einem so grausamen Verbrechen viele Jahre später erst entlud? Michael Mailänder musste seinem Bruder Schlimmes angetan haben.

Nümflinger fuhr mit der Zunge über ihre Lippen, ganz langsam. Sie strich sich die Haare zurück und verspürte Lust zu rauchen. Dann ging ihr Gedankengewitter weiter. Vielleicht war Michael schuld am Tod der Eltern, vielleicht hatte es einen Unfall gegeben, den Michael verschuldet, den ihm sein Bruder Helmuth nie vergeben und den er dann mit dem Mord an ihm gerächt hatte. Etwas anderes kam für Nümflinger gar nicht infrage, denn selbst wenn Michael Helmuth in der Kindheit wie auch immer gequält haben sollte, hätte daraus nicht so viel Hass und Rachegefühl resultieren können, um einen Mord zu rechtfertigen.

Trotzdem waren die Konsequenzen dieses Verbrechens ungeheuer. Lind hatte davon ausgehen müssen, dass die Wahrheit ans Licht kam und er emigrieren musste. Abgesehen von einem Racheakt wie diesem: Was brachte einen Menschen dazu, sein ganzes Leben dafür aufzugeben? Lind hatte sich dafür ins Ausland absetzen müssen, eine neue Identität annehmen, eine neue Existenz aufbauen, offenbar in einem Land, dessen Sprache er aller Wahrscheinlichkeit nicht sprach.

Und dann gab es noch einen anderen Aspekt: Wie konnte es eigentlich sein, dass Prof. Dr. Mailänders toter Körper Lind aufs Haar genau geglichen hatte, dass er die gleiche Statur, das gleiche Gewicht, seine Kleidung getragen, seine Brieftasche, sein Taschentuch und andere Habseligkeiten bei sich gehabt hatte, obwohl, wie sie zuvor bereits anhand von Fotos herausgefunden hatten, Prof. Dr. Mailänder in Art und Weise und von seinem gesamten Wesen her seinem Zwillingsbruder in überraschend wenigen Punkten glich? Auf den Bildern, die sie von Mailänder gesehen hatten, trug der Professor eher längeres Haar, war physiognomisch fülliger, muskulöser als Helmuth Lind und kleidete sich, so dachte zumindest Nümflinger, eine Spur zu jugendlich für einen Mittfünfziger. Lind dagegen war doch ein 08/15-Modell, einer, der sich teure Klamotten leisten konnte, aber keinerlei Geschmack hatte. Lind musste, so schlossen Nümflinger und ihre Kollegen aus allem, was sie hatten, aus seinem Bruder über eine gewisse Zeit in harter Ernährungsarbeit eine Kopie seiner selbst hergestellt haben, bevor er ihn schlachtete.

Irgendwo.

Irgendwie.

In der Nacht vor dem grausigen Fund.

Wenn Lind der Täter war.

Wofür nicht nur vieles sprach.

Nein.
Wofür alles sprach.

Dass die Ermittlungen auch zu Isabelle führten, versteht sich von selbst, auch wenn sie das Mobiltelefon, an das sie ihre Nachrichten geschickt hatte, nicht gefunden hatten (und auch nie finden würden). Nachdem sie einige von der Semesterabschlussparty befragt hatten (ja, auch Johanna mit dem kurzen Rock war dabei) stand Nümflinger also wie telefonisch vereinbart eines schönen Tages mit einem ihrer Kollegen vor Isabelles Tür.

Die war gerade dabei, ihre Skisachen aus Grindelwald aufzuräumen, als es klingelte. Die dicken Handschuhe. Die Daunenjacke. Die Skistrumpfhose. Die Fleecejacke. All das prüfte sie darauf, ob es gewaschen werden musste.

Das war schrill.

Sie erschrak, kam doch sonst im Grunde nie jemand bei ihr vorbei, ohne vorher anzurufen, eine SMS zu senden oder sie über eines der sozialen Netzwerke, in denen sie aktiv war, zu informieren.

Sie schaute durch den Türspion, sah eine blonde Frau mit Begleitung, dachte zuerst an die Zeugen Jehovas, dann an ihr kleines Date mit der Kriminalpolizei und drückte die Klinke runter.

»Guten Tag«, sagte Isabelle höflich, als die Tür geöffnet und es ihr im selben Moment peinlich war, dass aus ihrer Wohnung recht laute Musik drang und sie in einiger Auflösung begriffen schmutzige Wäsche in den Händen hielt.

»Guten Tag, Frau von Waldenberg.«

Nümflinger stutzte. Aus Isabelles Wohnung tönte Musik, die sie kannte und mochte und die für Isabelles Alter eher ungewöhnlich war. »Ah, sympathische Musik hören Sie da. Dürfen wir reinkommen?«

Nümflinger lächelte. Nicht aufdringlich. Eher auf leichte Art. Dezent und sympathisch. Die persönliche Bemerkung, die sie sich irgendwie nicht hatte verkneifen können in diesem Augenblick, tat ihr zwar sofort leid. Eigentlich unprofessionell. Aber es war nun einmal so, dass sie auf einigen ihrer unzähligen Seminare über die Befragung von Zeugen und Verdächtigten von kriminalistischen Klugscheißern gelernt hatte, dass man zu Menschen, von denen man sich Hilfe erwartete, auf deren Hilfe man vielleicht sogar angewiesen war, erst einmal ein Vertrauensverhältnis herstellen musste, und das konnte auch privater Natur sein.

»Äh ..., warten Sie bitte einen Moment«, sagte Isabelle etwas verhuscht und verschwand in ihrer kleinen Wohnung, wo sie über einige Taschen, Koffer und Kleiderberge klettern musste, um an ihrer Stereoanlage die Musik leiser zu stellen.

Pause.

»Sie sind also die von der Polizei, stimmt's?«, sagte sie zu Nümflinger, als sie wieder zurück war, und dann: »Okay, kommen Sie rein.«

Isabelle erklärte, sie sei nervös, weil sie seit dem Tod ihres Vaters noch nie mit der Polizei und schon gar nicht in einem Mordfall mit der Kriminalpolizei zu tun gehabt habe.

»Ich habe Zeitung gelesen und verfolgt, was passiert ist. Da ich Studentin von Professor Dr. Mailänder bin, äh ... war, ja, da war mir klar, dass ich da, nun ja, irgendwie als Täterin oder Beteiligte oder als was auch immer in Betracht komme. Es hat mich nicht sonderlich überrascht, als Sie mich in Grindelwald angerufen haben.«

Das war natürlich gelogen. Der Anruf Nümflingers an dem netten Abend in Grindelwald mit der angeregten Diskussion über ihre Generation, Herkunft und die Ost-West-Problematik, an der sich Julia, Alex und Gregory rege beteiligt hatten, hatte sie schockiert. Doch die Aufregung konnte sie mit rationalen Gedanken seitdem wieder glattbügeln – auch, wenn die Realität des Todes von Professor Mailänder sie zutiefst verunsicherte.

Das war mal eine Zeugin, dachte Nümflinger. Sie würde mehr sagen, als sie sie fragte, dachte sie.

Wenn es nur öfter so wäre.

Wenn es nur immer so wäre.

Nümflinger und ihr Kollege betraten Isabelles Wohnung. Wie lange dauerte das Gespräch wohl? 15 Minuten? 20? Jedenfalls erzählte Isabelle Nümflinger alles, was ihr zu dem Fall einfiel, erzählte von ihrer Verliebtheit in Professor Mailänder, der Semesterfete, Johanna, den SMS und Mails, die sie Mailänder geschrieben hatte, sie sprach von dem seltsamen Gedicht in Mailänders Abwesenheitsnotiz, von dem Zeitungsartikel, der über den schrecklichen Mord berichtet hatte, und davon, wie sie einen Volker Kruschel im Staatstheater dabei beobachtet hatte, wie er sich mit einer jungen, überaus attraktiven jungen Dame mit ausländischem und wahrscheinlich portugiesischem Akzent darüber unterhielt, dass die Wahrscheinlichkeit groß gewesen sei, dass er Chefredakteur von der Zeitung *ihr* werde.

Okay: Isabelle wusste tatsächlich längst alles. Die Informationen aus der *ihr* und anderen Medien hatte sie mit eigenen Erlebnissen wie ein Puzzle zusammengefügt. Dass ihr Professor tot war, rührte sie auf eine Weise, mit der sie in diesem Moment nicht allein hätte umgehen können.

Kurz: Isabelle erleichterte sich, indem sie Nümflinger alles vor die Füße schüttete, was sie wusste und erlebt hatte.

Nümflinger hörte gespannt zu. Ihr Kollege machte sich mit einem Kugelschreiber der Polizei die eine oder andere Notiz in ein schwarzes Büchlein, und gerade bei dem Namen Kruschel und der Aussage, Frau von Waldenberg habe ihn mit einer jungen Schönheit im Theater angetroffen, verspürte Nümflinger einen Stich. Sofort dachte sie an die – bei aller kriminalistischer Relevanz – romantischen Spaziergänge mit Kruschel am See vor einigen Wochen, an das Knirschen des Kieses unter ihren Füßen, den Rhythmus, den sie machten, an den Lichtschweif der fernen Stadt, an diesen eigenartigen

Verfolger, an die Spiegelungen im Wasser und die Dunkelheit auf der anderen Seite, dort, wo Kruschel und sie den Wald nur hatten vermuten können, weil sie gewusst hatten, dass er da war.

Es dauerte, bis sie aus der Dunkelheit dieser Erinnerung wieder auftauchte. Zuerst hörte sie Frau von Waldenbergs Stimme ein fragendes »Frau Kommissarin?« rufen, dann sich selbst ein »oh, äh ...« sagen und ein »entschuldigen Sie, ich hatte gerade eine Idee«.

Mann, war das eine peinliche Situation, Lena.

»Können Sie uns bitte die Nachrichten zeigen, die Sie Herrn Mailänder am Morgen nach seinem Verschwinden und auch zu den späteren Zeitpunkten geschickt haben?«, forderte Nümflinger Isabelle auf.

Wichtig waren ihr hier weniger die Wortlaute der Nachrichten, die ohnehin privater Art waren – und Isabelle von Waldenberg schien ihr in keinerlei Hinsicht verdächtig. Nein, es waren vielmehr die Uhrzeiten und Tage, an denen Isabelle von Waldenberg sie vergeblich an den Professor gesendet hatte.

Isabelle tat, was Nümflinger wollte. Sie dachte: Ich habe ja absolut nichts zu verbergen. Sie blinzelte ganz langsam. Und zwar genau dreimal und exakt in dem Moment, in dem sich die Kommissarin mit der Zunge über die Lippen fuhr.

Trotzdem blieb die Sache im Dunkeln. Weder wurde Linds Mobiltelefon jemals gefunden noch ein anderer Hinweis auf den Hergang der Tat. Erst Tage nach der Begegnung Nümflingers mit Isabelle hatte ein Beamter die Idee, die Taxifahrer der Stadt zu befragen, die in der Nacht der Semesterfeier im Einsatz gewesen waren, und einer von ihnen, ein Typ namens Lukas, der einen Kunden von der Universität abgeholt und in den Stadtteil gebracht hatte, in dem sich Mailänders Stadthaus befand, erinnerte sich an einen Mann, auf den die Beschreibung und das Bild Mailänders passten. Möglicherweise wurde er also in dieser Nacht zwischen dem Verlassen des Taxis direkt vor seinem Haus attackiert und entführt. Aber auch hierfür wurden nie Beweise oder Anhaltspunkte gefunden.

So ist das. Die Menschheit hatte es hier offenbar mit dem perfekten Verbrechen zu tun. Man hatte einen falschen Toten und eine Ahnung vom Täter, doch der war auf einem anderen Kontinent spurlos verschwunden. Und zu welchem Zweck war dieses Verbrechen verübt worden?

Es war so etwas wie Helmuth Linds letzte Laune. Die letzte Laune vor seinem Abtauchen, vor seiner Verwandlung in ein anderes Wesen.

Zum einen schien Lind sich rächen zu wollen für eine grausame Kindheit voller Neid, Hass und Schattendasein, rächen dafür, dass sein Bruder Michael tatsächlich seine Eltern auf dem Gewissen hatte, weil er damals das Haus angezündet hatte, in dem Linds Eltern verbrannten. Zum anderen aber, so war ich mir recht schnell ziemlich sicher, nutzte er den Rachemord für diese andere Sache: die Selbstauflösung. Auf diese Weise wurde es Helmuth Lind möglich, aus der Sackgasse seines Lebens herauszukommen und sich seinen alten Traum vom Leben in warmer Sorglosigkeit zu erfüllen. Er flüchtete einfach aus dem Teufelskreis seines Lebens, aus der Schale des durch sein Amt manipulierten Wesens, das böse, hinterhältig und gemein war. Er machte aus dem Opfer, das er war, einen Täter, der er wurde. Und er tat es aktiv.

Denn er wollte Führer sein.

Und nicht Geführter.

Es gab Zeiten, das gebe ich zu, da beneidete ich ihn um diese Fähigkeit, um die Festigkeit, feste Entschlüsse für sich, sein Leben und seine Umwelt zu fassen, schwierige Entschlüsse, die große Konsequenzen nach sich zogen. Ja, es gab Zeiten, da konnte ich sein archaisches Fühlen nachvollziehen. Doch selbst heute, wo ich doch selbst viel durchgemacht habe und längst ein kranker, wie ich manchmal denke, unheilbar kranker Mann bin, weiß ich, dass Helmuths Schritt das Äußerste war, ein Äußerstes, das ich nie hätte beschreiten können.

Aber Sie wissen ja noch gar nicht, wie es mit mir weiterging damals, wie ich zu dem wurde, der ich bin: ein hoffnungsloser Fall, dessen einzige und letzte Hoffnung es war (und ist), mit diesem Buch eine erfolgreiche Autotherapie zu durchlaufen. Aber keine Angst: Sie werden alles erfahren, und bitte, sehen Sie es mir nach, wenn später noch Spekulationen folgen werden.

Im Bunker des Todes

Stunden später (wie viele waren es nur?) hört er wieder Geräusche vor der Tür. Die letzten Schritte. Schlüssel drehen sich. Schlösser öffnen sich. Es quietscht. Doch irgendetwas ist anders in diesem Moment. Die Gestalt schleppt einen Koffer mit sich.

Was nun geschieht, das bemerkt er sofort, hat nicht die Routine der Wiederholung wie die vergangenen Male, es hat eine Richtung, eine Entschlossenheit, die ihn Hoffnung fühlen lässt, er spürt (oder glaubt zu spüren), dass er nach diesem Besuch eine Verbesserung seiner Lage erfahren wird, doch diese Hoffnung ist vermischt mit der Angst, dass alles noch schlimmer kommen könnte.

Er täuscht sich nicht. Es sind diesmal zwei Kerzen, die die Gestalt aufstellt. Sie holt metallene Gegenstände hervor, die im Kerzenschein aufblitzen. Wieder sieht er kaum etwas. Aber er ahnt: Es sind Handschellen. Noch mehr Handschellen! Das muss einen Grund haben, der ihm nicht gefällt. Nachdem er noch fester an seinem Bett fixiert ist, doppelt an den Händen und auch noch an den Füßen, holt die Gestalt etwas Neues aus dem Koffer heraus. Ein Gerät, das sie anstellt. Es brummt. Er muss nun an übelste Folter denken. Die Gestalt kommt auf ihn zu. Sein Herz pocht bis unter den Kehlkopf. Nun wird es gleich sehr wehtun, denkt er, und in diesem Moment einer durch Angst verursachten schieren Ohnmacht, beginnt die Gestalt, ihm die Haare zu schneiden. Er kann nichts tun, er versteht dies alles hier nicht, aber er ist erleichtert. Haare kämmen, sie zu frisieren ist ein fast freundschaftlicher Akt, der den Menschen Gänsehaut über den Rücken jagen kann. Doch hier ist dieses Gefühl durchmischt mit der Frage nach dem Weshalb.

Weshalb?
Weshalb?
Weshalb?

Weshalb?

Sie schneidet ihm das Haar mit einem elektrischen Gerät. Er spürt, wie Haarsträhnen über sein Gesicht fallen, dessen äußerste Hautschicht berühren, ihn kitzeln. Er hat kein langes Haar, aber auch keinen Kurzhaarschnitt, in dem er sich stets viel zu bürgerlich und spießig vorgekommen war, wenn er den Friseur einmal damit beauftragt hatte. Die Aktion tut gut. Er atmet durch. Er atmet auf. Es sind seit Langem die ersten Informationen seines Körpers ans Gehirn, die dort nicht Eigenschaftswörter wie unangenehm, schmerzhaft oder grauenhaft vermelden.

Aber was soll das?

Warum rasiert ein Folterer den über Tage Gefolterten? Das musste ihn zwangsweise an die Tradition der Henkerskunst erinnern, an das Frisieren und Kahlscheren von Inhaftierten, Strafgefangenen und Todgeweihten.

Als die Gestalt mit dem Haar fertig ist, es zu einem Scheitel gekämmt hat, verstaut sie den Apparat im Koffer, holt etwas Neues heraus und schaltet es ein. Das Geräusch ist sehr ähnlich. Es brummt. Es vibriert. Diesmal, so denkt er, kommst du nicht mit einem Kitzeln davon, diesmal geht es dir an die Nieren, an den Kragen oder sonst wohin. Und wieder: In dem Moment, als die Angst am größten ist, sich fast überschlägt und das Herzklopfen am Kehlkopf zu spüren ist, beginnt die Gestalt, mit dem Gerät über sein Gesicht zu fahren. Sie rasiert mich, denkt er und fragt sich, warum, und während er das denkt und sich fragt, versucht er, hinter der schwarzen Maske ein Loch, einen Schlitz auszumachen, hinter dem sich ein Auge oder Augenpaar verbirgt. Aber es ist zu dunkel. Er schmettert wieder sein übliches Wortfeuer gegen die Gestalt, lässt seiner Wut freien Lauf und reagiert seine Angst ab.

Stille. Brummen. Fein säuberlich rasiert ihn die Gestalt, der ganze Bart, der sich an der Oberlippe gebildet hatte, wird weggemacht – nur unten herum und an den Backen bis hoch zu den Koteletten, da lässt die Gestalt alles stehen.

Das kommt ihm nun seltsam vor.

»Was machst du da, verdammt, warum schneidest du mir die Haare und den Bart? Warum brauchst du mich mit Vollbart ohne Schnauzer?«

Wieder bekommt er keine Antwort. Der hinter seinem Hoffnungsschimmer entstandenen neuen Angst folgt Entsetzen.

Kruschel – Immer tiefer

Ein anderer, den bei der Nachricht des falschen Helmuth Lind der sprichwörtliche Schlag getroffen hatte, also als er von der Zwillingsbrudergeschichte erfahren hatte, und das hatte er, während er gerade auf dem linken, man könnte auch sagen, falschen Fuß gestanden hatte – dieser andere also war unser lieber, aber immer kränker werdender Volker Kruschel.

Er hatte sofort veranlasst, die Neuigkeit umgehend in die Zeitung zu bringen und noch schneller über die modernen Kanäle Internet, Newsletter und soziale Netzwerke wie Facebook und Twitter zu verbreiten, und natürlich wurde *ihr* weltweit zitiert und hatte, wie man so schön sagt, die Nachrichtenhoheit bei diesem Thema.

Aber die neue Realität hatte etwas Tiefes in ihm ausgelöst.

Heute, es war im Grunde ein schöner, sonniger Wintertag, saß er da und dachte, ja, grübelte nach und ärgerte sich wieder einmal über eine von so vielen Kleinigkeiten.

Ärger.

Ärger.

Ärger.

Solche kleinen Ärgernisse, die gab es jeden Tag, sie kehrten mit einer Systematik wieder, die der des täglichen Redaktionsschlusses glich, der einen enormen Druck auf alle *ihr*-Redakteure ausübte. Der Chefredakteur hatte gerade die Beine auf seinen Chefschreibtisch gelegt, zum Cheffenster seines Chefzimmers hinausgesehen und sich chefmäßig darüber geärgert, dass seine *ihr*-Redakteure ihm nicht so gehorchten, wie er es sich wünschte. Immer wieder erkannte er, dass Entscheidungen, die er traf, in seiner Abwesenheit nicht genau so umgesetzt wurden wie ausgemacht, immer wieder bemerkte er, dass Kleinigkeiten klammheimlich abgewandelt wurden, und er bildete sich immer wieder ein, dass seine Untergebenen dies gezielt und vor allem zu einem einzigen Zwecke taten: um seine Autorität und Kompetenz zu untergraben.

Natürlich redete Kruschel sich immer und immer wieder ein, dass ein solches Denken paranoid sei und er es sich schnellstmöglich abgewöhnen müsse.

Natürlich sagte er sich ständig aufs Neue: Beruhige dich, Volker, das ist normal in deiner Position.

Und natürlich fragte er sich bei jeder noch so kleinen Irritation: Soll ich nun eingreifen und damit deutlich machen, dass es so nicht geht?

Aber meistens kam er zu der Entscheidung, dass solche Kleinigkeiten letztlich nicht lebenswichtig für ihn und schon gar nicht für die Zeitung seien. Er griff nicht ein, und dadurch vergrößerte sich sein Verfolgungswahn nur noch. Dass er nicht eingriff, ließ ihn vor sich selbst als machtlos erscheinen.

Zwei Dinge dachte Kruschel manchmal:

> Entweder du wirst ein verdammtes Scheißarschloch, wie Lind eines war, sprich: Du triezt alle dermaßen, dass sie dich abgrundtief hassen und hassen und hassen und sich sagen: Kruschel ist das größte Scheißarschloch nach Lind, oder ...
>
> ... du lässt mit dir machen, was sie wollen, und wirst notgedrungen krank.
>
> Logischerweise wusste Kruschel nicht ein noch aus, und schon gar nicht, wozu er imstande war.
>
> Doch Volker Kruschel wusste eines: Wenn er ein Scheißarschloch werden wollte, müsste er sich seine ganze Empathie gegenüber Menschen abgewöhnen, und das schien ihm absolut unmöglich.

Mit Kamus sprach er immer wieder genau darüber. Kamus sagte dann viele Dinge, die Kruschel ansatzweise halfen, alles geordneter zu sehen und vor allem auch zu begreifen. Doch im täglichen Leben, das zu einem erheblichen Anteil aus Führen, Entscheiden und Vermitteln bestand, halfen ihm weder seine, wie er es nannte, »Auskotzungen bei Kamus« noch dessen Ratschläge oder Verhaltensaufträge, wie Kamus selbst es nannte.

Eines Tages jedoch riet Kamus ihm, sich in seiner Führungsaufgabe unterstützen zu lassen.

»Nehmen Sie sich einen Coach«, sagte er, als Kruschel gerade von Kamus' bequemem Sessel aufstehen wollte.

»Ich habe eine Couch!«, erwiderte Kruschel mit einem Ton der Entrüstung.

»Nehmen Sie sich einen Coach, einen Cooaach, sagte ich, nicht Couch«, wiederholte Kamus in einer Ruhe, die Kruschel ziemlich und in letzter Zeit immer öfter auf die Nerven ging.

»Wie? Ach! Wie? Ich soll noch jemanden dafür bezahlen, eine Unzulänglichkeit meinerseits auszubügeln! Das ist doch nicht Ihr Ernst. Ich muss doch kein perfekter Mensch werden, Herr Kamus?«

»Oh, Herr Kruschel, aber davon ist keine Rede, im Übrigen sind wir alle sehr weit davon entfernt, und vielleicht ist der perfekte Mensch ja gerade einer mit Makeln und Macken, die wir in der Regel ja sogar als menschlich betrachten und benennen. Insofern würde der Terminologie ›perfekt‹ ohnehin eine vollkommen neue Bedeutung zuteil. Ein perfekter Mensch soll ja nicht funktionieren wie eine Maschine.«

Kamus und Kruschel kratzten sich zeitgleich am Kopf und sahen sich an.

»Er soll ja menschliche Eigenschaften haben«, fuhr Kamus fort, »und dazu zähle ich – und ich denke, Sie auch – selbstverständlich unsere Fehler. Aber Sie müssen ja pragmatisch denken in Ihrer Lage. Sie sind in eine Sackgasse geraten, aus der Sie allein nicht rauskommen.«

Da haben wir's, dachte Kruschel. Genau, aber genau das Gleiche habe ich diesem Typen vor ein paar Sitzungen noch gesagt, aber er wollte es ja nicht glauben und hat meine Befürchtungen beschwichtigt.

»Ich kann Ihnen auf der einen Seite langfristig helfen, bei der Bewältigung Ihres Lebens, Ihrer Erinnerungen, bei der Aufarbeitung Ihrer Biografie und beim Werden dessen, der Sie sind – selbst wenn auch hier gilt: Ihre Wunden müssen Sie selbst lecken. Ein Coach aber könnte Ihnen auf andere Weise helfen. Er könnte Ihnen gezielt Verhaltensweisen empfehlen und anerziehen, mit denen Sie Menschen besser führen können. Er hat eine Art Verhaltenswerkzeugkasten bei sich, wenn Sie wissen, was ich meine.«

Kamus blickte ihn durch seine dicke Brille an. So viel hatte er noch nie am Stück geredet, dachte Kruschel.

Erstaunlich.

Es vergingen Sekunden, in denen sich nichts regte.

Keiner sprach.

Sie sahen sich an.

»Sie denken, Sie haben recht«, sagte Kruschel schließlich, »und ich ...«, Kruschel machte eine kleine Pause, »... ich denke es auch.« Kruschel wurde sofort bewusst, dass er einen seltsamen Satz konstruiert hatte. »Na ja, was bleibt mir auch anderes übrig, als Ihnen prinzipiell zu vertrauen, Herr Kamus! Sie haben die Macht über mich.«

Wieder kratzten sich beide am Kopf.

Als Kruschel auf der Straße stand und ihm der eisige Wind um die Nase wehte, wirkte der Besuch bei Kamus noch ein paar Sekunden nach, dann musste er sofort wieder an Helmuth Lind denken. Kruschel zündete sich eine Zigarette an.

Er rauchte jetzt immer mehr.

Qualm stieg zum Himmel.

Vermischte sich dort mit der klaren Winterluft, verteilte sich in einem immer größeren Raum und verpuffte in seinem entropischen Prozess.

Er sagte sich: Helmuth lebte also. Das fuhr ihm wieder und wieder durch den Kopf, und alles sah danach aus, dass er auch noch zu einem Mord fähig gewesen war – das war für ihn die eigentlich grausame Gewissheit in diesen Tagen.

In diesem eigenartigen Spiel.

Das bewies: Lind war unterschätzt worden. Lind war zu einem heimtückischen Mord fähig gewesen.

Er hatte sich redaktionell über Jahre mit einem Menschen verbunden, der eines Tages einen Mord begehen würde, mehr, mit einem Menschen, der einen Mord arglistig geplant hatte, während er mit ihm gesprochen, verhandelt und seine Unterstützung angeboten hatte.

Helmuth hatte diesen Mord dann tatsächlich auch noch begangen, und zwar wenige Stunden, nachdem er, Kruschel, ihn abends halb im Streit in seinem Chefredakteurszimmer zurückgelassen hatte.

Ohne Tschüss zu sagen.

Noch einmal spürte Kruschel die kalte Türklinke nach diesem Abschied. Natürlich fragte er sich, wo Helmuth sein könne, wenn er nicht in seinem eigenen Grab war. Allein deswegen konnten ihn die aktuellen Entwicklungen nicht kaltlassen.

Was, wenn Lind irgendwo war, wenn er ihn beobachtete, wenn er gar nicht nach Brasilien geflogen war, sondern alle nur auf geniale Weise gefoppt hatte?

Undenkbar.

Unfassbar.

Hatte er ihn unterschätzt?

War Helmuth Lind in Wahrheit ein Genie?

Ein Genie? Lind?

Das konnte nicht sein.

Kruschel fühlte sich elend.

Zum einen ging es ihm immer schlechter, weil er den Zwiespalt, in dem er sich befand, immer weniger ertragen konnte.

Zum anderen ging es ihm immer schlechter, weil er die Redaktion nicht in den Griff bekam.

Und Kruschel hatte noch ein Problem: Er hatte keinen Plan.

Das war er also, der Fall, bei dem ein Amt die Menschen veränderte, die es ausübten. Kruschel kannte sich selbst nicht mehr. Er war sich fremd geworden. Aus dem moralischen Zwiespalt, in dem er sich zwischen dem knallharten und machiavellistischen Helmuth Lind und seinen moralischen Überzeugungen befand, war ein anderer Zwiespalt geworden: Er selbst war nun in der Lage, ohne Härte und Drohung nicht mehr weiterzukommen, und er sah gleichzeitig, dass solche Verhaltensweisen weder zu seinem Konzept von Führung passten, noch, dass er überhaupt in der Lage wäre, so zu handeln.

Das Tragische also war, dass Kruschel all das bemerkte, und Herr Kamus konnte ihm auch nur bedingt helfen, was nicht zuletzt die vergangene Liegung (also die Sitzung im Liegen) bewiesen hatte.

Wenn wir hier einen klar und analytisch denkenden Kruschel vor Augen haben, so darf nicht unerwähnt bleiben, dass solche Momente immer seltener wurden. Der *ihr*-Chefredakteur sagte mehr und mehr ab.

Und das ging so:

Er sollte Vorträge halten, einen davon sogar in Berlin vor der bundesdeutschen Chefredakteursrunde – und er sagte ihn ab.

Er sollte an Podiumsdiskussionen zu lokalpolitischen Themen teilnehmen und sie sogar moderieren – und er sagte sie ab.

Er sollte im Tagesgeschäft Leitartikel schreiben, setzte sich daran, konnte sich nicht konzentrieren und rief viel zu kurze Zeit vor Redaktionsschluss noch einen Redakteur an und befahl ihm mehr als er ihn bat, den Leitartikel doch zu übernehmen.

Für alle diese Fälle von nicht eingehaltenen Pflichten legte Kruschel sich Gründe zurecht, die allesamt erlogen waren. Er baute sich Lügenkonstrukte, die ihm die Möglichkeit gaben, seine Absagen zu rechtfertigen. Doch in seinem Innersten wusste Kruschel, dass alles nur Ausflüchte waren, Notausgänge aus Situationen, deren er nicht Herr wurde und, so schien es ihm immer mehr, auch nie Herr würde werden können. Tatsache war, dass Kruschel immer weniger arbeitete, immer weniger arbeiten konnte.

Dafür tat er drei Dinge:

Er saß an seinem Chefschreibtisch, guckte ins Leere und grübelte finster vor sich hin.

Er rauchte immer mehr.

Er trank immer mehr.

Eine Schachtel Zigaretten reichte bei Weitem nicht mehr, und eine Flasche Wein auch nicht. Kruschel betäubte sich, betäubte den Schmerz, den seine fachliche und sachliche Ohnmacht in ihm auslösten.

Dass er eines Tages für sich entschied, dem Rat von Herrn Kamus zu folgen und einen Coach auf dessen Couch aufzusuchen, war Kruschels letzter Versuch, ein normales Leben als Chefredakteur zu führen. Es war im Anschluss an einen jener vielen Momente, in denen er bemerkte, dass es nicht mehr weiterging, dass er absolut ungeeignet war für diesen Job, auf den er sich einst auch des Geldes wegen gestürzt hatte – immerhin wurden aus den knapp hunderttausend Euro, die er als Ressortleiter erhalten hatte, gut zweihunderttausend, das meiste davon, das hatte Kruschel immer gewusst, war als so etwas wie Schmerzensgeld zu betrachten.

Schmerzensgeld.

Doch das störte ihn nicht.

Dies hier war einer jener Momente, die Kruschels Ausweglosigkeit klarmachten: Sie hatten in der Führungskonferenz wieder einmal eine Debatte darüber, wohin sich das Blatt entwickeln müsste, wenn es die Krise überstehen und auch künftig eine feste Institution in der Stadt und ihrer Gesellschaft sein wollte. Lokalchef Bieber hatte all das in der für ihn typisch arroganten Art vom Zaun gebrochen, und alle Ressortführer hatten sich daran beteiligt, selbst diejenigen, die sonst eher selten den Mund aufmachten, also Wirtschaftschef Georg Keller, Herbert Vomacker aus der Sportredaktion und die Leiterin der Lokalausgaben, Louisa Lutsche-Bierkoff. Die Diskussion lief darauf hinaus, dass in der Sache alle unterschiedlicher Ansicht waren. Die einen wollten längere Texte, mehr Zeit zum Recherchieren, weniger Oberfläche und mehr Tiefgang. Auf eine stärkere Regionalisierung und mehr Aktualität im Internet und den anderen modernen Kommunikationskanälen pochten die anderen. Und wieder andere glaubten nach wie vor, dass der Leser (ja, sie sprachen immer wieder von »dem Leser« im Singular), dass der also dümmer sei als jemals angenommen und dass er nur einfache Texte in kleinen Portionen verstehen und verdauen könne.

»Siebzig Prozent unserer Leser haben Haupt- oder Realschulabschluss. Das sollten wir nie vergessen!«, sagte Sauer. »Die verstehen keine Fremdwörter und keine komplizierten und langen Schachtelsätze.«

»Vorausgesetzt, das stimmt, lieber Herr Sauer, und wir wissen, wie zuverlässig Statistiken im Allgemeinen sind, also angenommen das stimmt, so müssen wir trotzdem auch Stoff für die anderen dreißig Prozent bieten, weil wir jeden Leser brauchen, nicht nur den Haupt- und Realschulabsolventen. Wir brauchen alle, auch Gymnasiasten, Studenten, Lehrer, Professoren und Doktoren und was weiß ich wen«, konterte Gudrun Kaiser.

Kruschel fand Sauers Denken auch sehr respektlos gegenüber denjenigen, die sie bezahlten und die ihre Kunden waren: die *ihr*-Leser.

Doch das war nicht sein größtes Problem.

Er hatte ein anderes.

Es schien ihm ein Ding der Unmöglichkeit, im Wust der Meinungen einen gemeinsamen Nenner zu finden. Er fühlte sich als Zerriebener zwischen den Fronten, als einer, der im Interessenkonflikt der Kollegen in der Redaktion von allen Seiten, von rechts, links, oben und unten, bedingungslos beschossen wurde. Es wäre seine Aufgabe gewesen, aus allen Standpunkten und Meinungsbeiträgen dieser Runde eine Zusammenfassung zu machen, eine Analyse, auf deren Basis die Diskussion zu einem friedlichen und doch fruchtbaren Kompromiss hätte führen können. Aber Kruschel, der ewig hin und her Gerissene, hätte fast alles unterschreiben können, so sehr hatte er jedes Gefühl für richtig und falsch verloren. Er war tatsächlich in jenen Zustand geraten, in dem er plötzlich nicht mehr wusste, welcher Meinung er, Kruschel, selbst war. Der *ihr*-Chefredakteur schwebte zwar in letzter Zeit immer öfter – und auch jetzt, in diesem Moment – in einem Raum ohne Gravitation. Doch so hatte es sich noch nie angefühlt.

Es war eine Katastrophe für eine Führungskraft. Dabei hatte er dies alles einst selbst gewollt, hatte gewollt, dass man sich verabschiedet von einer Art Spar- oder Häppchenjournalismus mit Infokästchen, Grafiken, winzigen Zusatzelementen und kleinen Gimmicks, die seiner Meinung nach mit qualitativem Journalismus nur wenig bis das Geringste zu tun hatten und Menschen eher vom Lesen der Zeitung ablenkten als sie dazu zu verführen. Kruschel war auch zu Helmuth Linds Zeiten schon immer gegen eine Zeitung zum Anschauen gewesen, gegen die »magazinige Zeitung«, und er kämpfte mal mehr, mal weniger im Verborgenen für eine Zeitung mit Tiefen und Komplexität, für eine Zeitung zum – ja – Lesen.

»Volker, was ist mit dir? Was ist deine Meinung dazu? Du warst doch früher auch ein Kämpfer für Tiefe und Ausführlichkeit«, sagte Hans-Peter Dauer, der Chef vom Dienst, der für redaktionelle Inhalte erst seit Kruschels Ernennung und Verabschiedung aus der Ressortleitung *Medien* zuständig war, sonst aber vor allem für die reibungslose Interaktion zwischen den Belangen der Redaktion und den technischen Bereichen, also der elektronischen Datenverarbeitung und der Druckerei.

Kruschel hörte sehr wohl, was Hans-Peter sagte, und er bemerkte natürlich deutlich, dass die Kollegen spürten, dass er keine eindeutige Meinung in der Sache mehr hatte.

So entstand ein eigenartiger Moment.

Chefredakteur Volker Kruschel blickte dem Chef vom Dienst und der Medien, also Dauer, eine geschlagene Minute in die Augen, ohne etwas zu sagen. Auch die anderen sagten nichts.

Es herrschte Stille.

Starre.

Spannung.

Nach dieser Minute, nach dieser eigenartigen Stille, folgte eine weitere, in der Kruschel nicht Dauer, sondern, einer nach der anderen, den übrigen Personen in die Augen blickte, während er immer wieder parallel an seiner Zigarette zog. Kruschel konnte dabei einigermaßen intelligent und überlegen dreinschauen, die Ressortleiter bemerkten nicht, dass er in Gedanken vollkommen anderswo und abgedriftet war, dass er im Grunde alles und nichts dachte, sich in einem Konzentrationsvakuum befand, das sich auch für ihn selbst höchst fremd anfühlte.

Plötzlich räusperte sich jemand, und dieses Räuspern klang fast wie ein Donnergrollen, so sehr zerriss es die absolute Lautlosigkeit.

»Nun, äh, Volker, was denkst du?«, fragte nun sogar die Feuilletonchefin Kaiser, deren Engelsgeduld allseits bekannt war.

Kruschels Blick ging nun irgendwo in die Leere des Raums zwischen ihm und den anderen Teilnehmern der Konferenz. Er wusste also nicht mehr, was er dachte, oder eher: Er wusste im Augenblick überhaupt nichts und wollte auch nichts mehr wissen.

Er fühlte sich tot.

Tot.

Tot.

Und nochmal tot.

Es war sein großes persönliches Waterloo.

Also sprach Kruschel: »Die Runde ist aufgelöst. Wir werden beim nächsten Mal weiterdiskutieren. Protokollant, bitte vermerken Sie das so: Nach intensiver Diskussion vertagt sich die Redaktionsleitung auf das nächste Treffen.«

Im Anschluss an diese katastrophale Sitzung, in der jedem aufgefallen sein musste, dass er sich in einem desolaten psychischen Zustand befand, schrieb er Malkowski eine E-Mail. Er schrieb von seinem Privataccount bei einem bekannten und großen Internetallesanbieter, weil er Angst hatte davor, dass doch irgendjemand seine Mails lesen und auf diese Weise davon erfahren könnte. In dem Schreiben erklärte er dem Profi-Coach erst einmal seine Verbindung zu Dr. Kamus, den er seit einiger Zeit treffe und der ihm seine, Malkowskis, Koordinaten gegeben habe. Danach bat Kruschel um ein erstes Treffen mit dem Coach.

Dieser Malkowski musste reich sein. Er hatte ein glänzendes Messingschild an der Fassade des Hauses aus der Gründerzeit anbringen lassen. Die Stiegen des Treppenhauses, das Kruschel sich schnaufend bis ins vierte Obergeschoss des Hauses hinaufkämpfte, waren bis zur Beletage aus weißem Marmor mit einem kräftigen roten Teppichläufer bestückt, danach aus leicht dunkel gebeizter Eiche gebaut worden. Unter Kruschels Gewicht knarzten sie ächzend. Kruschel klingelte. Ein stämmiger Herr mit glänzender Glatze öffnete ihm mit einem freundlichen Blick.

»Sie müssen Herr Kruschel sein«, sagte Malkowski, »ich freue mich, dass Sie gekommen sind. Treten Sie doch ein. Ah, Sie rauchen, das rieche ich sofort, die gute Nachricht ist: Sie dürfen bei mir ruhig rauchen, während wir uns unterhalten, verehrter Herr, den Geruch liebe ich, die schlechte ist aber: Ich darf nicht mitmachen, aber das soll Sie ja nicht stören. Ich darf nicht rückfällig werden, wissen Sie!«

Kruschel trat in einen unpersönlichen Raum, der in Weiß, Hellgrau und Blau gehalten war, mit einer Garderobe aus Edelstahl.

»Legen Sie ab«, sagte Malkowski, »hier!«

Er gab Kruschel einen metallenen Kleiderhaken, auf den Kruschel zuerst seinen Mantel, dann sein Sakko hängte. Den Bruchteil einer Sekunde hatte Kruschel das Gefühl, er stehe etwas unbeholfen und deplatziert in Malkowskis Welt herum, und hatte Lust, auf der Stelle wieder zu gehen.

»Sie können mit Mantel und Sakko auch gleich Ihre Schüchternheit, Schweigsamkeit und Verschlossenheit ablegen, denn dann wird die Sache für Sie schneller vonstatten gehen – und wesentlich günstiger.«

Kann sich noch jemand etwas unter dem Wort »unverwandt« vorstellen? Nun, Kruschel blickte Malkowski jetzt unverwandt an. Sie gingen hinein in einen Raum mit großer Flügeltür, die sogleich von innen geschlossen wurde.

»Es wundert mich sehr, dass Herr Dr. Kamus, den ich im Übrigen sehr schätze, das nicht bemerkt hat oder, ähm, oder ja, ähm, oder es Ihnen einfach nicht sagen wollte, ähm, Herr Kruschel«, sagte Malkowski vollkommen verkünstelt und mit einem skeptischen Blick über seine Brille in Kruschels Richtung, nachdem die beiden rund eine Stunde miteinander gesprochen hatten, wobei Kruschel etwa ein Viertel und Malkowski drei Viertel der Konversation bestritten hatte. »Also ohne jetzt selbst der Spezialist zu sein, glaube ich als psychologischer Laie, oder, na ja, ähm, ein blutiger Anfänger und Laie bin ich selbstredend nicht, nun ja, dass Sie am Rande dessen sind, was die Kollegen von der Psychologie vielleicht den Graubereich zwischen einer Art Depression und dem sogenannten Burn-out-Syndrom nennen würden. Sie müssen ganz schnell zu einem Mediziner gehen, sich das ärztlich attestieren lassen und sich eine Auszeit gönnen. Und wenn ich sage: Sie müssen, dann meine ich nicht: sollten.

Herr Kruschel, machen Sie einen längeren Urlaub, machen Sie eine Kur. Suchen Sie sich einen anderen Job oder überlegen Sie, was Sie ändern können. Sie müssen, ich wiederhole: Sie müssen Ihr Leben ändern, denn wenn Sie das nicht tun, werden Sie es sehr bereuen. Nach einer längeren Auszeit, also wenn Sie die Krankheit, ja es ist eine Krankheit, überstanden haben, kommen Sie wieder zu mir. Dann können wir mit der Arbeit beginnen. So jedenfalls kann ich Ihnen nicht helfen.«

Kruschel hörte die Worte Malkowskis.

Er hörte Depression und zog an seiner Zigarette.

Er hörte Burn-out und zog an seiner Zigarette.

Er hörte Auszeit, Urlaub, Kur und einen Wust an Worten, die er kannte, aber in diesen Augenblicken nicht verstand oder verstehen wollte. Und er zog immer und immer wieder und auch immer heftiger an seiner Zigarette, bis er sich die Finger verbrannte, weil der Tabak zu Ende war und der Filter heiß wurde. Er hörte immer mehr und dachte bei diesem Hören eigentlich nur noch an eines: an sein Bett in der kleinen einsamen Stadtwohnung, die er sich genommen hatte, seit auch seine einstige große, aber nur kurz währende Liebe Jo ihn davongejagt hatte. Kruschel fühlte sich plötzlich unendlich müde, und er spürte, dass es ihm jetzt, wo er diese Diagnose Malkowskis einmal gehört hatte, schon etwas besser ging. Etwas hatte sich gelöst. Ein Druck. Gab dies alles ihm nicht das Recht, endlich einmal loslassen und einem seit Langem in ihm aufkeimenden Gefühl der Ohnmacht einfach freien Lauf lassen zu können?

»Sie sagen ja gar nichts«, sagte Malkowski.

Kruschel, dessen Gedanken allenfalls so klar waren wie das Wasser in der Stadtkanalisation, konnte auch nichts sagen. Er fühlte sich paralysiert. Nicht nur sein Bewegungsapparat, auch seine Zunge, seine Kehle und die Luftröhre, alles fühlte sich an wie mit Tonnengewichten beschwert und gelähmt. Aus dem Journalisten und Chefredakteur Kruschel wurde in diesem Augenblick der Patient Kruschel, der dringend medizinische Hilfe brauchte.

Und versetzen wir uns in die Situation Malkowskis, sieht die Sache ebenso dramatisch aus. Da kam einer zu ihm, um sich in Sachen Führungsgeschick coachen zu lassen – und davon hatte er, Malkowski, nun wirklich viel Ahnung – und dann saß da plötzlich ein Wrack vor ihm, das nicht nur nicht führen, sondern noch nicht einmal kommunizieren, ja noch nicht einmal einen einzigen Mucks von sich geben konnte. Malkowski hätte Kruschel um ein Haar um eine Zigarette angehauen, doch dann besann er sich darauf, dass er vor einigen Tagen mit seiner Frau um einen nicht unerheblichen Betrag gewettet hatte, dass er es vier Wochen lang ohne Alkohol und Zigaretten würde aushalten können.

»Was machen wir jetzt?«, hörte er Kruschel plötzlich sagen.

Immerhin, so dachte er, der Patient hatte seine Sprache wiedergefunden.

Das war die gute Nachricht.

Die schlechte war, dass er das Coaching abbrechen musste, was seinen Kontostand nicht unbedingt massiv verbessern würde. Doch was sollte er tun! Malkowski ging zu seinem auf Hochglanz polierten Schreibtisch mit den Metallecken, nahm einen Zettel zur Hand, seinen Füllfederhalter und schrieb etwas, das er Kruschel wenige Sekunden später vor die Nase hielt.

»Hier, melden Sie sich, so schnell es geht. Ich werde Herrn Doktor von Kreuthenberger, äh, das ist im Übrigen ein Freund von mir, gleich anrufen und ihm meine auf Vermutungen basierende Diagnose übermitteln. Er wird Sie untersuchen, meine Laiendiagnose überprüfen und, so bin ich mir ziemlich sicher, bestätigen.«

Malkowski überlegte kurz.

Es war ihm etwas peinlich, doch fügte er hinzu: »Wissen Sie, ich als Coach, aber auch ihr Seelenklempner Kamus, wir dürfen solche Papiere gar nicht ausstellen. Das bleibt der Medizin vorbehalten.«

Kruschel blickte zuerst starr auf den Zettel, dann mit einem Ausdruck größter Leere in Malkowskis Gesicht, wobei ihm auffiel, wie hässlich der Mann mit seiner glänzenden Glatze und der dicken Brille war. Zum einen kam er ihm vor wie ein gefährliches, extraterrestrisches Wesen, das ihn, den großen Kruschel, entlarvt hatte und das es deshalb zu bekämpfen galt. Zum anderen fühlte er auch so etwas wie tiefe Dankbarkeit in sich.

Volker Kruschel fühlte Erlösung.

Tatsächlich und metaphorisch gesprochen: Ein Stein fiel Volker Kruschel vom Herzen.

Ein Stein, der unendlich schwer war.

Der aber noch lange nicht aufhörte, schwer zu sein.

Sie saßen auf dem Campus, als Nümflinger mit viel Schwung und wehendem blondem Haar um die Ecke bog. Es mochte überraschend erscheinen, dass Isabelle – also unsere hochbegabte Isabelle, die laut einigen Internettests mit einem IQ von über 130 ausgestattet war – dass diese Isabelle sich also tatsächlich mit ihr angefreundet hatte:

Johanna.

Johanna, die (ihrer Meinung nach) Vulgäre.

Johanna, die (nun ja, man musste es zugeben) Schöne.

Johanna, die getan hatte, was sie, Isabelle, gern getan hätte.

Johanna eben: Isabelles Rivalin.

Dass Johanna aber ein total nettes Mädchen war und zudem überaus klug (Isabelle schätzte ihren IQ großzügig auf runde 120), war ihr erst aufgefallen, als sie am Semesteranfang total locker auf sie zugekommen war und mit ihr über den toten Professor sprechen wollte (offenbar hatte Johanna von der emotionalen Verbindung Isabelles zu Mailänder erfahren und deswegen ein schlechtes Gewissen). Es war ein nettes und offenes Gespräch, dessen Ergebnis vor allem dies war:

Betroffenheit.

Scham.

Aber noch mehr: In wenigen Augenblicken hatte sich – klar, auch vor dem Hintergrund des schrecklichen Todes eines geliebten Lehrers – eine innere Zuneigung der beiden jungen Frauen entwickelt, deren Basis wohl war, was wir immer wieder als eine Seelenverwandtschaft bezeichnen.

So saßen sie also da, einigermaßen mit sich im Reinen und einander zugeneigt, auch wenn da immer noch ein Staubkörnchen Eifersucht in Isabelles Ehrgefühl herumgeisterte und die Oberflächen zerkratzte.

Gegen ihren Willen.

Ihr Verstand sagte: Alles okay.

Ihr Gefühl entgegnete: Sie hat was, was du nicht hast.

Das war ein schwieriger Zustand für Isabelle.

Ein Zustand, den sie nicht mochte, weil er ihr so fremd war. Mist.

Frühlingssonne.

Leika.

Hundegebell.

Laue Luft.

Alex, Gregory und Julia sowie deren Hund – ja, er hieß tatsächlich Leika – waren auch dabei, als Nümflinger also in der beschriebenen schwungvollen Weise den Campus mit seinen prächtigen Eingangsstatuen betrat, sofort die Lage erkannte und sich sagte: Wonderful, da sitzen ja all die beieinander, die ich brauche.

»Hey, Julia, sieh mal: Ist das nicht die Dame von der Staatssicherheit?«, sagte Gregory, der Julia dabei einen leichten Knuff in die Seite gab.

»Ja, die Kommissarin geht um!«

Und plötzlich stand sie da.

Nümflinger.

In voller Blüte.

In voller Pracht.

In vollem kriminalistischem Tatendrang.

Nach einem freundlichen »guten Tag« und allgemeinen Erkundigungen über die Lage und Stimmung an der Universität entspann sich dann aber ein für Nümflinger eher frustrierendes Gespräch, konnten ihr die fünf jungen Studierenden doch nicht im Geringsten weiterhelfen. Johanna hatte Mailänder nach einem Glas Wodka-Cola stehen gelassen, weil sie so davon genervt gewesen war, dass der seine Augen ganz unverschämt und lüstern auf eine andere gerichtet hatte (Nebenbei: Diese andere war – na klar – Isabelle). Alex hatte an dem besagten Abend eigentlich auch nur noch Erinnerungen an sein Liebes-Waterloo mit Isabelle. Und Julia und Gregory? Die wollten zwar gesehen haben, dass Mailänder das Fest irgendwann verlassen hatte, als nur noch wenige in den Ecken des Saals herumgegangen, geknutscht und sich dabei unzweideutig berührt hatten. Aber sie konnten Nümflinger weder die Uhrzeit des Taxifahrers bestätigen, der Mailänder aller Wahrscheinlichkeit nach in sein Viertel gebracht hatte, noch konnten sie sonst irgendwelche Hinweise geben, durch die irgendeine Aussage irgendeines anderen Scheinzeugen bestätigt oder widerlegt worden wäre.

Nümflinger ging.

Nicht klüger als zuvor.

Damit endet es. Vorläufig. Denn das ist noch heute, viele Jahre danach, der Stand der Ermittlungen in diesem Fall. Und die anderen, die hier Erwähnten? Die lebten und studierten so dahin. Immerhin, es handelte sich um die geistige Elite, die hier heranwuchs: Zwei, Julia und Gregory, traten in eine Partei ein, Julia ging zur CDU und Gregory wandte sich, nachdem er sich in Volkswirtschaft eingeschrieben hatte, den Linken zu, weil, so sagte er sich, die Welt von den Arbeitern lebt und SPD nur eine coolere Bezeichnung für CDU sei.

O-Ton Gregory.

Auch Isabelle und Alex – die es eine ganze Weile miteinander aushielten, bis eben der sexuelle Reiz aneinander nachließ und Isabelle,

die Hochintelligente,

die Hochbegabte

sich von Alex einfach wahnsinnig gelangweilt fühlte – auch sie entwickelten sich also in andere Richtungen als irgendwann einmal geplant. Alex wurde, was er immer war: ein Mensch, der auf eine Chance wartet.

Und wartet.

Und wartet.

Isabelle aber interessierte sich für eine Laufbahn mit der Bezeichnung »Höherer Dienst«.
Das passte zu ihr. Sicher war: Egal, was sie an-
fasste – es würde ihr gelingen.

Und Nümflinger?

Das ist noch eine kleine Geschichte wert.

Teufelssee – Finale

Dann waren sie wieder am Teufelssee. Kruschel. Nümflinger. Ein letztes Mal. Aber ein entscheidendes Mal, denn dann endete ihre gemeinsame Geschichte. Es war das gleiche Szenario wie die beiden Male zuvor, und es war ein romantisches Szenario: Der Rhythmus des Knirschens, das der Kies unter ihren Schuhen machte, der Lichtschweif der fernen Stadt, die Spiegelungen auf dem Wasser, der Wald, die gute Luft am Stadtrand. Nacht. Dunkelheit. Einsamkeit. Zweisamkeit.

Alles war wie damals, als sie vor einigen Wochen bei eisiger Kälte schon zweimal hier entlanggegangen waren und nicht so recht gewusst hatten, warum sie dies taten. Vielleicht ging es alles eine Spur weniger schnell vonstatten als damals, und natürlich war die Situation jetzt auch eine Spur weniger absurd und künstlich, obwohl Kommissarin Lena Nümflinger und Chefredakteur Volker Kruschel sich zunächst nicht wesentlich mehr zu erzählen hatten als zuvor.

Sie: »Wie geht es Ihnen?«

Er: »Was soll ich sagen?«

Sie: »Das müssen doch Sie wissen.«

Er: »Wie, bitte?«

Sie: »Na, was Sie sagen sollen. Das müssen doch Sie wissen, was Sie sagen sollen.«

Er: »Ich weiß es aber nicht.«

Sie: »Der Fall liegt bei den Akten.«

Fünf Schritte später.

Eine gefühlte halbe Ewigkeit Schweigen.

Er: »Ich habe mir schon gedacht, dass es so kommen würde.«

Sie: »Schon sehr kurios, diese Geschichte. Denken Sie, wir wären uns anders begegnet, wenn wir gewusst hätten, wie die Dinge liegen? Oder überhaupt: Angenommen Sie wären nicht der Journalist, ich nicht die Kommissarin …«

Nümflinger sagte das in einem zarten und unmissverständlichen Ton, merkte aber sofort, dass sowohl der Ton als auch der Inhalt der Frage etwas war, das Kruschel hätte falsch verstehen können. Oder was heißt falsch: Eigentlich meinte sie es ja genau so, wie sie es gesagt hatte. Doch Kruschel, dieser kranke und immer kränker, dieser schlappe und immer schlapper werdende Mann, dachte ja gar nicht daran, irgendetwas falsch zu verstehen oder so, wie es gemeint war. Er war einfach nur froh, hier zu sein, an diesem Ort, mit dieser Luft, dieser Dunkelheit, dieser wohltuenden Stille, mit einem Menschen, der nun einmal diese Frau war, die er vor Wochen noch für schön, attraktiv und begehrenswert gehalten hatte, mit der er nun aber nur sprechen wollte, ein paar Worte wechseln, einfach so, denn, seien wir ehrlich, Kruschel hatte niemanden mehr sonst.

Einsamkeit.

Jo, Maria, Sabine – keine wollte noch etwas von ihm wissen. Keine rief ihn an und fragte ihn, wie es ihm gehe, oder wollte ihn treffen. Sie hatten, teils ja zu Recht, die Schnauze voll von Kruschel, waren zu einer für ihn unerträglichen Selbstbezogenheit übergegangen, die ihn in die totale Isolation trieb. Auch zu den Redakteuren hatte Kruschel den Kontakt weitgehend verloren. Er war jetzt ihr Chef, eher weniger als mehr respektiert, er war keiner mehr, den man mal nach Redaktionsschluss spontan gefragt hätte, ob er noch auf ein Bier mitkomme. Nicht zuletzt hatten alle gemerkt, dass es Kruschel nicht gut ging. Dass die Menschen nichts mit Kranken zu tun haben wollten, war ihm ja bekannt, dachte Kruschel, doch wenn es sich um psychische Krankheiten handelte, potenzierte sich diese abweisende Haltung offenbar durch tiefe Verunsicherung noch ins Unermessliche. Kruschel dachte dies, während er sein Gewicht sachte und fast wie ein alter Mann von einem Bein aufs andere verlagerte.

Es knirschte.

Was für ein Unterschied zu damals, als ihre Geschichte vor Monaten angefangen und ihn unvermittelt getroffen hatte. Sein ganzes Leben hatte sich seitdem verändert.

Privat.

Beruflich.

Physisch.

Psychisch.

Kruschel fühlte sich kaputt und fragte sich, ob das jemals wieder etwas werden würde mit ihm.

Dann, aus einer totalen Ruhe heraus, blieben er und die Kommissarin stehen. Wie damals, als sie sich fast geküsst hatten, sahen sie einander an. Kruschel atmete schwer. Sekunden vergingen, Nümflingers blondes Haar wehte ganz leicht und reflektierte das wenige Licht. Fast wie ein Heiligenschein, dachte Kruschel. Dann, plötzlich und wie ein Gespenst aus dem dunklen Wald auftauchend, sagte Volker Kruschel diesen Satz, der seine gesamte Situation auf einen Nenner brachte.

»Ich bin einsam und müde, Frau Kommissarin.«

Eine lange Pause trat ein.

Nümflinger tat so, als blicke sie auf den Kiesboden. Doch dort konnte sie nichts sehen. Es war zu dunkel. Sie war verlegen. Verständlich: Sie wusste nicht sofort, wie sie darauf reagieren, was sie darauf sagen sollte. Ihr war der Ernst von Kruschels Lage auch nicht bewusst. Noch nicht. Im ersten Moment dachte sie nämlich noch an einen Annäherungsversuch seinerseits, überlegte, wie sie es anstellen sollte, ihm näherzukommen, doch allmählich wurde ihr die Situation klarer: Sie hatte einen Kranken vor sich, einen Mann in Not, und das konnte sie gar nicht gebrauchen, hatte sie doch selbst genug Nöte.

Sie wollte weg.

Sie wollte fliehen und versuchte, den Spaziergang fortzusetzen und wenigstens eines noch mitzunehmen: Hoffnung.

»Wollen Sie jetzt privat werden?«, fragte sie. »Ich dachte, diese Möglichkeit hätten wir seit Langem ausgeschlossen.«

Sie blickten sich nun in die Augen, und während er sich hinter dem Ohr kratzte, benetzte sie ihre Lippen mit der Zunge.

Doch Kruschel ließ nicht locker. »Wir sind alle privat, Frau Kommissarin, selbst in der Öffentlichkeit sind wir das, das heißt: Unsere in der Öffentlichkeit so scheinbare Unverletzbarkeit verarbeiten wir im Privaten, wo buchstäblich die Wunden geleckt werden, die einem zugefügt worden sind.«

Er dachte einen Moment nach.

Dann sagte er diesen erstaunlichen Satz: »Es gibt Wunden, Frau Kommissarin, die fügt man sich selbst zu, ungewollt und ohne jemals in der Lage zu sein, sie zu heilen oder von irgendeinem gottverdammten Therapeuten heilen zu lassen.«

Eine längere Pause trat ein.

Eine sehr lange Pause.

»Okay«, sagte Nümflinger dann leicht genervt und dachte kurz nach, »das klingt nicht schlecht analytisch und selbstanalytisch. Ich habe kapiert: Ihnen geht es nicht gut. Aber wollten Sie mich wirklich deswegen hier treffen?«

Kruschel war erstaunt. So hart und direkt hatte er sich Nümflinger nicht vorgestellt in seinen anfänglichen Träumen über sie, in Träumen, in denen sie ihm schön und weich vorkam. Plötzlich kam sie ihm so, nun ja, ergebnisorientiert vor, so effektiv und rational. Er fühlte sich verraten.

»Ist das alles, was Sie dazu zu sagen haben?«

»Nein, ich meine …«

»Sie meinen«, sagte er, »dass das nichts war und nichts wird mit mir und Ihnen, habe ich recht?«

»Das verstehen Sie falsch, Herr Kruschel, ich meine … wie soll ich es sagen? Wenn es Ihnen so schlecht geht, dann brauchen Sie Hilfe. Aber nicht von mir, nicht von einer Frau. Ich meine, eine Frau kann Ihnen da nicht helfen. Auch ich nicht. Sie brauchen einen Profi!«

»Den habe ich«, sagte Kruschel leise und etwas gequält, »den habe ich gleich in doppelter Ausführung, keine Angst.«

Plötzlich fühlte er sich, als wäre er in wenigen Tagen um Jahrzehnte gealtert. Ich bin ein alter Sack, dachte er, ein verdammter alter Sack, der niemals wieder straff und prall wird, der am Boden ist und den bald die Ratten fressen werden.

So gingen sie am See entlang.

Langsam.

Bestimmt.

Von Nachdenklichkeit erfüllt.

Es knirschte, und fast kam ihnen dieses Knirschen vor wie ein alter Song, den sie beide mochten.

»Wie ist das passiert?«, fragte sie ihn.

»Ich weiß es nicht genau, aber alles ist zu viel, verstehen Sie? Alles ist zu viel. Alles.«

Kruschelpause.

Knirschen.

»Vielleicht kennen Sie diese Theorie. Ach, Sie haben sicher schon davon gehört. Es ist die Beobachtung, dass die Menschen, also die Leistungsträger unserer Gesellschaft, immer so lang die Karriereleiter hinaufkraxeln, bis von allen bemerkt wird, dass sie überfordert sind. Dann also, wenn es zu spät ist. Das ist fatal für unsere Politik. Wir haben lauter überforderte Politiker, die alle genau eine Stufe zu hoch geklettert sind in ihrer Verantwortungs- und Kompetenzskala. Es ist aber auch fatal für die Wirtschaft und für die gesamte Gesellschaft. Ich sehe überall Menschen, die einen Schritt zu weit, eine Sprosse zu hoch gegangen sind. Und ich, Frau Kommissarin, ich gehöre zu diesen Menschen. Das weiß ich jetzt. Ich leide unter Überforderung. Ich habe Aufgaben, für die ich nicht geschaffen bin. Das System macht mich kaputt.«

Kruschel als Opfer eines hierarchischen Systems also.

Seit Tagen hatte er nicht mehr so viel am Stück geredet. Er redete ganz leise, so leise, dass Nümflinger es über dem Knirschen des Kieses gerade noch hören konnte. Trotzdem kostete es ihn viel Anstrengung. Doch hinter dieser Anstrengung verbreitete sich auch so etwas wie Wohlsein. Kruschel hatte tatsächlich zum ersten Mal seit Jahren, ja, er dachte sogar, seit Jahrzehnten, das Gefühl, sein zu können, wie er war, ehrlich sein zu können zu sich selbst und anderen gegenüber, alle Maskeraden abgelegt zu haben, Maskeraden, die ihn zwar beruflich dorthin gebracht hatten, wo er nun war, also in eine Position, die ihm jährlich ein paar Cent mehr als zweihunderttausend Euro einbrachte, die ihn aber in kürzester Zeit kaputt gemacht hatte. So liefen sie, und ihr anfänglich etwas angespanntes Gespräch wurde mehr und mehr zu einem Austausch über das Leben und seine Herausforderungen.

Nümflingers anfängliches Genervtsein machte einem Interesse an einem Menschen Platz. Bei dem Treffen mit Kruschel auf dem Parkplatz hatte sie rein egoistisch funktioniert, da hatte sie ein gemischtes Gefühl zwischen kriminalistischer Neugier und sexueller Hoffnung gehabt. Dass beide Gefühle der Hoffnung schnell enttäuscht worden waren, musste sie erst einmal verarbeiten, doch jetzt hatte sie eine neue Stufe der Menschlichkeit erreicht, eine Stufe, die sich nach außen wendete, dem anderen zu und wegführte von sich selbst.

»Was haben Sie nun vor? Sie können ja so nicht weitermachen ...«, streute sie in die stille Luft.

»Mein Psychologe und mein Coach – ja, ich habe einen Psychologen und einen Coach und bin keineswegs stolz darauf – na ja, trotzdem, die beiden sagen jedenfalls, dass ich, nun ja, unter dem Burn-out-Syndrom leide. Sie sagen, ich sei total ausgebrannt.«

»Und?«

»Das lasse ich mir jetzt von einem Arzt bescheinigen, und dann, dann muss ich mich ausruhen. Es macht mich unendlich traurig. Wissen Sie: Ich bin kein Typ fürs horizontale Leben. Sie wissen schon, was ich meine. Füße hoch und so.«

Woher Kruschel überhaupt die Kraft nahm, um mit ihr, Nümflinger, immerhin drei nächtliche Runden um den Teufelssee zu drehen, fragte sie sich schon. Burn-out war, das wusste sie, immer eine seltsame Diagnose, eine Mischdiagnose. Da es ihres Wissens rein wissenschaftlich nicht als Krankheit anerkannt war, galt es als etwas Unkonkretes, schwer zu Definierendes, etwas zwischen Depression, Erschöpfung, Desillusionierung und Apathie, was zu stark verminderter Leistungsfähigkeit führte. Die Ursachen waren in der Regel beruflicher Art. Stress, Druck und psychische Belastungen, denen man nicht standhalten konnte.

»Haben Sie jemanden? Ich meine Familie, Lebenspartner, Freunde oder Ähnliches?«

Diese Frage tat weh, weil es genau die Frage war, die ihn beschäftigte und die er mit Folgendem beantworten musste: Ich Kruschel, Anfang 50, blicke zurück auf ein Leben voller Baustellen, voller Verletzungen und Zerstörungen, voller Dinge, die ich angefangen und nicht beendet habe, ich habe keine Frau, ich habe keine Kinder, ich habe keine Freunde, und meine Kollegen, das heißt, Ex-Kollegen, hassen mich, weil sie mich für nicht kompetent, nicht aufrichtig, nicht nett oder cool oder sonst irgendwas halten.

»Sie werden es nicht glauben, Frau Kommissarin, aber ich bin total allein, eigentlich gibt es für mich tatsächlich nur noch einen Menschen, eine einzige Frau.«

Die Spannung stieg. Nümflinger stellte sich in wenigen, blitzartig an ihr vorbeirauschenden Augenblicken viele Fragen und freute sich auf eine noch weiter gesteigerte Intimität.

Bis sie Kruschel sagen hörte: »Tante Hedwig in Bayern.«

Sie musste sich jetzt schon sehr beherrschen, nicht loszuprusten, und natürlich stellte sie sich die Frage, ob es sich bei Kruschels Aussage um ein Quantum Rest- oder eher um eine große Portion ungewollten Humor handelte. Es gefiel ihr aber, wie Kruschel dies gesagt hatte, mit welchem Ernst er dieses »Tante Hedwig in Bayern« ausgesprochen hatte.

Doch blicken wir auf Nümflinger selbst.

Bei ihr lagen die Dinge nicht wesentlich anders. Nicht dass ihr das nicht bewusst gewesen wäre. Das war es. Aber natürlich stürmten die alten Gedanken erneut durch ihren Kopf.

In ihrem Alter, also Mitte, Ende 30, stand sie auch so gut wie allein im Leben. Sie war hilflos, fühlte sich zum einen noch attraktiv und beziehungsfähig, zum anderen spürte sie erste Verschleißerscheinungen psychischer und physischer Art. Ob Frauen und Männer, dachte sie, die Leistungsträger der Gesellschaft konnten offenbar nur Leistungsträger sein, wenn sie sich diesem Tragen von Leistung bedingungslos widmeten.

Wir könnten nun noch viel Weiteres berichten und erzählen, könnten hinzuerfinden und weiterführen. Wie Kruschel ... also wie ich mit der attraktiven und blonden und begehrenswerten Kommissarin Nümflinger weiter um den See stapfen und ihr mehr und mehr von mir erzählen würde, wie eine Vertrautheit entstehen würde, wie wir uns am Schluss umarmen, uns trennen und dann nie wieder sehen würden, wie Kruschel, also wie ich nach einer Krankschreibung für einige Wochen zu meiner Tante Hedwig nach Bayern aufs Land ziehen würde, um mich auszuruhen und gesund zu werden, wie die Monate, die Jahre vergehen würden, wie ich mich irgendwie doch wieder zurückwurschteln würde an meinen *ihr*-Platz, wie ich nach kurzer Zeit als Chefredakteur aber die beste Entscheidung meines Lebens treffen und zurücktreten würde von diesem Amt, das mich kaputtgemacht hat, ja, fast zerstört, und wie mir dieser Schritt – endlich – den Respekt in der Redaktion einbringen würde, nach dem ich mich seit Jahren gesehnt hatte. Schließlich: Wie ich als einfacher Redakteur weitermachen und nach Jahren des mehr oder weniger verantwortungsvollen Arbeitens in der *ihr*-Redaktion den Entschluss fassen würde, ein Buch zu schreiben, dieses Buch, das Buch, das Sie, liebe Leserinnen und Leser, in den Händen halten. Vieles mehr könnte ich noch erzählen. Doch dieser Teil unserer Geschichte, der Geschichte von Kruschel und Nümflinger, von Isabelle, ihrer Familie und Alex, von der *ihr*-Redaktion, von Lind und Mailänder, von Julia und Gregory und wie sie sonst noch heißen – sie ist hier erst einmal auserzählt. Sie leben alle weiter oder sind – wie Mailänder – aufs Grausamste geschlachtet worden. Doch für den Fortgang der Wirklichkeit ist das nicht relevant. Was mit Lind geschah, hat man nie voll und ganz herausbekommen. Auch das internationale Netzwerk von ICPO-Interpol verlor die Spur in Südamerika. Ob Lind lebte oder nicht, wussten wir damals nicht.

Doch gerade deswegen bin ich Ihnen noch etwas schuldig.

Deswegen beginnt hier eine neue, eine ganz andere Geschichte, liebe Leser, die Geschichte eines Menschen, die Geschichte seines Versuchs, sich von innen allmählich zu erneuern, die Geschichte einer allmählichen Wiedergeburt unter einem neuen Siegel, des allmählichen Übergangs aus einer Welt in eine andere, der Entdeckung einer neuen, bisher gänzlich unbekannten Wirklichkeit. Das könnte das Thema des neuen Kapitels werden – denn unsere jetzige Geschichte ist, was ihre Beweisbarkeit angeht, zu Ende. Was nun folgt, ist zwar keineswegs hundertprozentig wahr, nein, der Anteil der Spekulation ist sogar recht hoch. Doch hören Sie: Ich habe Helmuth Linds Fall über Jahre studiert, habe zusammengetragen, befragt und analysiert zu einer Zeit, als die Polizei den Fall längst zu den Akten gelegt hatte. Als Nümflinger und ich am Teufelssee auseinandergegangen sind, hat sie sich um den nächsten Fall gekümmert (es war ein wundersam brennendes Haus in der Stadt, in dem eine ausländische Familie samt der vier Kinder und dem Hund vollkommen verbrannt ist). Doch ich, ich konnte nie lassen von der Causa Lind. Ich habe zusammengetragen, was zusammenzutragen war. Ich habe mir Notizen gemacht, alle Berichte aus dem *ihr*-Archiv analysiert, habe versucht, über ICPO-Interpol weitere Informationen zu erhalten und vieles mehr. Ja, ich habe mich sogar bei den Onlinediensten der Zeitungen Südamerikas angemeldet und in den dortigen Archiven gelesen, habe alle relevanten Artikel aus der Zeit von Linds mutmaßlicher Ankunft dort nachgelesen und einiges, aber, ich gebe es zu, nicht alles und vor allem nicht genug erfahren, um nun behaupten zu können, dass das, was ich nun erzählen werde, vollkommen stimmt.

Noch nie in meinem Leben habe ich mich so einem großen und jedenfalls für mich auch großartigen Projekt gewidmet, einem Projekt, das für mich das Eintauchen in die Leben und Seelen der anderen bedeutete, eine Ahnung davon, wie Menschen, die nicht ich sind, ticken könnten. Ich versichere Ihnen: Die Wahrscheinlichkeit, dass das, was ich Ihnen erzähle, der Wahrheit entspricht, ist verdammt groß.

ZWEI

XVII

Die Verwandlung

Die Sonne brannte. Licht gleißte in der Luft. Alles leuchtete und schimmerte im schönsten hellen Blau, das er je gesehen hatte. Was für ein Szenario. Er saß da. Einfach da. Im Hawaiihemd unter einem Sonnenschirm aus Strohimitat. In einem Korbstuhl und mit Baseballkappe auf dem Kopf. Hinter ihm rauschten die Wellen an den Strand. Und über ihm nichts als dieses unbekannte Blau. Eine Welt ohne Sorgen. Trotz der kurzen Ärmel schwitzte er mächtig in dem Hemd und nippte deswegen umso gieriger an einem Glas. Verdammt gut, dieses Zeug, dachte er. Verdammt. Was er erlebt hatte, wünschte er sich weit weg. Er versuchte nachzudenken, eine Sache, in der er nicht unbedingt sehr geübt war. Vergangenheit, dachte er, war ein Aspekt des Lebens, den es auszulöschen galt. Er kannte nur Zukunft. Im Spiel um die Gedanken war sie allein in der Lage, das, was war, zu bekämpfen, zu übertünchen und schließlich auszulöschen. Nach vorn blicken, dachte er und sagte es leise vor sich hin. Immer wieder. Er wartete. Er rauchte. Natürlich. Wie lang mochte er da schon sitzen? Zwei Stunden? Drei Stunden? Man hatte ihm nur den Tag und den Ort gesagt. Keine Uhrzeit. Keine verdammte Uhrzeit, dachte er, und da er ein ordnungsliebender Mensch war, dessen Leben bis vor Kurzem noch akribisch von einer anderen Person, seiner Assistentin, in Abschnitte eingeteilt und in solchen per Rechner und Smartphone verwaltet wurde, fiel es ihm schwer, Vertrauen in diesen offenen, unbestimmten Tag zu setzen. Er bestellte ein weiteres Glas bei dem Kellner mit dem verstümmelten linken Arm. Und noch eines. Es war bereits das dritte. »Another one!«, befahl er mit schlechtem Akzent. Um die Landessprache zu lernen, war die Zeit zu kurz und sein Kopf zu voll. Und weil er noch nie besonders geschickt gewesen war in seinem Leben, machte er eine ruckartige und ungestüme Bewegung, die das frisch servierte Glas zu Fall brachte. Aus der Ferne sah man folgende lustige Szene: die Silhouette eines Mannes, wie er, so hatte es den Anschein, verzweifelt versuchte, sich eines fliegenden Insekts zu erwehren und dabei ungelenke Bewegungen machte, die dazu führten, dass ein Glas umfiel und schieres Chaos ausbrach. Der Kellner mit dem verstümmelten linken Arm war schnell zur Stelle, wischte und ersetzte das leere Glas durch ein neues. Den nassen Fleck auf der Hose seines Gastes behandelte er mit seinem weißen Kellnerlappen. Es entstand eine peinlich wirkende, fast intime Situation zwischen den beiden.

Der Gast driftete in Gedanken längst ab. Zuerst wunderte er sich über sich selbst, dass sich der Abschied für immer von seiner Frau absolut schmerzlos anfühlte, dann kämpfte er – allerdings vergebens – dagegen, an Michael zu denken. Michael, dieser verdammte, dieser gottverdammte Michael, der ihm nicht aus dem Kopf ging. Hatte er doch einen Fehler gemacht? Der erste Fehler in seinem Leben, bei dem es ihm schwerfiel, ihn sich nicht einzugestehen? Er musste an seine Kindheit denken, daran, wie er mit Michael eins war und im Sandkasten spielte, wie sie Tunnels bauten für die kleinen Matchboxautos, die sie gehabt hatten, und wie immer Michaels Burgen, seine Straßen und Tunnels perfekter ausgesehen und besser funktioniert hatten als die seinen, weswegen er sich immer einen bösen Spaß gemacht hatte, sie zu zerstören. Michael war klüger, er war besser in der Schule gewesen, hatte es geschafft, ein ordentliches Universitätsstudium zu beenden und im Anschluss daran zu promovieren. Michael, verdammt, Michael, dachte er, und er dachte auch, dass seine Eltern, Vater und Mutter, die viel zu früh starb, wie die beiden also Michael immer bevorzugt hatten, weil er einfach das bessere Kind und viel einfacher zu erziehen gewesen war.

Zeit zerfloss.

Das Wasser entfernte sich.

Aus den Lautsprechern der Strandbar erklang fast schon klischeehaft eine Musik, die er nicht kannte, die aber ihre Ursprünge sicherlich in Kuba oder auf einer anderen dieser unzivilisierten mittelamerikanischen Inseln hatte. So dachte er. Dieser verdammte Tag verging wie im Traum. Er saß beim fünften Glas. Es war längst Ebbe. Das Meer hatte sich weit entfernt, so weit, dass das Rauschen kaum noch zu hören war. Die Sonne stand tief, das Blau flimmerte in anderen Schattierungen, mischte sich mit Rot und Gelb, und er war sich sicher, dass er vergebens wartete. In diesen Zustand leichter Alkoholisierung und schierer Hoffnungslosigkeit trat ein Mann. Er kam nicht angelaufen. Er sah ihn nicht kommen. Er war plötzlich da. Einfach da. Weißer Anzug. Hut. Gelbe Zähne. Der Mann setzte sich zu ihm, blickte zum Kellner mit dem verstümmelten linken Arm und nickte. Der Kellner brachte ihm eine durchsichtige Flüssigkeit mit Eiswürfeln darin. Es dauerte Minuten, bis der Mann ihn endlich ansah und seinen Namen sagte: »Mister Ridley?«

Er musste kurz überlegen, was er nun zu sagen hatte.

»Äh«, sagte er und überlegte nochmals. »Yes.«

Sein Englisch war miserabel. Seine Aussprache ebenso. Wie so vieles, was es zu lernen gab, waren ihm auch Fremdsprachen immer ein Graus. Er trank leicht zitternd aus seinem fünften Glas.

Der Mann blieb ernst. Er schob ihm ein Kuvert über den Tisch, leerte sein Glas und verschwand.

Mieser Kanake, dachte er und blickte ihm nach, um zu überprüfen, ob der Mann sich nicht einfach in Luft auflösen würde. Das hätte immerhin sein plötzliches Erscheinen von vorhin erklärt. Doch dem war nicht so. Er ging ganz normal, träge und langsam durch den tiefen Sand den Strand hinauf in Richtung Straße, wo sicherlich ein ganz normales Auto mit vier Rädern auf ihn wartete.

Ab heute also Ridley, dachte er und öffnete das Kuvert. Die Karte, die er dem Kuvert entnahm, enthielt lediglich einen Straßennamen, die Farbe des Hauses, einen Namen sowie Tag und Uhrzeit:

Rua Luís Vaz de Camões, Casa vermelho

Na segunda-feira, às nove horas

Er überlegte. Das war erst in drei Tagen. Die Sache schmeckte ihm gar nicht. Man hatte ihn hierher bestellt, und er dachte, er könne hier und jetzt haben, was er wollte und was ihn viel Geld gekostet hatte. Verdammt. Er war es schlicht nicht gewohnt, dass man sich seinem Willen widersetzte. Law and Order, das war nun mal sein Leben.

Er schwitzte.

Er trank. Beim Anzünden der Zigarette schubste er sein Glas schon wieder mit einer ungeschickten Bewegung um, was ihn wütend machte und zu einer peinlichen Wiederholung einer vorigen Handlung führte: Wieder kam der Kellner mit dem verstümmelten linken Arm und wischte mit seinem Kellnerlappen.

Law and Order, dachte er, so hatte er sein Leben verbracht, so wollte er es weiter verbringen. Sollte es damit nun plötzlich zu Ende sein? Schließlich waren ihm so etwas wie Demut oder Untertänigkeit vollkommen fremd, obwohl er wusste, wie nichtig er war. Es konnte doch nicht plötzlich alles anders sein! Oder konnte sich doch, nur weil ein wesentliches Ding in seinem Leben sich geändert hatte, weil er es geändert hatte, die ganze Welt plötzlich anders anfühlen? Wenn er eines immer gekonnt hatte, so war es die perfekte Organisation des Lebens um ihn herum, sodass es für ihn möglichst einfach, problemlos und angenehm zuging.

Seine Gedanken vermischten sich mit dem fernen Meeresrauschen, der Musik des Buena Vista Social Club und dem Brausen des Alkohols in seinem Blut.

Verdammt.

Wieder nippte er an seinem Glas.

Es war das sechste.

Ja, in diesem Kapitel geht es um ein anderes Leben, das Leben nach dem Tod, das Leben, das sich erst noch finden muss. Es ist das Leben eines

Mannes, der alles aufgegeben hat, um alles hinter sich zu lassen. Vor allem: Luxus und Bequemlichkeit. Aber auch seine Schmerzen, entstanden durch Jahrzehnte der Scham, die er irgendwann nicht mehr ertragen konnte. Wir wissen jetzt also: Er heißt Ridley. Und Ridley sucht nach diesem Leben, aber sehen Sie selbst: Bevor er es finden kann, passieren seltsame Dinge. Alte Schmerzen werden durch neue Schmerzen ersetzt, seelische Schmerzen durch körperliche. Und dann ist da dieses Haus ...

Ja, er hieß Ridley. Ridley also hatte nun ein Problem, oder wie er zu sich selbst sagte: ein verdammtes Problem, denn verdammt war in dieser schwierigen Lebensphase sein Lieblingswort. Als Aussteiger aus einer Welt, die er hinter sich gelassen hatte und in die er niemals wieder würde zurückkehren können, kam er sich vor wie einer, der vor dem Eingangstor zu etwas Neuem stand und keinen Schlüssel hatte. Ridley, dachte er, Ridley, du bist ein Übers-Ohr-Gehauener zwischen zwei Welten, die dir verschlossen bleiben. Noch aber war es nicht zu spät. Er musste Mut fassen, denn zur totalen Entmutigung war das kleine Kärtchen, das ihm dieser schwitzende Kanake gegeben hatte, nicht genug.

Es konnte ja immer noch gut laufen.

Ridley, los, komm schon, dachte er.

Er zahlte und quälte sich langsam durch den tiefen, feinen Sand hinauf zur Straße. Es dämmerte bereits. Am Strand hatten sich Gruppen von Menschen gebildet, die tranken, aßen und mit Bällen spielten. Von hinten sah der Kellner mit dem verstümmelten linken Arm, dass Ridley, der eine Aktentasche in der linken Hand trug, dünn war. Wohl bestand dieser Mann nur aus Haut, Knochen und Muskeln. Er schien Ende 50 zu sein, eher klein als groß, eher schmächtig als kräftig. Der Kellner schüttelte den Kopf und ging seiner Arbeit nach.

Wie sollte Ridley nun ein Hotel finden? Er konnte sich nicht ausweisen. Es fehlten ihm sämtliche Papiere. Ohne Ausweise gab es kein Zimmer und ohne Zimmer würde er nicht schlafen, dachte er, außer er bezahlte sehr viel dafür – und hätte dann auch noch eine Frau mitbezahlt, mit der er, zumindest momentan, nichts anzufangen wüsste. Doch das war der einzige Ausweg. Seine Finanzen hatte er für sein neues Leben gut geordnet.

Es gab ja die Schweiz.

Er fuhr mit einem Taxi in die Stadt, die größer war, als er sie sich vorgestellt hatte. Er musste sich auf die Suche nach einem Freudenhaus machen in der Hoffnung, man ließe ihn dort ein paar gut bezahlte Nächte wohnen, wenn er bezahlte, als nähme er in Anspruch, was er nicht in Anspruch nehmen wollte. Den Taxifahrer versuchte er auf Englisch nach geeigneten Lokalitäten zu fragen. Doch entweder der stellte sich dumm, oder Ridleys Sprachkenntnisse waren zu rudimentär. Irgendwann stand er verloren mitten auf einer Verkehrsinsel und blickte um sich herum in die fremde Buntheit einer Nacht ohne Ziel.

Ridley.

Völlig hilflos stand er da.

Er wusste überhaupt nicht, in welche Richtung er laufen sollte. Aus seiner Aktenmappe kramte er einen Stadtplan hervor und entfaltete ihn ungeschickt. Der leichte Wind, den es hier an der Küste gab, verhinderte allerdings, dass er Herr der Lage wurde. Der Plan zerriss ihm, als er mehr und mehr die Geduld verlor, seine Bewegungen ungestümer und zorniger wurden. Es war klar: Ridley war von der Situation vollkommen überfordert. Unter heftigem Hupen der Autos überquerte er die Straße und entfernte sich in eine kleine Gasse. Er ging einfach in der Hoffnung, er werde zufällig finden, was er suchte. Da Ridley immer geradeaus und also in eine Richtung ging, kam er recht schnell wieder dorthin, von wo er gekommen war: an den Strand, unfern der Stelle, an der sich die

Strandbar befand, in der er schon den ganzen Tag verbracht hatte. Was sollte er tun? Er ging zurück zur Bar, stand plötzlich vor dem Kellner mit dem verstümmelten linken Arm.

»Sleeping, sleeping, where can I sleeping?«

Ridley vertraute seiner Sprache nicht. Er legte beim Sprechen seinen Kopf seitlich auf die wie zum Beten gefalteten Hände, an denen seine Aktenmappe baumelte. Das alles war ihm sehr peinlich. Doch der Kellner mit dem verstümmelten linken Arm reagierte, als hätte er täglich mit solch undurchsichtigen Gestalten wie Ridley zu tun. Er verschwand hinter dem Tresen in dem kleinen Kabuff und kam mit einem Kärtchen zurück. Schon wieder eine Karte, dachte Ridley, warf einen Blick auf das Papier und las einen spanischen Namen.

»This is my sister«, sagte der Kellner fließend, aber mit einem starken spanischen Akzent, während er mit dem Zeigefinger auf den Namen auf der Karte deutete.

Ridley zögerte.

Ridley schnaubte.

Ridley blickte dem Kellner in die Augen.

Erst dann bedankte er sich und tat, was er rund zwei Stunden zuvor bereits getan hatte. Er schleppte sich erneut durch den tiefen feinen Sand zur Straße hinauf und versuchte ein Taxi zu kriegen. Der Kellner blickte ihm wieder nach und schüttelte den Kopf.

Im Haus von Alexandra wohnte Ridley drei Nächte. Er bezahlte sie gut dafür, dass er bei ihr wohnen durfte, ohne sich ausweisen zu können. Alexandra hatte vier Kinder und einen Mann, der nicht der Vater der Kinder war, der spät nach Hause kam und dann mit Alexandra lautstark stritt oder schlief.

Ridley bekam alles mit, denn er schlief naturgemäß ohnehin schlecht und verbrachte seine Tage zwischen Gram und durch Alkohol und Zigaretten hervorgerufener Leichtigkeit und Zuversicht.

Dann war der Tag gekommen, an dem er sein Treffen hatte. Er war schon einige Male tagsüber an dem Haus in der Rua Luís Vaz de Camões vorübergegangen. Aus Neugier. Aus Angst. Und auch, um im richtigen Moment Herr der Lage zu sein. Er frühstückte an diesem Tag länger. Alexandra tischte ihm gute Sachen auf, die er normalerweise nicht aß. Doch heute, so hatte er sich vorgenommen, wollte er es sich gutgehen lassen, heute, so dachte er, werde sein neues Leben in dieser Stadt beginnen.

Er dachte: Eine neue Heimat.

Gleich morgen würde er versuchen, Arbeit zu finden, dann eine kleine Wohnung. Er würde seine Gepäckstücke aus den Schließfächern holen können. Alles würde gut. Ansprüche würde er keine haben. Aber gemütlich und sauber soll es sein, dachte er, und einen Tennisclub wird es in dieser verdammten Stadt wohl auch geben. In diesem Moment rauchte er gerade seine vierte Zigarette und trank seine dritte Tasse Kaffee. Es war neun Uhr morgens. Den Tag verbrachte er wie üblich mit Schlendern, regelmäßigen Blicken in sein »Portugiesisch für Touristen«-Buch und Besuchen in besseren Restaurants. Heute aber tat er noch etwas anderes: Er kaufte sich für sein Treffen vom Abend ein neues Hemd und eine neue Krawatte.

Das Haus, zu dem er bestellt war, die Casa vermelho, hatte einen großen Vorgarten, und an dem gusseisernen Tor, von dem aus man das Gebäude durch die Bäume erahnen konnte, gab es nur eine Klingel. Ridley blieb auf der gegenüberliegenden Straßenseite stehen und ließ sich noch einiges durch den Kopf gehen. Ein wichtiger Augenblick in seinem Leben würde sich in wenigen Minuten ereignen, dachte er.

So dachte er und dachte auch nochmals zurück an Deutschland, an Michael und was er getan hatte, an die vergangenen Monate, die ihn so viel Organisationsgeschick, Geheimhaltung und, ja, Kraft gekostet hatten. Es waren, obwohl alles nach seinem Plan gelaufen war, die schrecklichsten Monate seines Lebens gewesen. Er dachte nach über Perfektion und fragte sich, ob es sie gebe. Dann überquerte er die Straße, klingelte und lief über den Kiesweg zum Haus. Es dauerte einige Augenblicke, bis ihm die Haustür geöffnet wurde und er eintreten durfte. Es öffnete ihm der Mann, der ihn vor drei Tagen auch in der Strandbar besucht hatte.

Ridley war nervös.

Ridleys Herz schlug heftig.

Die Sache war zu groß für ihn.

An diesem Tag, in diesem Haus, in den Augenblicken, die nun folgten, verloren sich die Spuren des Mannes, der Ridley sein wollte, es aber nie wirklich geworden ist. Dieser Ridley trat in ein großes Zimmer. Dort stand ein stattlicher Typ. Gut gekleidet. Anzug. Weißes Hemd. Krawatte. Er sagte ihm, dass es ein Problem gebe und ihm die Sache zu heiß geworden sei. Entweder sie ließen alles platzen oder der Betrag müsse sich dem Risiko von Ridleys Fall entsprechend erhöhen.

1. Das Wort »Problem« gehörte nicht zu Ridleys innerem Wörterbuch.

2. Das Wort »Platzen« war eher auf sein cholerisches Wesen zu beziehen.

3. Die semantische Verbindung »Betrag erhöhen« würde gleich verursachen, dass Ridley Punkt eins kapierte und zu Punkt zwei überginge.

Ja, es dauerte, bis Ridley das begriff, schon rein sprachlich war das nicht einfach, aber als er es begriffen hatte, stellten sich ihm die Nackenhaare auf, begannen seine Ohren zu segeln, er wurde rot im Gesicht und begann zu brüllen. Er brüllte in seiner Sprache, es lösten sich viele unschöne Worte von seiner Zunge, die die beiden Herren im Zimmer teilweise verstanden, aber nicht kommentierten.

Ridley war zornig und jaulte und kläffte wie ein kleiner Hund.

Doch all dies dauerte nicht lange. Denn dann verspürte er einen starken Schmerz im Rücken und es wurde schwarz um ihn. Ridley, der nie Ridley werden durfte, starb schnell. Der Stich des Mannes, der ihn in der Strandbar besucht hatte, saß an der richtigen Stelle und traf ihn von hinten ins Herz. Der Tod kam in wenigen Sekunden. Hier verlor sich die Spur des Mannes, der gern ein anderer geworden wäre.

Nun wird der heikelste Teil meiner Arbeit folgen, weil ich eine bewiesene Tatsache rekonstruiere, ein Leben zu neuem Leben erwecke, gedachte Gedanken nachdenke, Handlungen und Erniedrigungen nachzeichne und Gefühle nachempfinde. Bitte verzeihen Sie, liebe Leserinnen und Leser, wenn Ihnen das eine oder andere als unrealistisch erscheint. Wenn Sie Zweifel haben, so denken Sie daran: Nichts ist so grausam wie die Wirklichkeit. Ich dichte dies nach bestem Wissen und Gewissen.

DREI

Im Bunker des Todes

»Wer bist du? Warum tust du das, du Schwein, du verdammtes Arschloch?« Verdammt ist ein Wort, das er über Jahre nicht benutzte, doch er macht sich hier keine Gedanken mehr über das, was sich gehört, über das, was er als Kultur, Gepflegtheit und einen humanistischen Umgang miteinander denkt.

Die Gestalt bleibt stumm und verrichtet ihr Werk mit beängstigender manueller Versiertheit. Fast automatisch. Fast roboterhaft. Er kann nichts tun. Er windet sich, als die Gestalt beginnt, ihn nackt auszuziehen, ihm die Kleider vom Leib zu reißen. Es ist das Erniedrigendste, was er je erlebt hat.

Völlig hilflos liegt er da.

Nackt.

Frierend.

Ein Haufen Elend.

Nun beginnt die Gestalt, ihn zu waschen. Sie zieht dazu Gummihandschuhe an und benutzt Feuchttücher. Erneut windet er sich, versucht dem Verrichten der Gestalt zu entkommen. Ist dies die wöchentliche Körperpflege eines Aufenthalts, der noch lange Zeit andauern wird? Ist es die letzte Waschung vor dem Tod?

Es geht weiter. Als er gewaschen ist, trägt die Gestalt ihm ein Eau de Toilette auf, dessen Geruch er irgendwoher kennt und der ihn nicht anwidert. Es ist der erste Geruch seit Langem, der ihn nicht anwidert. Er kennt diesen Geruch, den Geruch, den er schon oft gerochen hat, doch fällt ihm nicht mehr ein, wo und wann. Die Gestalt klatscht ihm damit die Wangen ab, nicht liebevoll, sondern eher brutal. Offenbar ekelt sie sich vor der körperlichen Nähe, der Berührung seiner Haut, obwohl dies alles in Gummihandschuhen erfolgt. Was nun folgt, ist noch rätselhafter. Die Gestalt löst ihm die beiden Handschellen der einen Hand. Er versucht sich zu wehren, aber er ist zu schwach. Es geht nicht. Sie zieht ihm einseitig ein ärmelloses Unterhemd über, dann ein Hemd, dann ein Jackett. Sie fesselt die Hand wieder und erledigt dasselbe auf der anderen Seite. Sie knöpft das Hemd zu, selbst den Knopf ganz oben am Kragen. Die Kleidung riecht gut, das kann er trotz des Kotgestanks merken, alles scheint frisch gewaschen zu sein. Darüber wundert er sich genauso wie über die Tatsache, dass alles wie angegossen passt. Das kann nur der Fall sein, weil die Gestalt ihn kennt oder seine Konfektionsgröße ausspioniert hat. Dies ist kein spontanes Verbrechen, denkt er, es ist von langer Hand geplant. Soll er erneut versuchen, Kontakt aufzunehmen, zu sprechen, zu rufen, zu provozieren?

Er tut es.

»Hey, woher kennst du meine Kleidergröße?« Im Gegensatz zu sonst ruft oder schreit er das nicht. Er sagt es ganz ruhig, überlegt und besonnen. Seine Stimme klingt nach großem Vertrauen, das er natürlich nicht hat. Er reißt sich zusammen und versucht, ein anderer zu sein. Es fällt ihm schwer. Er ist ja auch kein Schauspieler. Er ist doch nur ein verdammter Universitätsprofessor der Philosophischen Fakultät in der vorlesungsfreien Zeit.

Jetzt bindet sie ihm eine Krawatte um. Der Knoten ist vorbereitet. Das geht schnell, und obwohl er sich bewegt und ihr die Arbeit schwer zu machen versucht, schafft es die Gestalt, in kurzer Zeit die Krawatte umzubinden und das Sakko zu schließen. Nun kommen die Beine dran. Er fragt sich, ob er sich wehren soll, ob er versuchen soll, die Gestalt so zu kicken und zu stauchen, dass sie ohnmächtig wird, sodass er versuchen kann, ihr die Schlüssel wegzunehmen, sich die Fesseln aufzuschließen und zu fliehen. Diesen Albtraum hier hinter sich zu lassen. Er überlegt die Schritte durch und kommt zu dem Entschluss, dass dies ausweglos ist, weil die Gestalt die Hand- und Fußschellenschlüssel immer jeweils einzeln außer Reichweite bringt. Und die Zellenschlüssel lässt sie ohnehin immer im letzten der drei Schlösser stecken, wie er gehört hat. Würde er es schaffen, den Kampf gegen sie zu gewinnen und sie zu überwinden, so würde er doch nicht an alle Schlüssel kommen, an drei Gliedern weiterhin gefesselt bleiben und also auch nicht entkommen können, denkt er, während ein Fuß gelöst ist und das Hosenbein übergezogen wird. Mit dem zweiten Bein geht es noch schneller. Er lässt es geschehen und ist wieder vierfach gefesselt. Zwei Arme, zwei Beine. Nun sind die Schuhe dran. Sie zieht ihm, ohne nochmals die Fesseln lösen zu müssen, Halbschuhe an, die tatsächlich wie angegossen passen. Doch seine Verwunderung endet schon kurz davor. Da sein Körper und auch seine Füße hier unten nicht vermessen wurden, muss es sich um jemanden handeln, der ihn kennt. Der ihn sehr gut kennt. Aber wer kennt ihn so gut? Die Einzige, die ihm da einfällt, ist Christiane, die zu dem, was ihm hier widerfährt, sicherlich nicht fähig wäre. Oder doch? Er geht erneut seine Studierenden durch, die Professoren und Lehrkräfte, seine wenigen übrig gebliebenen Freunde und Freundinnen. Es gibt weder Motive noch eine auffällige Person in seinem Umfeld – nicht universitär, nicht privat.

Was mag nun geschehen, fragt er sich. Er liegt da in einem kalten und dunklen Loch, gefesselt und elegant gekleidet in Anzug, Hemd, Krawatte und Schuhwerk, das alles, so sagt er sich, macht ja nur Sinn, wenn sie ihn hier wegbringt. Vielleicht hat irgendjemand ein Lösegeld für ihn bezahlt. Vielleicht trug sich während seines Aufenthalts hier unten dort oben, in der freien und normalen und heilen und hellen Welt, das verbrecherische Spiel einer gemeinen Erpressung zu. Vielleicht würde er heute noch freigelassen. Aber wer sollte hier erpresst werden? Er hat keine Angehörigen. Er hat keine Frau, keine Freundin, keine Eltern mehr, niemanden, der auch nur annähernd so emotional mit ihm verbunden wäre, dass eine Erpressung Sinn machen würde und lukrativ wäre.

Während er all dies denkt, werkelt und räumt die Gestalt auf. Alles Mögliche wird in Taschen verstaut. Er kann sie nicht sehen, aber hören und ahnen. Die Gestalt leert jetzt auch seine Toilettenschüssel in einen Beutel und steckt ihn irgendwo hinein. Er hört das. Doch am Gestank ändert sich nichts. Er sitzt offenbar tief in den Mauern dieses Raums. Das Ganze dauert nicht lang, vielleicht fünf, vielleicht zehn Minuten, dann tritt Stille ein. Er hört nur noch die Geräusche, die seine Bewegungen auf dem Bett machen. Es knistert.

Die Stille kommt ihm ewig vor. Es knistert weiter. Vom Bett her. Von dort, wo sie sich aufhält. An den Taschen. Er hört, wie sie atmet. Ist das ein Zögern? Wieder: Hoffnung und Angst mischen sich zu einem Cocktail an Gefühlen, derer er längst nicht mehr Herr ist.

»Was ist?«, fragt er in die Dunkelheit.

Doch von dort kommt nur eines:

Nichts.

Nichts.

Nichts.

»Sprich, los, sprich mit mir«, sagt er jetzt, ruft er jetzt.

Er macht weitere Versuche zu kommunizieren. Die Passivität kommt ihm eigenartig vor.

Unheimlich.

Eine Unheimlichkeit in einem Meer von Unheimlichkeiten.

Es fällt ihm auf. Er denkt dies tatsächlich. Und in dem Moment, in dem er das denkt, hört er es wieder rascheln. Was nun passiert, dauert nicht lange. Vor ihm sieht er etwas aufblitzen, ein Stück Metall, dann verspürt er einen starken Schmerz in der Brust, einige Bilder laufen vor seinem inneren Auge ab, er sieht, nur ganz kurz, seine Eltern, seinen Bruder, Christiane, viel mehr nahe Menschen hatte es nicht gegeben in seinem Leben.

Das sind die letzten Bilder seines Lebens.

Mit ihnen erlischt Prof. Dr. Michael Mailänders Leben, Michael Mailänder, der zuvor Michael Lind gewesen war.

Den Schmerz, den Gestank, die Erniedrigung – all dies musste er ertragen – für den Tod.

Aber die Welt dreht sich weiter ohne ihn, ohne diesen Michael Mailänder. Sie atmet ohne ihn. Sie leidet ohne ihn. Er wird ersetzt werden. Als Freund. Als Lehrer. Als Liebhaber. Als alles, nur nicht als Mitglied einer kaputten Familie namens Lind. Aber das ist eine andere Geschichte.

Die Gestalt steht neben dem Bett. Das Messer in der rechten Hand. Die Klinge nach unten. Eine Minute vielleicht, dann ist ein leichtes Schluchzen zu vernehmen, ganz leise, ganz kurz. Plötzlich bricht Aktionismus aus in diesem grausamen Bunker. Alles, so scheint es, war hier geplant. Die Hand- und Fußschellen werden gelöst. Im Zerlegen des Körpers zeigt sich die Gestalt sehr geschickt. Er wird verpackt und weggebracht. So endet es.

Ja, so endet es. So endet es bei mir, denn beweisen kann ich nicht alles. Sie müssen einfach meiner durch Realität inspirierten Vorstellungskraft vertrauen, was Sie bei allen fiktionalen Texten, also bei Romanen, Novellen und Erzählungen, in Gedichten und Liedtexten, sowieso tun müssen. Wir lesen etwas und tauchen ein in eine fremde Welt, die uns deswegen so fantastisch, geheimnisvoll und packend erscheint, weil sie so weit weg ist von dem, was wir uns selbst vorstellen können. Dieser Albtraum aber ist auch für mich jetzt zu Ende. Und ja, wenn Sie denken, dass dieses Buch, wie anfangs auch schon angedeutet, als therapeutische Maßnahme vor allem einem Menschen diente: mir – Sie haben natürlich recht. Ich bin erleichtert, ja, Tonnen an dunklen Erinnerungen und Ahnungen, an schlechten Gefühlen, schlechtem Gewissen und moralischen Bedenken fallen von mir ab. Ich fühle mich nun freier als vorher. Vielleicht kann ich jetzt auch wieder schlafen. Das wäre wichtig für mich.

VIER

Idioten

Aber ich habe immer noch Angst und sage mir trotzdem immer wieder ernsthaft:

Vielleicht lebt Lind ja auch noch.
Helmuth Lind, der zu beiden Gruppen der Idioten gehörte, die da sind:
(1.) ... totale Nervensägen, die von nichts eine Ahnung haben oder ...
(2.) ... einfach nur böse und dumme Drecksarschlöcher.
Beides eben.
Lind.
...
...
...
Ende.

www.wellhoefer-verlag.de